BIBLIOTECA
**AUGUSTO
CURY**

EL FUTURO DE LA HUMANIDAD

AUGUSTO CURY

EL FUTURO DE LA HUMANIDAD

La lucha del joven Marco Polo por humanizar la medicina y transformar el mundo

OCEANO

EL FUTURO DE LA HUMANIDAD

Título original: O FUTURO DA HUMANIDADE. A emocionante história de um médico
e um mendigo em busca de um mundo melhor

© 2005, 2022, Augusto Cury

Traducción: Pilar Obón

Diseño de portada: Departamento de Arte de Océano
Imagen de portada: Getty Images/Mirko Macari/EyeEm
Fotografía del autor: © Instituto Academia de Inteligência

D. R. © 2022, Editorial Océano de México, S.A. de C.V.
Guillermo Barroso 17-5, Col. Industrial Las Armas
Tlalnepantla de Baz, 54080, Estado de México
info@oceano.com.mx

Primera edición en Océano: 2022

ISBN: 978-607-557-623-7

Impreso en México / Printed in Mexico

La mayor aventura de un ser humano es viajar, y el viaje más grande que alguien puede emprender es al interior de sí mismo.

Y la manera más emocionante de realizarlo es leer un libro, pues un libro revela que la vida es el más grande de todos los libros, pero es poco útil para quien no sabe leer entre líneas y descubrir lo que las palabras no dicen.

En el fondo, el lector es el autor de su propia historia...

Agradecimientos

Agradezco a cada uno de los pacientes que encontré a lo largo de mi trayectoria como psiquiatra e investigador de la psicología. Ellos me enseñaron a ver con los ojos del corazón, a escudriñar el deslumbrante mundo que se esconde en los valles de las pérdidas y los peñascos de los dolores emocionales. Ellos son perlas vivas en el teatro de la existencia. Dedico esta ficción a ellos y a todos los que fueron y son mutilados por la vida. De algún modo, ellos están retratados en las líneas de esta obra.

Prefacio

Un médico brillante y muy crítico obtuvo de un colega, también médico, el libro *El futuro de la humanidad*. Comenzó a leerlo, desconfiado y escéptico, pero poco a poco se fue adentrando, empezó a respirar las palabras y a penetrar en el drama de los personajes. Mientras leía, se involucraba en los conflictos, participaba de sus angustias y alegrías, lloraba y reía con ellos. Días después, debido a un accidente vascular, sufrió una hemorragia cerebral y entró en coma. Recuperando la consciencia por algunos instantes, citó fragmentos de *El futuro de la humanidad*. Y, además, aunque era ateo, habló de Dios de una forma como nunca antes lo había hecho. Y entonces cerró los ojos a esta vida.

Un día estaba yo recorriendo el valle del río Duero. Después de doscientos kilómetros, en la bellísima región en donde se produce el vino de Oporto, me detuve en un bar a la orilla de la carretera. Después de servirme un delicioso bacalao, el joven propietario, que no sabía quién era yo, me reveló que no le gustaba leer, pero que recientemente había leído un libro que le había hecho repensar su historia. Era *El futuro de la humanidad*.

Me hace feliz que algunos miembros de la comisión técnica de la selección brasileña de futbol, así como los jugadores, estén leyendo esta obra. En mis conversaciones con la comisión comentamos que todos quieren el perfume de las flores, pero pocos desean ensuciarse las manos para cultivarlas. Todos quieren las victorias, en especial en el deporte, pero nadie será merecedor de ellas si no tiene disciplina y no sabe usar sus derrotas para conquistarlas. Un ser humano revela su dignidad no cuando está en el oasis de los aplausos, sino en el desierto de las burlas. He comentado que algunas celebridades, incluso en el futbol, se entregan a la depresión cuando salen de los reflectores de los medios y descubren que nunca fueron dioses, sino simples seres humanos que un día pasarán desapercibidos.

Esas historias, y tantas otras experimentadas a partir de la lectura de este libro, me han conmovido. También derramé lágrimas al escribir sus textos, como si hubiera puesto una parte de mí en cada párrafo, reconstruyendo historias reales de personas fascinantes que encontré a lo largo de mi viaje como ser humano, de mi trayectoria como estudiante de medicina y, más tarde, como psiquiatra, psicoterapeuta y, en especial, investigador del más complejo de los mundos: la mente humana.

Halcón, uno de los personajes centrales de esta novela, demuestra que la mente humana alberga un universo todavía más grande y complejo que aquel que se restringe al mundo físico. Halcón es un filósofo muy inteligente que desarrolla una grave psicosis. Cuando se reorganiza, se vuelve irreverente y comienza a cantar y a dar discursos en lugares inapropiados, a platicar con las flores y abrazar a los árboles. Es un ser humano libre, hace lo que ama y sabe que hay riquezas simples pero insustituibles, más valiosas que montañas de oro. No posee nada, pero atesora mucho, al contrario de quienes detentan mucho pero que, en el fondo, tienen tan poco.

En *El futuro de la humanidad* uso la sala de anatomía de una facultad de medicina para representar el mundo que estamos construyendo. La trama comienza con unos alumnos que están perplejos ante los cuerpos desnudos en las planchas de mármol. ¿Quiénes son esas personas? ¿Qué lágrimas derramaron? ¿Qué aventuras vivieron? ¿Cuál es la historia de cada una de ellas? A nadie parece importarle. Sin embargo, un alumno, Marco Polo, levanta la mano y hace una pregunta. Quiere conocer sus nombres. Según el insensible profesor, aquéllos sólo son cuerpos de mendigos, de personas sin historia, sin identidad. Pero el joven estudiante no está de acuerdo, y se convierte en el blanco de las burlas del maestro y de sus compañeros. Humillado, en vez de desistir, resuelve, como lo haría el veneciano que le diera su nombre, aventurarse en la fascinante investigación sobre el pasado de aquellas personas. Ayudado por Halcón, encuentra personajes increíbles.

Este libro revela que, tal como los cadáveres en la sala de anatomía, estamos perdiendo nuestra humanidad, transformándonos en meros consumidores, simples números de tarjetas de crédito y pasaportes. ¡Es inquietante! La pérdida de nuestra humanidad corroe nuestra salud emocional e intelectual sin que lo percibamos. Al enturbiar incluso el arte de pensar y nuestra capacidad de percibir el dolor ajeno, nos convertimos en seres punitivos y autopunitivos.

Jóvenes y adultos, intelectuales y estudiantes, psicoterapeutas y pacientes han viajado por la trayectoria de Halcón y Marco Polo y observado la mente humana desde otras perspectivas y han percibido que hay un tesoro escondido en los escombros de las personas que sufren. Un mendigo y un médico, un psicótico y un psiquiatra, unidos en busca de un mundo mejor, desafían las convenciones sociales y revelan que, si bien es imposible reparar el pasado, podemos por lo menos construir el futuro si somos actores del presente, si somos vendedores de sueños. Existimos como parte del problema, y también de la solución. Seremos víctimas del futuro o protagonistas de nuestras historias. El futuro de la humanidad ya comenzó.

Augusto Cury

Capítulo 1

L a ansiedad pulsaba en el interior de algunos jóvenes. Un gran sueño se escenificaba en el teatro de sus emociones. Movidos por la euforia, recorrían como niños los corredores de los salones de clase de la Facultad de Medicina.

Los ojos fijos en las paredes, cautivados por las bellas y extrañas imágenes que retrataban detalles del tórax y de los músculos. Imágenes de cuerpos desnudos diseccionados revelaban que por dentro los seres humanos siempre fueron más iguales de lo que imaginaban. La fotografía de un cerebro, saturado de circunvoluciones como riachuelos que surcan la tierra, indicaba el centro vital de nuestra inteligencia, y nuestras locuras.

Llegó el gran día, el más esperado y el más temido. Los alumnos más jóvenes tendrían la primera clase de anatomía. Desvelarían los secretos del objeto más complejo de la ciencia: el organismo humano. Aguardaban impacientes a sus maestros afuera del laboratorio, que exhalaba un aire de enigma.

No les cabía en la imaginación aquello que les esperaba. Querían ser héroes de la vida, aliviar el dolor y prolongar la existencia, pero el currículo insensible de la medicina los sacudiría, sin reparo alguno, con la imagen grotesca de la muerte. Su sueño de convertirse en héroes de la vida recibiría un duro golpe. Se enfrentarían con cuerpos desnudos, dispuestos secuencialmente, como animales.

Los profesores y los técnicos de anatomía llegaron por fin. Se apagaron las palabras, y un gélido silencio envolvió al grupo. Entraron en la gran sala del laboratorio e invitaron a los sesenta alumnos a que los acompañaran. Apretujados, atravesaron lentamente la puerta que era doble, pero estrecha.

Como espectadores de un gran show, la tensión se expandió y buscó órganos para alojarse, provocando síntomas psicosomáticos. Unos sintieron palpitaciones, otros jadearon y otros incluso transpiraron.

Al entrar, un choque emocional se extendió como una onda expansiva en el corazón de la joven audiencia. Los alumnos vieron doce cadáveres completamente desnudos, acostados rígidos, con el pecho y la cara hacia el techo. Cada uno estaba extendido sobre una pulcra plancha de mármol blanco.

El olor a formol, usado para conservar los cuerpos, era casi insoportable. Con la mirada baja y las mentes concentradas, los alumnos contemplaban los ojos opacos e inertes de los cadáveres. La mayoría era de mediana edad. Entre ellos había un anciano, cuya piel estaba sin brillo, pero su rostro expresaba dulzura.

Las mesas estaban separadas dos metros y medio unas de otras. Cada grupo de cinco alumnos estaría a cargo de diseccionar y estudiar un cadáver durante todo el año. Tendrían que retirar la piel, separar los músculos, encontrar el trayecto de los nervios y las arterias. Tendrían que abrir el tórax y el abdomen y evaluar con precisión el color, el tamaño, la ubicación y la disposición de cada órgano interno. Los jóvenes serían artesanos que penetrarían en la más bella de las obras de arte.

No obstante, por el momento, nadie deseaba diseccionarlos. Todos estaban bajo el impacto que la escena les causaba. Permeados por conflictos existenciales ante el retrato desnudo de la vida humana, los alumnos se preguntaban: "¿Quiénes somos?", "¿Qué somos?", "¿En qué nos convertimos ante el caos de la muerte?", "¿Cuál es el sentido de la existencia humana?". Preguntas simples e intrigantes, pero que siempre han inquietado a la humanidad, generaron un drama en el escenario de la inteligencia de los jóvenes espectadores.

El ambiente produjo un temblor emocional repentino e incontrolable. Algunos jóvenes, en especial algunas alumnas más sensibles, buscaban salir súbitamente de la sala. Tenían los ojos llenos de lágrimas, se sentían amedrentadas y aprensivas. No eran sus parientes ni sus amigos, pero vieron en aquellos cuerpos el espejo de la existencia humana. Vislumbraron que la vida es tan vasta y tan efímera, tan compleja y tan frágil... Mientras ellas querían salir de la sala, otros compañeros deseaban entrar. El tumulto aumentó. Nadie se entendía.

En contraposición a los conflictos de los alumnos, estaban los profesores y técnicos, en el fondo de la sala. Algunos intercambiaban miradas y reían ante la desesperación de la audiencia. "Son novatos", pensaban con prepotencia. En el pasado, ellos también tuvieron sus inquietudes, pero a lo largo de los años perdieron la sensibilidad, obstruyeron su capacidad de cuestionar y de buscar respuestas. Sofocaron sus conflictos, se convirtieron en científicos de la vida.

En el currículo de esa famosa facultad no existían clases de filosofía y psicología que prepararan a los alumnos para enfrentar el dilema de la vida y la muerte, la paradoja entre el deseo de preservar la salud y la derrota ante el último suspiro.

Los sueños eran lacerados; la pasión por la vida, aplastada. El prejuicio en el inconsciente de los futuros médicos era intenso. Entrenados para ser lógicos y objetivos, no desarrollaban habilidades para lidiar con el territorio de la emoción.

Poco a poco, los pacientes dejaban su condición de seres humanos únicos para convertirse en órganos enfermos que necesitaban someterse a exámenes y no al diálogo. De ese modo, la más bella e importante de las ciencias se sometía a la cárcel de la economía de mercado. Hipócrates, el padre de la medicina, se revolvería en su tumba si supiera esto.

Procurando controlar el impacto inicial, el doctor George, jefe del departamento de anatomía, pidió silencio y solicitó que todos regresaran al laboratorio y formaran un círculo alrededor de la sala.

Comenzó su clase, ignorando el caos emocional que los alumnos atravesaban, ni siquiera pensando en la angustia que sentían. Con voz imponente y gestos elocuentes, aquietó la agitación de los principiantes. Primero presentó sus credenciales. Se había especializado en cirugía gastrointestinal. Se convirtió en especialista de anatomía. Realizó un doctorado en Harvard. Era reconocido internacionalmente. Tenía más de cincuenta artículos publicados en revistas científicas. Era un notable científico en su área.

Escondiéndose detrás de su currículo, presentó el programa de su disciplina. Después de la introducción, comenzó sin demora a revelar algunas técnicas de disección de la piel, los músculos, los nervios y arterias. Todo transcurría normalmente, como cada año, hasta que un alumno levantó súbitamente la mano. Su nombre era Marco Polo.

Al doctor no le gustaba que lo interrumpieran. No era amante de los debates. Cada alumno tenía que guardar sus dudas hasta el final de la clase, para después preguntarle a él o a los otros tres profesores y tres técnicos que lo auxiliaban. Ignoró el gesto del muchacho. Algunos compañeros se pusieron aprensivos y para no hacer el papel de tonto, el joven bajó la mano.

Marco Polo era intrépido y determinado. No lograba ordenar el torbellino de pensamientos que transitaban en el anfiteatro de su mente ahí, en la sala de anatomía. Pero era un observador y no tenía miedo de expresar sus ideas. Aunque inmaduro, compartía una importante característica con los grandes pensadores que brillaron en la Historia: las ideas extraordinarias surgen de la observación de los pequeños detalles.

Tras cinco minutos de escuchar sobre técnicas y piezas anatómicas, no soportó el calor de su ansiedad. Estaba transpirando. Nuevamente levantó la mano. El profesor, irritado por la osadía, explicó que las dudas debían ser planteadas siempre al final de cada clase, pero que haría una única excepción. Hizo un gesto con las manos para que el joven hablara, como si le hiciera un grandioso favor.

Con una cristalina sinceridad, Marco Polo preguntó:

—¿Cómo se llaman las personas que vamos a diseccionar?

El doctor George recibió un golpe con la pregunta. Miró a los profesores que lo asistían, movió la cabeza y balbuceó: "Siempre hay un estúpido en el grupo". Respondió impostando la voz:

—¡Esos cuerpos no tienen nombre!

Ante la seca respuesta, los alumnos pasaron repentinamente de la aprensión a las tímidas risas. Avergonzado, el muchacho paseó la mirada por los cadáveres y comentó:

—¿Cómo que no tienen nombre? ¿Acaso no lloraron, no soñaron, no amaron, no tuvieron amigos, no construyeron una historia?

La audiencia enmudeció. El profesor se mostró indignado. Se sintió desafiado. Entonces se burló públicamente del alumno:

—Mire, muchacho, aquí sólo hay cuerpos sin vida, sin historia, sin nada. Ninguno respira, ninguno habla. Y usted está aquí para estudiar anatomía. Hay muchos médicos mediocres en la sociedad porque no se dedicaron a esta materia. Si no quiere ser uno más entre ellos, deje de filosofar y no interrumpa más mi clase.

Los alumnos susurraron, sintiendo que Marco Polo se había llevado una lección que lo paralizaría. Ante las risas, ahora más intensas, el profesor se sintió victorioso.

Pero Marco Polo todavía tuvo aliento para rebatir:

—¿Cómo vamos a penetrar en el cuerpo de alguien sin saber nada sobre su personalidad? ¡Eso es una invasión! —y, para fastidio del catedrático, decidió filosofar y agregó—: El hombre sin historia es un libro sin letras.

La audiencia quedó sorprendida por la dimensión de la frase. Interrumpiéndolo, el profesor fue directo y agresivo:

—¡Vamos a parar con esa filosofía barata! Si quiere ser un detective que investiga la identidad de los muertos, escogió la facultad equivocada. Vaya a hacer una carrera policial.

Esta vez, los compañeros se burlaron de Marco Polo. Algunos

emitieron sonidos como si estuvieran en una pelea en un estadio. El joven observó la escena y quedó sobrecogido, no tanto por la agresividad del profesor, sino principalmente por la complejidad de la mente humana. Hacía pocos minutos sus camaradas estaban en una sala de terror y, ahora, en el centro de una pista de circo, y él era el payaso. Comenzó a entender que el dolor y la risa, la locura y la salud mental están muy próximos.

Enseguida, el profesor cerró la cuestión diciendo:

—Esos cadáveres no tienen historia. Son mendigos, indigentes, sin identidad y sin familia. Murieron en las calles y en los hospitales, y nadie reclamó su existencia. No seremos nosotros quienes la reclamemos.

Además de humillar públicamente a su intrépido alumno, lo desafió con sarcasmo. Mirándolo fijamente dijo:

—Si quiere identificarlos, busque información con la secretaria del departamento de anfiteatro. ¡Ah! Y si, por casualidad, encuentra una historia interesante de uno de estos indigentes, por favor tráiganosla para que podamos escucharla.

Con eso, Marco Polo guardó silencio.

Un profesor auxiliar susurró al oído del jefe:

—¡Felicidades! Fue usted terrible con el muchacho.

Otro le expresó:

—Usted es un especialista en cortar las alas de los novatos.

El doctor George sonrió; sin embargo, su emoción no estaba en una laguna plácida, sino en un mar atormentado. Jamás un alumno había planteado esas preguntas en el laboratorio de anatomía.

Marco Polo salió de aquella clase con la impresión de que hay un precio que pagar para los que quieren pensar. Era más cómodo callarse, seguir el guion del grado curricular y ser uno más en la multitud. Pero el confort de callarse generaría una deuda impagable con su propia consciencia...

Tenía que tomar una decisión.

Capítulo 2

Marco Polo no estaba conforme con la manera en que su profesor lo había tratado. Se cuestionaba acerca de la pertinencia de sus preguntas. "No podían ser tontas. Cada ser humano es un mundo", pensaba. Muchos aman la rutina, otros no pueden vivir sin aventuras. El joven pertenecía al segundo grupo. Detestaba el mercado de la rutina. La última frase del doctor George retó su inteligencia, no salía de su mente. Se había convertido en un desafío obsesivo.

Al día siguiente, fue tras los papeles que registraban la entrada de los cadáveres. Se llevó una decepción. No había registro de nombres, actividades ni parentescos. Después de hojear diversos documentos, sólo encontró un dato vago, sin detalles, sobre uno de los cuerpos. Una de las trabajadoras sociales del hospital había recabado la información.

En ella relataba que el viejo poseía un apodo extraño: "Poeta de la Vida". Había escrito en el prontuario: "Un mendigo desaliñado, apodado Halcón, que frecuenta la plaza central de la ciudad, identificó el cuerpo. El hombre no consiguió expresarse. Todo indica que padece una grave e incapacitante enfermedad mental. Por eso, no dio detalles del muerto, sólo dijo que era su amigo y se llamaba Poeta de la Vida".

Esas vagas palabras estimularon la imaginación de Marco Polo. "¿Quién podría ser? ¿Por qué el indigente muerto tenía aquel extraño apodo?", reflexionó. Buscó a la asistente social para recabar más información.

La encontró conversando con una psicóloga; el muchacho se presentó y le preguntó cómo podría encontrar al tal Halcón que había descrito en su relato, pues deseaba hacerle algunas preguntas. Al ser cuestionado sobre los motivos de la solicitud, dijo, para horror de las dos profesionales, que era para descubrir la historia de uno de los cadáveres del laboratorio de anatomía.

Sin medias palabras, la trabajadora social lo desanimó:

—Recuerdo a ese tal Halcón. Pasé más de quince minutos intentando hacerlo hablar. Pero el pobre era un demente, con la personalidad destruida. No lograba mantener un diálogo racional. Perderás tu tiempo si consigues encontrarlo.

La psicóloga, mostrando una actitud autoritaria, fue todavía más lejos:

—En su gran mayoría, esos cadáveres de la sala de anatomía fueron portadores de graves enfermedades mentales. Sin documentos, cultura y casi sin poder conversar. Vivieron por instinto al margen de la sociedad, salieron como animales a las calles y las carreteras.

Marco Polo estaba indignado con la cerrada postura de las mujeres. Habían logrado ser más contundentes que su profesor de anatomía. Era como si esos cuerpos fueran ensamblajes de piezas anatómicas, sin derecho a tener una historia única. Inconforme, las confrontó:

—No estoy de acuerdo con ustedes. ¿Será que esos mendigos no tienen personalidades complejas, o es que somos incapaces de entenderlas?

—¿Estás comenzando apenas tu curso de medicina y ya te las quieres dar de profesor? —dijo la psicóloga, impaciente con la petulancia del estudiante.

El joven ya no quiso prolongar la conversación. Despidiéndose, salió frustrado.

Después de su partida, la trabajadora social comentó con la otra:

—No se preocupe. Esa fiebre romántica se acaba en los próximos años.

Buscó durante días al tal Halcón en el parque central, que era enorme, como el Central Park de Nueva York: muchos senderos, bosques, bancas e inmensas áreas de césped. Debido a las dimensiones del lugar, así como el aumento en el número de indigentes sin techo por la crisis financiera, y por el hecho de que los mendigos eran nómadas, la tarea de encontrar a aquel desconocido era dantesca.

Marco Polo realizaba su investigación a prueba y error. Abordaba a cualquier mendigo que encontraba. Algunos no entendían lo que decía, otros fingían no oír y los que le prestaban alguna atención decían que no habían oído hablar de ningún Halcón. Uno de ellos se fue riéndose, imitando el vuelo de un ave.

A veces tenía la impresión de que había quien conocía a Halcón, pero el diálogo no evolucionaba. Nunca logró conversar más de un minuto con los que le prestaron atención. Estaba comenzando a convencerse de que en su facultad tenían razón, y él estaba equivocado. Pensaba en terminar su aventura de Indiana Jones sobre los expulsados de la sociedad. Sin embargo, cada vez que pasaba cerca de su profesor se sentía desafiado.

Sus compañeros lo molestaban preguntando: "¿Dónde está la historia del mendigo?". Algunos más bromistas e irrespetuosos señalaban un cadáver y decían: "¡Éste fue Julio César, el emperador de Roma!". Todos se reían. Los cuerpos ya no causaban horror en el grupo. Lo anormal se había vuelto normal.

Marco Polo observaba todos esos fenómenos. No los entendía, pero los registraba. Comenzó a percibir que el ser humano se adapta a todo, incluso al caos. La humillación surtía de combustible a su desafío. Le incomodaba desistir.

Un mes después de la primera clase de anatomía decidió hacer otro intento. Entró otra vez en el inmenso parque, recorrió cientos de metros, conversó con algunos indigentes, pero no obtuvo la respuesta que buscaba. Dos de ellos, sentados en la misma banca, balbucearon algunas palabras entre sí cuando fueron interrogados por Marco Polo. Pero guardaron silencio sobre Halcón.

De repente, a cincuenta metros frente a él, vio a otro mendigo abordando a los transeúntes en un lugar con mucho movimiento. Intentaba conseguir unas monedas para un posible bocado nocturno. Tenía una barba larga y blanca. Sus cabellos, revueltos como los de Einstein, se burlaban del mundo, pero parecía que él se burlaba del baño. Vestía un saco oscuro, remendado con hilo blanco. Olía a ácido cítrico.

Se aproximó, le dio el poco dinero que traía en el bolsillo y le preguntó si conocía al tal Halcón. El mendigo lo miró, tomó el dinero y fingió que no oía.

Marco Polo le volvió a preguntar. Esta vez el mendigo se puso un dedo en los labios y dijo:

—¡Silencio! La princesa está llegando.

El joven miró a los lados, no vio nada. Pero el mendigo seguía atento. Enseguida se levantó y comenzó a perseguir a una mariposa con los ojos, totalmente deslumbrado. Alzó los brazos y empezó a hacer un movimiento imitando su danza. Ella voló a lo alto de la copa de un árbol y regresó, posándose suavemente en su mano.

Admirado, no lograba decir si había sido una coincidencia o una atracción instintiva e inexplicable. El mendigo respiró profundamente y contempló a la mariposa. Parecía tan libre como ella. Después le sopló suavemente, diciendo:

—¡Adiós, princesa! Encantas a este lugar, pero sigue tu camino y cuidado con los depredadores.

Marco Polo quedó intrigado con esas palabras. Preguntó por tercera vez:

—¿Conoce a Halcón?

El mendigo lo miró fijamente y respondió:

—Hace muchos años que me pregunto quién soy. Cuanto más me pregunto, menos sé quién soy. Lo que pienso que soy no es lo que soy.

El estudiante se sintió confundido. No entendió nada, pero quedó extasiado con la posibilidad de que aquel hombre fuera Halcón. Rápidamente se identificó y pidió noticias sobre un tal Poeta de la Vida. No percibió que su ansiedad bloqueó al vagabundo. Para empeorar las cosas, añadió ingenuamente:

—Quiero esa información, pues el Poeta está en la sala de anatomía de mi facultad de medicina, y mis compañeros y yo lo vamos a diseccionar. Me gustaría conocer algo sobre su vida.

El mendigo quedó asombrado con tal afirmación. Al percibir que había sido frío y agresivo al hablar, rápidamente intentó suavizar sus palabras:

—Incluso después de muerto, el Poeta será útil para la formación de médicos, y en consecuencia para la humanidad.

Con los ojos inundados de lágrimas, el indigente parecía haber salido de ahí, estaba en otro mundo. Como viajero del tiempo, miraba vagamente hacia el infinito. Marco Polo insistió, preguntando si él era Halcón. El mendigo no dio respuesta, se levantó y se marchó en profundo silencio.

El joven estudiante se quedó sentado en la banca con la mente paralizada. Parecía que él era el miserable. Tenía mucho y no poseía nada. No sabía definir sus sentimientos, y se sentía incapaz de comprender el mundo de esos andariegos que vagan por la vida sin rumbo. Volvió al otro día y no encontró al mendigo. Se sentía abatido.

Tres días después lo volvió a ver. Esta vez fue más moderado. Se sentó delicadamente en la banca. Se quedó un minuto sin conversar. Lo miraba de reojo mientras él parecía ignorarlo.

—Por favor, señor, dígame si usted es Halcón.

Después de otra insistencia, el anciano se volteó hacia él y preguntó:

—¿Quién eres?

Marco Polo se identificó, dijo su nombre, su dirección, dónde estudiaba y otros datos.

—No estoy preguntando qué haces, sino quién eres. Lo que está en tu esencia, detrás de tu maquillaje social.

El estudiante sintió un nudo en la garganta. Aquel perspicaz razonamiento lo tomó por sorpresa. "Este pordiosero no es un demente. Al contrario. En nuestro primer encuentro usó la palabra 'depredador', ahora habla de 'maquillaje social' ", analizó. No supo qué responder. Entonces el mendigo dijo:

—Si eres lento para decir quién eres, ¿cómo te atreves a preguntar quién soy?

El joven recibió otro golpe. Por eso insistió:

—Usted conoció al Poeta. ¿Quién era? ¿Por qué tuvo ese apodo?

—Muchachos perfumados, vistiendo buena ropa, viviendo en la superficie de la existencia. ¿Quiénes son ustedes para estudiar al Poeta de la Vida? Corten su cuerpo, pero nunca penetrarán en su alma.

Tales palabras lo sorprendieron. Era un raciocinio brillante, aunque ofensivo. Se convenció de que ese mendigo era Halcón.

A continuación, se hizo un silencio helado. El mendigo levantó los brazos, cerró los ojos y escuchó atentamente la serenidad del rumor del viento en las hojas de los árboles cercanos. Respiró hondo y expresó para sí mismo:

—¡Qué brisa maravillosa!

Aturdido, Marco Polo persistió:

—¡Hábleme sobre su amigo!

A Halcón no le gustó el tono de su voz.

—¡No me des órdenes, muchacho! ¡No me controles! ¡No estoy en tu mundo! ¡Yo soy libre!

—Disculpe mi insistencia.

—Sólo seguiré con esta conversación si me respondes una pregunta.

—Será un gran placer responderla —dijo apresuradamente el joven, confiando en que un mendigo no haría una pregunta compleja.

—¿Cuál es la diferencia entre un poeta y un poeta de la vida? —inquirió, penetrando en los ojos de Marco Polo.

El joven se dio cuenta de que había caído en una trampa. Había subestimado la inteligencia del mendigo. Se pasó las manos por el rostro, bajó la cabeza y, después de mucho pensar, reconoció:

—Perdóneme, señor, pero no sé la respuesta.

—Un poeta escribe poesía, un poeta de la vida vive la vida como una poesía. Mi amigo era un Poeta de la Vida.

Marco Polo quiso ensayar una nueva pregunta. Interrumpiéndolo, Halcón dijo:

—Sé honorable. Tú no respondiste y la conversación se acabó.

El muchacho se quedó plantado en la banca. Se creía muy experto, pero se topó con su propia estupidez y arrogancia. A pesar de sentirse decepcionado de sí mismo, estaba eufórico por la inteligencia del mendigo.

Éste se levantó y comenzó a caminar como si nada hubiera pasado. Abrazó un árbol. Lo besó. Se inclinó ante una flor, parecía querer penetrar en sus entrañas. Decía algunas palabras inaudibles, como si estuviera musitando una oración o elogiándola.

Marco Polo, obstinado y con la voz entrecortada, se arriesgó a decir algo para mantener el vínculo:

—¡Hasta mañana!

Halcón se incorporó y comentó:

—¡El tiempo no existe muchacho! ¡Mañana podría haberse apagado la llama de la vida!

Enseguida se marchó sin despedirse. Mientras andaba, abría los brazos y hacía un movimiento de danza. Cantaba con voz vibrante, mirando la naturaleza, "What a Wonderful World", de Louis Armstrong, con algunas modificaciones en la letra:

Veo el verde de los árboles, las rosas rojas también.

Las veo florecer para la humanidad.

Y yo pienso para mí... qué mundo maravilloso.

Veo el azul de los cielos y el blanco de las nubes.

El brillo del día bendecido, la sagrada noche oscura.

Y yo pienso para mí... qué mundo maravilloso.

El mundo intelectual de Marco Polo no era maravilloso, acababa de pasar por un vendaval. Profundamente intrigado, se dijo a sí mismo: "¿Qué hombre es éste que se esconde en la piel de un miserable? ¿Qué mendigo es éste, que parece tener mucho, pero posee tan poco?".

Capítulo 3

Al regresar a la residencia estudiantil, donde vivía, Marco Polo se abstrajo en su interior. Su padre, Rodolfo, siempre había sido un admirador del Marco Polo italiano, uno de los más grandes aventureros de la Historia. El viajero veneciano tenía tan sólo 17 años cuando, en 1271, partió de la bellísima Venecia rumbo a Asia con su padre y su tío. La increíble odisea duró veinticuatro años.

Corrieron enormes riesgos, navegaron por ríos y mares, anduvieron por desiertos, escalaron montañas, pisaron suelos nunca antes tocados por un europeo. La aventura reveló un mundo fascinante, jamás descrito. Su obra *El libro de las maravillas: la descripción del mundo*, influyó en el mapamundi trazado en 1450, hoy expuesto en la Biblioteca Marciana de Venecia.

Rodolfo era un ávido admirador de la osadía de Marco Polo, y por eso dio su nombre a su hijo. A medida que el niño fue creciendo, el padre relataba con entusiasmo al pequeño las peripecias del aventurero italiano. Le contaba, con alguna dosis de ficción, los sueños del navegante veneciano, su coraje invencible y su incontrolable motivación por conocer nuevos mundos, explorar nuevas culturas, costumbres, gastronomía. El chico bebía las palabras de su padre.

Entre sus numerosos descubrimientos, el explorador llevó a Italia el fideo, inventado por los chinos. Los italianos, con su habilidad culinaria sin par, lo perfeccionaron. El señor Rodolfo, amante de una buena pasta, brindaba por el explorador cada vez que comía espagueti.

Una frase dicha y repetida por el padre hacía eco en la mente del pequeño:

—Hijo, los aventureros realizan sus conquistas y el resto de las personas les aplaude. ¡Sal siempre del lugar común!

Ahora el joven era un estudiante de medicina. Deseaba conocer los misterios del cuerpo humano. Sin embargo, como la vida tiene encrucijadas imprevisibles, se topó con un desafío mucho mayor: conocer el complicado mundo de la mente humana.

Como si no bastara con ese intenso reto, la personalidad que debía descubrir era la de un ser humano que vivía en la periferia de la sociedad y, como tal, era tachado de loco, inescrutable y portador de una historia existencial despreciable.

Tuvo la impresión de que no lograría profundizar en el universo de Halcón, pues vivían en ambientes y culturas completamente distintos. "¿Cómo hacerlo? ¿Qué herramientas usar? ¿Qué actitudes tomar sin que parezcan una invasión? ¡Seguramente el Marco Polo del siglo XIII también se inquietaría ante esta aventura!", pensaba constantemente.

Había que ser atrevido y creativo para recorrer los suelos intangibles del alma humana y caminar en el territorio indescifrable de la emoción. Después de viajar en sus pensamientos y hacer anotaciones sobre los hechos ocurridos, brilló una luz. Tuvo una idea inusual para romper las barreras y distancias entre él y el mendigo pensador: "Necesito volverme uno de ellos", imaginó.

Al día siguiente, un sábado soleado, entró en el cuarto de baño, se pasó pasta de ajo por la cara, tomó un nabo podrido de la cocina y lo refregó en sus brazos y en el pecho. Tomó gel, lo mezcló con la pasta de ajo, se lo untó en la cabeza y alborotó sus cabellos. Parecía un pequeño monstruo o alguien que acababa de recibir un choque eléctrico. Pero todo se valía para lograr la conquista. A final de cuentas, ya no aguantaba ser el blanco de las burlas de sus compañeros.

Enseguida fue a su cuarto, tomó una camisa de un rojo vivo, la rasgó y se la puso. También unos pantalones oscuros decolorados y manchados que había comprado en una venta de garaje. Por último, un saco negro y remendado, adquirido en el mismo lugar. Al pasar por el salón, sus compañeros se llevaron un susto. Marco Polo no parecía un mendigo, sino un extraterrestre. De tantas carcajadas, todos terminaron en el suelo. Su día comenzaba mal. De nada serviría explicarles, nadie entendería. Salió de ahí saltando y dejó estáticos a sus colegas.

Olía tan mal que nadie podía pasar cerca de él en la calle sin taparse la nariz. El excéntrico joven causaba espanto en los adultos, pero divertía a los niños. Nunca había llamado tanto la atención.

Al aproximarse al parque, las personas lo señalaban con el dedo y se burlaban de él. Comenzó a sentir rabia de los normales. Tuvo ganas de renunciar. "Ser mendigo debe ser una vida dura", pensó. Pero su meta se lo impedía, era su prioridad y estaba convencido de que Halcón se acercaría a él.

Después de media hora de búsqueda, encontró a Halcón y se sentó a su lado. Guardó un gran silencio, quería impresionar. El mendigo se apartó de él. No soportó el olor. Disimuladamente, echó un vistazo al estudiante, de la cabeza a los pies. Se apartó un poco más. Cada uno silbaba y miraba hacia el lado opuesto. De pronto, sus miradas se cruzaron.

Cuando Marco Polo pensó que estaba causando impacto, el otro gritó:

—¡Qué feo eres!

Enseguida, estalló en carcajadas. El parque enmudeció con tanta risa. El muchacho se puso rojo, no sabía si reír o correr. Prefirió reír. Se rio mucho, lo hizo para no llorar. Era la primera vez que se reía de sus propias tonterías. Era un joven inteligente e intrépido, pero acartonado y sin un gran sentido del humor. Burlarse de sí mismo fue un bálsamo. Los transeúntes se aproximaron. Querían un poco de la alegría de aquellos dos alienados.

Marco Polo señaló a la audiencia y aumentó sus risas. La gente comenzó también a reír, nadie sabía por qué. Reían sin motivo. Se reían unos de los otros. Era la terapia de la risa, tan ilógica y tan sencilla.

Momentos después, el show terminó. Surgió el silencio. Y con el silencio, la muchedumbre se dispersó. Mientras se alejaban, lanzaban monedas. Halcón dijo:

—Dios mío, qué necesitados están los normales. Qué fácil es divertirlos. Hasta un payaso novato atrae la atención.

Marco Polo frunció el rostro y se quedó pensando que la indirecta no era para él. Pero decidió seguir con su plan. Sacó su mochila, le dio algunos alimentos bien envueltos y una caja de chocolates. Pensó que después del circo y de los regalos lo había conquistado. ¡Craso error! El mendigo miró al joven y le propinó un golpe inolvidable:

—Tu alimento sacia mi hambre, pero no compra mi libertad.

—¡No quiero comprar su libertad! —reaccionó de inmediato.

—¡Sé honesto! Tú quieres que yo hable, que te dé información. Quien vende su libertad nunca fue digno de ella —expresó Halcón.

El joven se rascó la cabellera erizada y de nuevo se preguntó: "¡¿Quién es esta persona tan rápida en las respuestas y tan fiero en sus ideas?!".

Sintió la pobreza de su plan para cautivar a alguien tan poco común. En el fondo, quería comprar lo que no tiene precio. Tenía que usar una estrategia de transparencia. Reconociendo su error, dijo:

—Discúlpeme por mis segundas intenciones. Yo realmente quise que mis regalos abrieran las ventanas de su mente.

Más afectuoso ante la humildad de Marco Polo, Halcón endulzó la voz:

—Muchacho, tu nombre es el de un explorador, pero tú nunca serás uno de nosotros. Puedes maquillarte, vestir ropas rasgadas, oler mal, pero seguirás siendo tú mismo. En tu mundo, ustedes creen que el embalaje cambia el valor del contenido. En mi mundo, eso es una tontería. Tú seguirás siendo un prisionero.

Marco Polo se sorprendió:

—¿Prisionero de qué?

—Del sistema.

—¡Yo soy libre!

—Tú crees que eres libre. Tienes los pies libres para caminar y la boca libre para hablar. Pero ¿eres libre para pensar?

—Creo que sí.

—Entonces respóndeme con sinceridad: ¿sufres por el futuro, o sea, te atormentas por cosas que no han sucedido?

—Sí —dijo el joven, consternado.

—¿Tienes necesidades que no son necesarias?

—Sí.

—¿Sufres cuando alguien te critica? ¿Te preocupas por la opinión ajena?

—Sí.

Halcón guardó silencio, dejando al otro pensativo. Se acordó de cuánto lo atormentaban las opiniones de su profesor y de sus compañeros de clase. La discriminación que sufrió se registró de manera significativa, generando un conflicto. Perdió el sueño algunas veces. Dejó que la basura externa invadiera su emoción.

Comenzó a analizar lo que estaba haciendo en ese parque. La conquista del Halcón estaba motivada por el dolor de la discriminación, y no por lo que él realmente representaba. Así, comenzó a reevaluar su enfoque y admitió con honestidad:

—No soy tan libre como imaginaba.

Halcón continuó, y por primera vez lo llamó por su nombre.

—Marco Polo, el mundo en el que vives es un teatro. Las personas frecuentemente actúan. Se observan todo el tiempo, esperando comportamientos previsibles. Observan sus gestos, su ropa, sus palabras. La libertad es una utopía. La espontaneidad ha muerto.

Él jamás pensó que podría encontrar sabiduría en un vagabundo. Recordó la primera clase de anatomía, las palabras prejuiciosas de su profesor, de la psicóloga y de la trabajadora social.

Percibió cuán superficiales somos al juzgar a las personas diferentes. Comprendió su propia superficialidad.

Entendió que muchos indigentes podían ser enfermos mentales sin estar en condiciones de expresar grandes ideas; sin embargo, todos ellos tuvieron una gran historia. Además, comenzó a descubrir que algunos miserables de las calles, como Halcón, y probablemente algunos enfermos mentales tenían una sabiduría que los intelectuales no alcanzaban. Se convenció de que cada ser humano es una caja de secretos a ser explorada.

Cuando los excluimos es porque no los entendemos. A partir de ahí, comenzó a estar fascinado por la mente humana. Poco a poco se le despertó el deseo de un día especializarse en la más enigmática y compleja de las disciplinas médicas: la psiquiatría. Las ideas del pensador de las calles le inspiraron.

Después de cuestionar su propia libertad, Marco Polo guardó silencio por algunos minutos. Halcón se recostó cómodamente en la banca.

Enseguida, el joven volvió a la carga revelando sus inquietudes y su famosa incapacidad de quedarse callado. Decidió provocar a Halcón:

—¿Será que por el hecho de no haber tenido éxito en el sistema que condena usted se apartó de él? ¿Quién me asegura que usted no es una persona socialmente frustrada e interiormente cautiva?

Fue perspicaz en sus argumentos, pero después de decir tales palabras sintió que corría el riesgo de destruir su relación con Halcón. Recordó que su impetuosidad le había causado problemas con el doctor George. Por mucho menos, el médico lo había humillado públicamente.

Cuando la relación parecía haberse vuelto tensa, el joven se sorprendió. El brillo en los ojos y una sonrisa torcida de Halcón indicaban que le gustaba que lo provocaran. Con lucidez, el mendigo dio una breve respuesta, sin grandes detalles:

—¡Tienes futuro, muchacho! Tú piensas. El sistema me hirió drásticamente y me expulsó. El dolor que viví podría destruirme o construirme. Decidí dejar que me construyera. Atormentado, salí sin dirección, buscando una dirección dentro de mí mismo...

Enmudeció. No dio más detalles de su vida, y Marco Polo no quiso invadir su intimidad. Había profundidad e intenso sufrimiento en esas breves palabras. Sintió que era hora de marcharse. Partió callado y pensativo.

El filósofo de las calles estaba convirtiéndose en maestro de un estudiante perteneciente a la élite social. El joven admiró al mendigo y el mendigo se encantó con el joven. Comenzaron a ser amigos. Ambos vivían en mundos distintos, pero se acercaron por el lenguaje universal de la sensibilidad y del arte de pensar. Una fascinante historia se perfilaba.

Capítulo 4

El descubrimiento del rico y profundo mundo oculto tras los escombros de la miseria de Halcón parecía una locura en las sociedades modernas, que valoran demasiado la tecnología y muy poco la sabiduría. Este hallazgo había dejado atónito a Marco Polo.

En el siguiente encuentro aún se mostró reacio de asistir con su ropa normal. De nuevo se disfrazó de mendigo, pero más discreto y menos fétido. Sus cabellos continuaban erizados. No tenía visos de pordiosero. Halcón, alegre, no lo censuró. Marco Polo ya no era un invasor de territorio. El maestro de las calles seguía con su vida sin prestarle, aparentemente, mucha atención.

Observaba a los transeúntes y se reía. El joven se esforzaba por entender, pero no sabía lo que estaba pasando. Halcón se divertía imaginando lo que las personas estarían pensando en ese momento exacto.

Minutos después, permitió que el joven entrara en el juego. Quería darle una lección.

—¿Ves a ese sujeto apresurado, aprensivo, con la corbata torcida? Mira cómo frunce la nariz y hace gestos. Debe de estar pensando: "¡Ya no aguanto más a mi jefe! Le voy a pedir mi liquidación y lo mando a sembrar papas". ¡Pobre! Es el mejor sembrador de papas de esta ciudad. Hace años que repite lo mismo.

Marco Polo esbozó una sonrisa analítica. Pensó: "Siempre fueron los normales quienes se burlaron del actuar de los marginados, que hablan solos, gesticulan, son curiosos. No imaginaba que algunos de ellos miran a la sociedad organizada como un circo". Halcón llamó su atención hacia otra persona.

—¿Ves a esa mujer toda arreglada, intentando equilibrarse en esos enormes tacones? Mírala. Mira cómo camina torcida. Casi se cae. Qué cosa más rara. Nadie nunca miró sus tacones, pero ella no se baja de ellos. Debe de estar pensando: "¡¿Quién me estará admirando?!".

Enseguida preguntó al joven:

—¿Quién está admirando a esa mujer?

—No lo sé —respondió.

—¡Sólo nosotros, tonto! Ella estuvo más de una hora sufriendo ante el espejo para que dos bobos la observaran —respondió, bromeando. Y completó—: Si no juegas con la vida, la vida jugará contigo.

Marco Polo entendió el mensaje y entró en el juego. Enseguida, llamó la atención del mendigo hacia un hombre aparentemente muy famoso, debía de ser un actor o un cantante. Estaba rodeado de guardaespaldas y era perseguido por algunos reporteros que trataban de entrevistarlo. Agresivo, desdeñaba a los periodistas.

—Debe de estar pensando: "¡Yo soy el héroe de esta ciudad!".

No logró decir nada más sobre el hombre cuando percibió que Halcón no había apreciado su frase.

—Escogiste al personaje equivocado. Ese hombre no tiene ninguna gracia, vive alrededor de la fama, pisotea a los demás. Muere todos los días un poco, pero se cree superior a los mortales. Los medios lo produjeron y los medios lo detestan.

Incómodo, preguntó:

—¿A quién debería elegir?

—Deberías escoger a esa reportera que intenta entrevistarlo. ¡Está bufando de rabia por dentro! Debe de estar pensando: "No doy crédito de que gano tan poco para entrevistar a un tipo tan vacío".

Marco Polo meditó sobre esas palabras. Halcón completó:

—Los periodistas son profesionistas interesantes. Son como bacterias que critican el sistema, pero dependen de él para sobrevivir.

Mientras ambos se divertían, algo rompió abruptamente el momento de relajación. Cerca de ellos, un joven de 15 años, consumidor de drogas, aprovechó que estaba en medio de la multitud y robó, por la espalda, la bolsa de una señora mayor. Para que ella no lo viera, la empujó sin piedad. La mujer cayó, se hirió las rodillas y los labios. El infractor echó a correr.

La señora gritaba sin parar: "¡Mi bolsa! ¡Robaron mi bolsa!". En la confusión, los transeúntes no lograron identificar al ladrón. Diez metros al frente estaban dos policías que oyeron los gritos. Salieron corriendo ansiosos para ver si lo atrapaban.

Al percibir que estaba siendo perseguido, el ladronzuelo, amedrentado, aventó la bolsa en el regazo de Halcón, que se levantó para buscar a su dueña. Los policías vieron la bolsa al pasar cerca de él. Dedujeron que un mendigo no podía ser propietario de tal objeto. Lo sujetaron.

Marco Polo imploraba la atención de los policías. En vano intentaba explicar lo que ellos no querían entender. Uno de los policías fue hasta donde estaba la señora, a unos treinta metros, y le preguntó si la bolsa le pertenecía. Ante la respuesta positiva y viendo las rodillas y los labios sangrando, salió indignado. Lo acompañaba una pequeña multitud, sedienta de venganza. Daría la orden definitiva para mandar a prisión al violento mendigo.

Halcón estaba relativamente tranquilo. Sabía que ningún argumento sería convincente. El momento era tenso. De nuevo sería el blanco de policías que odiaban a los vagabundos. Algunos gritaban consignas queriendo lincharlo. La agresividad generaba agresividad, revelando el inextinguible ciclo de la violencia. Las sociedades modernas viven tiempos dementes. La serenidad es un artículo de lujo.

Ante el coro de la multitud, los policías, enojados, medio recitaron los derechos del ciudadano y lo esposaron. ¿Qué derechos tiene un vagabundo? ¿Qué abogado tendría alguna motivación para defenderlo? ¿Quién podría creer en su inocencia? Marco Polo intentaba en vano defenderlo. Estaba desesperado ante la injusticia.

De repente, Halcón intentó extraer algo voluminoso de su bolso. Los policías pensaron que iba a sacar un arma. Lo golpearon, lo derribaron y le pusieron las rodillas en el cuello. Pero era un tubo de metal, y no un arma.

Al ver a su amigo caído y herido, Marco Polo tomó una actitud inesperada. Comenzó a decir a gritos:

—¡Fui yo! ¡Fui yo! ¡Yo robé la bolsa! ¡Él es inocente!

Los policías se quedaron confundidos. La audiencia calló.

Halcón, perturbado, lo desmintió. Gritó:

—¡No! Yo fui. Yo la robé.

Nadie entendía nada. Los policías estaban atónitos. Nunca habían presenciado una reacción como ésa. Marco Polo fue más incisivo.

—¡Padre! Tú eres un anciano. Toda mi vida me has protegido. No tienes fuerza ni para caminar. ¿Cómo podrías robarla? Yo robé la bolsa y la puse en tu regazo. ¡No asumas mi culpa!

Sin disculparse con el hombre, los policías simplemente cambiaron las esposas de muñecas. Marco Polo fue conducido a la patrulla, seguido por un cortejo en donde el populacho gritaba:

—¡Ladrón! ¡Ladrón! ¡Mátenlo! —gritaban algunos.

Al aproximarse a la patrulla, Halcón tomó el tubo de metal, lo abrió y de él salió una rosa de seda roja. La iba a entregar a los policías como una señal de paz. Ahora, había encontrado alguien más digno de recibirla: su joven amigo. Halcón era amigo de los niños. Había obtenido ese regalo de un pequeño que de vez en cuando le llevaba comida al parque.

Los ojos del mendigo se clavaron en los del joven. Su silencio gritó su agradecimiento, pero estaba preocupado por las consecuencias de su actitud.

Marco Polo entró en la patrulla y partieron. Nunca había entrado en una oficina de policía. No podía alegar inocencia, había asumido el delito. Delante del delegado, la capacidad de argumentar de Marco Polo se volvió inútil. Todos estaban indignados con un criminal que robaba y lastimaba a ancianas frágiles.

En el interrogatorio, el delegado le preguntó si alguna vez había estudiado o trabajado. Marco Polo lo miró fijamente y le dijo que era un estudiante de medicina. El delegado y el escribano casi explotaron de tanto reír.

—¡Sólo eso me faltaba! Un payaso en la delegación. Yo no estoy aquí para jugar, muchacho —gritó—. ¿Qué haces en la vida?

—Ya le dije. Soy estudiante de medicina.

—¿Un mendigo futuro médico? Sí con esa linda cabellera planeas ser un médico, entonces yo soy Marilyn Monroe.

El escribano se moría de la risa. Abrió las puertas y llamó a varias personas para que entraran en la sala. Les presentó al mendigo intelectual. Todos se burlaron, aplaudieron, armaron un escándalo.

Marco Polo comenzó a entender el peso de ser una persona excluida, los peligros de vivir fuera del modelo social. Sin embargo, ya se estaba curtiendo. Con su extraña cabellera y su ropa rasgada, no era posible que lo tomaran en serio.

El delegado sabía que los mendigos, en su mayoría, eran pacientes psiquiátricos. Pensó que Marco Polo estaba delirando. Sin respeto, balbuceó para algunos: "No aguanto a estos gusanos". Enseguida, se acercó y gritó:

—¡Dime quién eres, depravado! Si eres un futuro doctor, entonces muestra tu credencial de estudiante.

Marco Polo tragó en seco. No traía credencial de identidad ni de estudiante consigo en este momento.

—Se me olvidó en casa.

—Ah, este listo dice que la olvidó en casa. Muy bien.

El delegado no dudó. Como había montado un teatro, quería continuar el espectáculo.

—Entonces descríbeme el cuerpo humano. Da una clase sobre lo que has estudiado en tu curso, megalómano.

La audiencia llegó al delirio ante la sagacidad del delegado.

—¡Usted es una fiera, jefe! —dijeron los subordinados, queriendo exaltarle el ego. El delegado, a su vez, se acarició la cabeza, creyendo que llevaba ventaja.

Pero, se metieron en un avispero. No sabían en qué trampa habían caído. Por ser hostigado en las clases de anatomía, Marco Polo tenía que ser un excelente estudiante para aprobar los exámenes.

Fijó su mirada en los presentes y comenzó, con la mayor seguridad, a describir los intrincados músculos del antebrazo. Ya desde sus primeras palabras, las personas se quedaron con los ojos cuadrados.

Después comenzó a explicar el trayecto del nervio radial. Enseguida los dejó pasmados comentando las aurículas y ventrículos del corazón. Relató el nacimiento de la arteria aorta, sus ramas y subramas. Señaló también cuántos huesos tenía el esqueleto humano.

Después de haber conquistado a su auditorio, decidió hacer una broma sutil con el delegado.

—Por el enorme cráneo que el señor delegado posee, ciertamente tiene un cerebro privilegiado.

Tomó una hoja de papel que estaba sobre la mesa. La dobló y pidió que le dejaran medir la frente de la autoridad. Preparó la escena.

—Es de suponer que usted tenga unos noventa mil millones de neuronas.

El delegado, desde su infancia, tenía un complejo de inferioridad a causa de su voluminosa cabeza. Su apodo en la escuela era Cabezón. Sus compañeros se burlaban de él. Conforme creció, intentó compensar su baja autoestima siendo agresivo y autoritario. Imponía sus ideas y no las exponía. Pero, ante una descripción supuestamente favorable de Marco Polo, se sintió un intelectual.

No sabía que el muchacho bromeaba, reduciendo el número de sus neuronas. Un cerebro normal tiene más de cien mil millones de neuronas. Con buen humor, lo llamó solemnemente "gran cerebro" ante sus amigos.

—¡Gran cerebro! Nadie nunca me había llamado de ese modo.

Satisfecho, se pasó las manos por la cabeza, por primera vez con alivio. Ante el vasto conocimiento de anatomía del joven, y sintiéndose elogiado por sus palabras, cambió el tono de su interrogatorio.

"Este muchacho tiene comportamientos extraños, pero parece una buena persona", analizó de nuevo para sí. Además, realmente podría ser un estudiante de medicina excéntrico, y el delegado temió sufrir un proceso por abuso de autoridad.

Preguntó por qué Marco Polo estaba vestido de esa manera. Recibió las explicaciones. Ante la extraña historia, y sin saber cómo proceder, dejó al chico en una sala especial hasta esclarecer los hechos.

Una hora después apareció un testigo para declarar espontáneamente. Era un vendedor que trabajaba en una tienda en los alrededores. En el momento en que transitaba por el parque, vio al menor infractor aventando la bolsa en el regazo del viejo mendigo.

Comentó también que ese mendigo frecuentaba el parque hacía un tiempo y era conocido por los transeúntes por su inteligencia y actitud extraña. Contó cómo Marco Polo había protegido al viejo. Y, antes de que el delegado se lo preguntara, dijo que no había dicho nada en ese momento porque el ambiente estaba re-vuelto. Tuvo miedo de aclarar los hechos en el parque. Pero, con-movido por la actitud del joven, vino a declarar a su favor.

El delegado se pasaba las manos por la nuca. Guiñaba los ojos y respiraba hondo. Intentaba descubrir si aquello era un sueño o una realidad. Estaba tan perplejo que comentó:

—Nunca oí hablar de un indigente inteligente, nunca oí ha-blar de que alguien asumiera la culpa de otro, ¡nunca vi a un es-tudiante de medicina mendigo! Eso es demasiado para mí. Eso es cosa de gente loca.

—O de gente que se ama —corrigió el vendedor.

Sabiendo que había sido autoritario, llamó aparte al mucha-cho e intentó justificar lo injustificable: su actitud discriminato-ria. Dijo que no podía imaginar que en la piel de un pordiosero estuviera un joven de la élite. Y aprovechó para confirmar si creía en serio que su cerebro tenía muchos miles de millones de neuronas.

—Su cabeza es la de un genio. Freud tendría envidia de usted —le aseguró.

El delegado se fue a las nubes. Pero Marco Polo estaba tris-te. Abandonó decepcionado aquel templo de la justicia. Sintió en la piel que la justicia es fuerte con los débiles y débil con los fuertes...

A pesar de eso, salió canturreando. A final de cuentas, su maestro le había enseñado a jugar con la vida y no reñir con ella.

Capítulo 5

Otro día, Marco Polo fue nuevamente a encontrarse con su amigo. Traía su ropa de costumbre. Sin embargo, día con día se convencía de que los normales estaban más enfermos de lo que jamás hubiera pensado.

Esta vez, Halcón lo esperaba:

—Hacía tiempo que no me preocupaba por la suerte de alguien.

—¿Te preocupas por mí? —preguntó, sorprendido y complacido.

—¿Se te olvidó que eduqué a un hijo cabeza dura? —bromeó.

La situación en la que se habían visto envueltos fue tan inusual que Marco Polo consiguió algo raro del viejo sabio: que hablara sobre su mundo. El mendigo era un cofre. El joven estudiante sólo logró que abriera la boca porque conquistó su alma. Se sentaron y tuvieron una larga conversación.

El muchacho estaba boquiabierto con las revelaciones sobre el Poeta de la Vida. Supo que ese hombre sabía transformar las cosas simples en un espectáculo a sus ojos. Hacía de la aurora un momento de meditación. Consideraba el rocío de la mañana como perlas anónimas que por instantes aparecen y luego se disipan, pero sólo los sensibles las perciben. Se despedía de la Luna como quien se despide de una amiga. Cantaba cuando las gotas de lluvia humedecían la tierra. Estaba enamorado de la vida, de la naturaleza y del Autor de la existencia.

El joven absorbía las palabras del viejo como un sediento en el desierto. Marco Polo sintió que quienes estaban al margen de la sociedad tenían muchos trastornos, pero vivían más aventuras, por lo menos algunos de ellos. La sociedad se había convertido en un mercado del tedio, sin poesía ni sensibilidad.

Halcón tenía una manera particular de expresarse: hablaba mirando hacia una audiencia invisible y no directamente a él. Cuando quería, era un hombre de detalles, diseccionaba los sentimientos. Tenía una habilidad impresionante para producir frases de efecto.

Relató que el Poeta de la Vida era también un gran crítico del sistema social. Decía que en la sociedad había muchas personas intentando conquistar el mundo exterior, pero no su mundo interior. Compraban aduladores, pero no amigos; ropa de marca, pero no confort. Ponían cerraduras en las puertas, pero no tenían protección emocional. "Mendigan el pan de la tranquilidad. Están peor que nosotros, mis amigos", le decía a él y a quienes lo rodeaban para beber de su inteligencia.

Le gustaba proclamar que ricos son los que extraen mucho de poco y libres los que pierden el miedo de ser lo que son. "Somos ricos y libres." Le gustaba hablarles a los miserables de las calles, tratando de consolarlos. Algunos no entendían sus palabras, pero aun así él no dejaba de decirlas.

De repente apareció un mendigo pidiéndole comida a Halcón. Éste sólo tenía unas monedas, pero se las dio. Se despidió de él deseándole que caminara en paz.

—Le diste todo el dinero que tenías. ¿No pasarás hambre en la noche?

—Puede ser. Pero hay un hambre que puedo saciar ahora. El hambre de aliviar el dolor de alguien más.

Marco Polo enmudeció. Después de un momento de silencio, su interlocutor miró nuevamente a la audiencia invisible y preguntó:

—¿Tú pasas por los valles del dolor?

Marco Polo reflexionó y consideró:

—Algunas veces, sí.

—No te dejes intimidar. El Poeta y yo comentábamos que no hay personas exentas de sufrimientos, ni en tu mundo ni en el mío. Lo que hay son personas menos encarceladas que otras. Todos somos rehenes de algún periodo del pasado.

Halcón no hizo comentarios sobre las cadenas de su pasado ni Marco Polo se atrevió a cuestionarlo. El mendigo continuó describiendo al Poeta. Dijo que cuando el hambre apretaba, él no pedía dinero, hacía que los hombres viajaran.

—¿Viajaran?

—Sí. Que viajaran al interior de sí mismos.

—¿Cómo?

El maestro se subió a una banca del parque y repitió la escena que hacía su amigo, y que él aprendiera a hacer. Conminó a la multitud a que se aproximara. Comenzó a declamar, en forma grandilocuente, un poema a la naturaleza. Los transeúntes, admirados, formaron un semicírculo. El mendigo señaló un bello pájaro y llevó a la multitud a viajar en sus alas.

—Más sabios que los hombres son los pájaros. Enfrentan las tempestades nocturnas, caen de sus nidos, sufren pérdidas, laceran sus historias. Por la mañana, tienen todos los motivos para entristecerse y reclamar, pero cantan agradeciendo a Dios un día más. Y ustedes, portadores de nobles inteligencias, ¿qué hacen con sus pérdidas?

Enseguida, puso el estropeado sombrero frente a él. Se lo caló y se sentó al lado del deslumbrado Marco Polo. Los oyentes, extasiados, le aplaudieron y le dieron dinero. El joven preguntó:

—¿Recibiste muchas limosnas?

—No recibí limosnas. Este dinero paga por el viaje que les proporcioné. Les salió barato.

Aquello era demasiado para su mente. Quedaba atónito a cada frase de Halcón. Cuando la multitud se dispersó, se aproximaron varios mendigos hambrientos. El hombre distribuyó el dinero entre ellos. Ese ritual era común.

—¿Les diste todo el dinero?

—En mi mundo, los más fuertes sirven a los más débiles. En el tuyo, los más débiles sirven a los más fuertes. ¿Cuál es más justo?

Sintió un nudo en la garganta. Creyó que era innecesario responder. Después de este hecho, comenzó a contar sobre la identidad social del Poeta. Hacía semanas que Marco Polo lo esperaba.

Relató que el Poeta era un médico respetado en la sociedad. Se casó enamorado de su esposa. Tuvieron dos hijos que encantaban a la pareja. Él los amaba hasta el límite de su entendimiento. A diario los besaba. Rara vez un padre estuvo tan presente y fue tan afectuoso. Sin embargo, el "pájaro" enfrentó una dramática tempestad nocturna.

El nido del Poeta se derrumbó. Cierta vez, toda su familia viajaba en el auto. Llovía mucho. En un rebase, él perdió el control del auto y sufrió un grave accidente. Toda su familia se fue. Uno de los hijos no murió en el acto. Pasó una larga temporada en coma. El Poeta también, pero sólo por algunos días.

Cuando despertó, el mundo se derrumbó sobre él. Se atormentaba día y noche con ideas negativas que alimentaban su sentimiento de culpa y destruían su tranquilidad. Como consecuencia, tuvo sucesivas crisis depresivas. Nada lo consolaba.

—¿Él no recibió tratamiento? ¿No tomó antidepresivos?

Para sorpresa de Marco Polo, Halcón comentó:

—Los antidepresivos tratan el dolor de la depresión, pero no curan el sentimiento de culpa ni tratan la angustia de la soledad...

—¿Nadie conversaba con él? ¿No hizo alguna terapia?

—Él tenía sed de comprensión, de interiorización, y no de consejos y técnicas frías. Pocos tienen la madurez para entender el drama de alguien que lo pierde todo. ¿Qué teoría y qué técnica psicológica podrían rescatar a la esperanza del caos? Los terapeutas tenían la teoría, pero les faltaba sabiduría...

Esas palabras causaron un eco en el joven Marco Polo, abrieron el abanico de su inteligencia. Deseó anotar con más detalles las conversaciones con su maestro. Estimulado por sus diálogos, comenzó también a reflexionar y a registrar el comportamiento de las personas que lo rodeaban. Poco a poco aprendía a ser un buscador de oro en el mundo indescifrable de la mente humana.

La conversación continuó y el joven preguntó:

—¿El Poeta nunca fue internado en hospitales psiquiátricos?

—Él se aislaba por días en el dormitorio de su casa para organizar sus ideas, buscar un sentido a su vida, pero sus psiquiatras interpretaban ese aislamiento como un agravamiento de la crisis depresiva. Por eso lo internaban. En el hospital, los medicamentos embotaban sus sentimientos. No lograba pensar, reflexionar ni alimentar su lucidez. Con eso se deprimía todavía más, dejaba de comer y de tener contacto social. Entonces lo llevaban a terapia con electrochoques. No presentó ninguna mejora.

—Pero ¿cómo fue a parar a las calles?

Halcón relató que el Poeta, al saber que su hijo había tenido un paro cardiaco y había fallecido en la UCI (Unidad de Cuidados Intensivos) después de más de seis meses en coma, quedó perturbado y entró en la desesperación. Fue el golpe fatal. Lo internaron nuevamente.

—Si simplemente lo hubieran abrazado, escuchado, amparado, tal vez hubiera soportado su caos. Pero fue tratado como un enfermo. El dolor se volvió insoportable. No intentó suicidarse, no desistió de vivir, pero huyó del hospital y salió sin rumbo por el mundo.

Halcón contó que, así como él, el Poeta se convirtió en un caminante sin dirección que buscaba un hogar dentro de sí mismo para descansar. Un lugar de confort entre los fragmentos de sus pérdidas. Quería rescatar una razón para seguir respirando físicamente y oxigenar sus emociones.

—¿Cómo fue su adaptación a un ambiente inhóspito? ¿No empeoraron las crisis cuando se marchó sin rumbo?

—En las calles, el Poeta encontró a miserables como él. Conoció a los incomprendidos, a los lacerados por las pérdidas, a los mutilados por la culpa, a los trastornados por las psicosis, a los que son considerados escoria del sistema. Ayudar a todas esas personas le dio ánimos.

Enseguida, Halcón señaló a lo lejos a una mujer indigente, llamándola por su nombre; dijo que ella había perdido a sus padres, su seguridad, sus cimientos. Bárbara no tenía familiares ni amparo. Se volvió alcohólica. Salió al mundo. Después señaló a otras personas.

—Tiago era rico y perdió todo: dinero, privilegios, esperanza, autoconfianza, capacidad de luchar. Tenía estatus y glamour, pero perdió su gloria y con ella a sus amigos, y, al no soportar el anonimato, se abandonó. Ése del abrigo negro es Tomás. Fue un brillante periodista. El alcoholismo y las crisis depresivas le robaron el empleo, la mujer, los bienes y la serenidad.

Enseguida señaló a otras dos personas.

—Juan y Adolfo todavía tienen psicosis, deliran, se atormentan con imágenes aterradoras. Ambos fueron profesores universitarios. Se cansaron de las crisis y los internamientos. Hicieron del mundo un lugar más amplio para huir de sus fantasmas.

Después, miro hacia a una mujer flaquísima. Joana había sido modelo en su adolescencia. Engordó, perdió las curvas de su cuerpo, la belleza exterior y la admiración social. Fue descartada, se abatió, padeció anorexia nerviosa. Sus padres adoptivos murieron. Se quedó sola. Fue internada de hospital en hospital, hasta que decidió buscar un lugar donde a nadie le importara su apariencia.

—Tu sociedad usa a las personas y las descarta como objetos. ¡Cuidado, joven amigo! Los aplausos nunca duran.

El muchacho estaba impresionado. Todas aquellas personas tenían historias riquísimas, pero pasaban inadvertidas a las miradas prejuiciosas de los transeúntes. "Nadie tendría el valor de abandonar completamente el confort social si no tuviera una vida lacerada, un motivo muy fuerte", reflexionó.

Halcón respiró profundo y enseguida relató su encuentro con su amigo. Dijo que el Poeta lloraba muchas veces por las calles. Había pasado noches enteras derramando lágrimas en los parques de las ciudades y en los oscuros callejones, preguntando: "¿Por qué? Hijos míos, ¿dónde están?". Halcón lo encontró gimiendo en uno de esos parques.

Las lágrimas los acercaron. Ninguno dijo nada. Sollozaron juntos, cada uno por su historia. Ninguno de los dos necesitó presentarse o mostrar sus credenciales.

—Yo lo comprendí sin oírlo y él me entendió sin escucharme. De las lágrimas nació una gran amistad —respirando pausadamente, completó—: Para el Poeta, ayudar a los abandonados era rendir un homenaje a sus hijos y a su esposa. Poco a poco, logró rescatar su fe en Dios. Comenzó a ver la firma del Creador en el delirio de un psicótico, en la desesperación de un deprimido, en el perfume de una flor, en la sonrisa de un niño.

Marco Polo oía su propia respiración mientras escuchaba el relato.

—De ese modo, el Poeta salió del capullo, se levantó de entre las ruinas. Hizo de sus pérdidas un cuchillo cortante para pulir su inteligencia, algo raro en tu mundo y en el mío. Nunca resolvió su nostalgia, pero las pérdidas ya no lo asfixiaron. Por eso, mencionaba a sus hijos y a su esposa sin culpa y con alegría en sus largas conversaciones con los excluidos. Ellos estaban vivos en el único lugar donde jamás podrían morir: dentro de él.

—¿Él le ayudó a usted?

Esta pregunta hizo un eco dentro de Halcón. El hombre fuerte se esfumó, se entristeció y contuvo sus sollozos. Su voz enmudeció.

Marco Polo leyó su silencio. Percibió que aquel hombre no sólo había perdido a un amigo, sino tal vez a toda su familia. Le dio una palmada en los hombros afablemente en señal de comprensión. Se puso de pie. Era el momento de partir y no de dialogar.

Mientras caminaba de regreso a casa, sabía que su amigo caminaba por las avenidas de su pasado. La ropa rasgada, corazones despedazados, heridas abiertas, en fin, una historia de secretos que había sido reconstituida y se convirtió en un brillante poema.

"Fue una pena no haber conocido al Poeta", pensó. Y reflexionó si no estaba perdiendo la oportunidad de conocer a otros Poetas, a otras personas interesantes que estaban pasando por su vida, pero a las que sólo trataba superficialmente.

Pensó particularmente en su padre, que residía en una ciudad distante de la suya. El señor Rodolfo siempre había sido incomprendido por su idealismo social y por no preocuparse por el mañana.

Hasta su preadolescencia, Marco Polo lo admiraba y era influido por su habilidad para contar historias. Sin embargo, a medida que fue creciendo, los conflictos con su madre, Elizabeth, que era ambiciosa, y con el padre, que era desprendido, aumentaron. Ella acabó ejerciendo una mayor influencia sobre el hijo en los años que antecedieron a la facultad.

Elizabeth amaba a su marido, pero con frecuencia lo criticaba, le decía a su hijo que su padre debería tener menos sueños y más dinero. Al ponerse del lado de su madre, Marco Polo tuvo algunas desavenencias con su padre. Llegó a pensar que era un fracasado, un alienado y una persona no resuelta.

Ahora que tenía una personalidad más formada y una mejor consciencia crítica, tenía que juzgarlo menos y comprenderlo más. Su contacto con Halcón le hizo ver el mundo desde ángulos que jamás había percibido. Necesitaba ir más allá de las apariencias. Tenía que descubrir los trazos sutiles que componían la pintura de los comportamientos de su padre.

Llegando a casa le escribió una carta.

Papá:

Perdóname por mis actitudes impulsivas. Sé que te herí con mis críticas precipitadas. ¡Perdí tanto tiempo juzgándote! Tengo la impresión de que no te conozco interiormente, aunque haya vivido contigo en un pequeño espacio durante tantos años. Fuimos extraños habitando la misma casa. Me gustaría saber quién eres, cuáles fueron las lágrimas que no lloraste, cuáles fueron los días más tristes de tu historia y cuáles fueron los desafíos que nunca tuviste el valor de contarme. Papá, si pudiera retroceder en el tiempo, no sólo te pediría que me volvieras a contar los bellos relatos de aventuras, sino principalmente que me contaras tu propia historia, me hablaras de tus proyectos, de tus sueños, de tus derrotas. Tengo la certeza de que esa historia es fascinante. Tengo muchos defectos, pero me gustaría tener una nueva oportunidad de ser tu amigo.

Al recibir esa carta, el señor Rodolfo quedó profundamente conmovido. No sabía lo que pasaba con su hijo, pero tomó consciencia de que tampoco lo conocía. Podía haber jugado, conversado y vivido más momentos relajados con él. Ahora, separados por la distancia física, comenzaron a escribirse, a acercarse y a admirarse.

Marco Polo entendió que, un día, la mayoría de las personas tendría que recoger sus pedazos y reescribir su historia. Con todo, aprendió que reconstruir las relaciones sociales no era una tarea simple, exigía audacia.

Al anotar el último encuentro con el filósofo mendigo, cerró su texto escribiendo: "Muchos que tienen un domicilio seguro pasan por la existencia sin recorrer jamás las avenidas de su propio ser. Son forasteros para sí mismos. Por eso, son incapaces de corregir sus rutas y superar sus locuras".

Capítulo 6

Marco Polo llegó al parque a las tres de la tarde. Había sido un día agotador, pero encontrarse con Halcón era una invitación a nuevas experiencias.

Él tenía un comportamiento extraño, tenso, cerrado. Parecía querer distancia. Remover el pasado el día anterior había afectado su ánimo.

Intentaba distraerlo, pero su mirada era opaca, sin el brillo de otras veces. Halcón estaba circunspecto. Percibiendo que la conversación sería un monólogo, el estudiante decidió irse. Respetó el momento de su amigo. "No vale la pena presionar a quien no está dispuesto al diálogo", reflexionó. Al dar los primeros pasos, el mendigo le dijo:

—No es recomendable que los normales se me acerquen.

Marco Polo, intrigado, sabía que él no se abriría si no desafiaba su inteligencia. Pero no podía ser estúpido. Se arriesgó a decir:

—No hay un normal que no sea anormal, ni un anormal que no pueda ser un maestro.

Halcón miró admirado a su amigo, pero le propinó un golpe inesperado:

—Me dijeron que soy peligroso para tu sociedad. ¿Qué esperas de mí? Soy un enfermo mental. Es mejor desaparecer.

Se quedó callado. Siempre había sido impulsivo, pero estaba aprendiendo el difícil arte de pensar antes de actuar. Después de un momento de introspección, dijo:

—Los aparentemente saludables siempre cometieron más locuras contra la humanidad que los locos. Tú no eres peligroso, a no ser para quienes tienen miedo de pensar.

Halcón se pasó la mano derecha por la frente, se levantó, fue hasta una flor y comenzó a hablar con ella.

—¡Eres tan linda y yo soy tan rudo, pero gracias por invadir mis ojos y encantarme sin exigir nada!

Marco Polo también se puso de pie. Fue hasta un árbol cercano, lo abrazó, lo besó y dijo en voz audible:

—¡Eres tan fuerte! Has soportado tantas tormentas. Pero te fortaleciste y hoy me das tu sombra gratuitamente, a mí, que soy tan frágil. ¡Gracias por tu perseverancia!

El maestro miró sutilmente al joven con los ojos entreabiertos y sonrió.

Los transeúntes tropezaban unos con otros al ver la escena. Se reían. Hacían gestos expresando que estaban ante dos locos. Volteándose hacia ellos, Halcón declaró:

—¡Quien nunca ha abrazado un árbol o conversado con una flor, nunca fue digno de las dádivas de la naturaleza! ¡No sean insensibles! ¡Aprendan a amar a quien tanto les da!

Avergonzadas por las ideas del mendigo, las personas se dispersaron, pensativas. Treinta metros adelante, un adolescente con el cabello estilo punk abrazó un inmenso tronco y lo besó. A su lado, un anciano señor se inclinó ante una pequeña flor. Parecía reverenciarla. Un adulto de traje y corbata abrazó también el tronco de un árbol por un minuto. Otras personas repitieron la acción. La sensibilidad fue contagiosa.

Enseguida, los amigos se sentaron en una banca y reiniciaron una larga conversación. Después del Poeta, Marco Polo se había convertido en la primera persona a quien Halcón relataría su sorprendente historia. Ni sus compañeros de camino conocían ciertos entresijos de su vida.

—¿Por qué te llaman Halcón?

—Fue cosa del Poeta. Exageraba diciendo que mi inteligencia era aguda como los ojos de un halcón y mi creatividad volaba alto como sus alas. Pero en realidad, nací de las cenizas.

—¿Cómo es eso?

Una breve pausa. Halcón miró a su audiencia invisible y comentó:

—Soy doctor en filosofía.

El joven casi se cae de la banca. El cielo de su mente se aclaró súbitamente. Ahora estaba entendiendo al genio que lo instruía.

—Fui profesor de filosofía en una gran universidad. Brillé en el pequeño mundo del salón de clases, aunque siempre fui criticado por el sistema académico. Escribí textos, dirigí tesis, formé a algunos pensadores.

Enseguida, habló espontáneamente de su intimidad. Relató que su familia era de origen humilde y que estaba saturada de problemas. Su padre era explosivo, materialista y alcohólico. Su madre, tímida, cariñosa y víctima de la agresividad del marido. Él había crecido en el centro mismo de la miseria física y emocional.

Por ser pobres, sus padres no estaban en condiciones de financiarle la universidad.

—Para conquistar mis sueños, tuve que estudiar y trabajar mucho. Pero no trabajé en mis conflictos.

—¿Formaste una familia?

Una nueva pausa. Esta vez prolongada y doliente.

—Yo era considerado el mejor alumno de la facultad y el orador más destacado. Encanté a una linda joven de la misma universidad. La amé y fui intensamente amado por ella. Su padre era un abogado rico y famoso. El doctor Pedro estaba encandilado por el dinero y atrapado en el estatus social.

Halcón continuó relatando que no conseguía igualar el nivel de vida en el que su esposa había crecido. Su suegro siempre estimuló la separación. Estaba frustrado por el hecho de que su única hija no se hubiera casado con un juez o un fiscal. Tener a un filósofo y profesor universitario pobre en la familia fue una pesadilla que siempre lo perturbó.

—Los profesores son héroes anónimos, mi amigo. Trabajan mucho, ganan poco. Siembran sueños en una sociedad que ha perdido su capacidad de soñar.

Al escuchar ese relato, Marco Polo se sintió avergonzado. Paseaba la mirada sobre la imagen de Halcón mientras el hombre discurría sobre sí mismo, y no entendía cómo una persona intelectualmente brillante puede ser completamente excluida de la sociedad. Pensó en si Halcón había tenido pérdidas semejantes a las del Poeta. Dibujó un cuadro imaginario con fallecimientos, depresión y soledad.

De repente parpadeó, hizo un movimiento rápido con la cabeza y volvió a la realidad. Sentía abatido a su compañero; percibió que no quería tocar más el asunto de la familia. Procuró cambiar un poco el rumbo de la conversación.

—¿Cuándo comenzaste a enfermar?

—Seis años después de casarme comencé a tener insomnio. Mis pensamientos eran frenéticos y acelerados. Estaba ansioso, no lograba coordinar mis ideas. Miles de imágenes transitaban por mi mente en un proceso ininterrumpido. Poco a poco, comencé a perder los parámetros de la lógica. Ya no podía distinguir la realidad de la fantasía.

Aquel hombre diseccionaba sus penurias con la precisión de un cirujano en la sala de anatomía. Sólo lograba hacer esa descripción porque era un pensador brillante que muchas veces había penetrado en su propia historia intentando comprenderla. Marco Polo sentía una opresión en el pecho y un nudo en la garganta ante la exposición de su amigo.

—Comencé a tener paranoia. Creía que algunas personas leían mis pensamientos y querían controlar mi inteligencia. Me atormentaban ideas de persecución. Tener enemigos fuera de uno mismo es perturbador, tenerlos dentro de la propia mente es aterrador. La sensación de ser invadido en el único lugar en que debemos ser libres me torturaba.

—¿No tenía control de su raciocinio?

—Al principio desconfiaba de mis personajes, tenía cierta consciencia de que eran irreales, pero ellos cobraron volumen y poco a poco comencé a luchar con ellos como si fueran reales. Ellos se convirtieron en los depredadores, y yo en la presa.

Marco Polo estaba perplejo con el relato vivo de la destrucción de una personalidad compleja.

—En ese embate delirante, perdí la mayor dádiva de un ser

humano: su consciencia crítica, su identidad. No sabía quién era. Mi mente se convirtió en un escenario tenebroso. Antes de la psicosis, yo era el actor principal de ese teatro, semanas después era un actor secundario, meses después me convertí en el espectador de mi propia miseria psicológica. Fue horrible. Me sentía confundido, desorientado y amedrentado. Mi estructura intelectual se hizo polvo.

No sabía qué decir. No lograba formular una pregunta. Halcón parecía ser alguien tan lúcido, no imaginaba que hubiera pasado por ese sufrimiento. Pasado el primer impacto, indagó:

—¿Cómo fue que dejó de enseñar?

—Los alumnos admiraban mi elocuencia. Era el profesor más buscado y solicitado para ser el portavoz de los grupos. Batallaba para que aquellos muchachos pensaran, para que no fueran formateados, para que no se convirtieran en repetidores de ideas, sino en ingenieros de nuevos pensamientos. Pero cuando comencé a tener mis crisis, fue un desastre.

Contó que quienes lo conocían todavía lo respetaban, pero los demás se burlaban de sus gestos bizarros. A veces pasaba días sin dar clases. El mendigo hizo otra pausa y contó cómo había sido excluido de la universidad.

Cierta vez, enseñaba sobre la ética de los filósofos griegos a un grupo que estudiaba derecho. La sala estaba llena y él hablaba en forma vibrante. De pronto interrumpió su discurso y comenzó a discutir con sus personajes imaginarios. Los alumnos intercambiaron miradas asustadas.

—Yo deliraba y alucinaba, me sentía en la Antigua Grecia, sentado en un cenáculo repleto de pensadores, Platón entre ellos. Levanté la voz y proclamé: "¡Platón, la ética está muriendo! ¡La violencia forma parte del tejido social! ¡Las personas no saben escudriñar los secretos de las necesidades ajenas!".

Al hacer la descripción de los hechos ocurridos en el salón de clases, Halcón inspiró profundamente y soltó el aire como si quisiera expulsar los demonios del pasado. Marco Polo estaba ansioso por saber el desenlace.

—Al oírme hablar, los alumnos aplaudían y silbaban, tanto por el brillo de las ideas como por la locura del espectáculo. No comprendían que yo estaba en medio de un brote psicótico.

Comentó que los aplausos de los alumnos lo excitaron. Se subió a una silla y continuó su discurso con más vehemencia. Algunos gritaron: "¡Loco! ¡Loco!". Entonces se volteó hacia ellos y comenzó a provocarlos:

—Les grité a los alumnos: "¡Es un público de siervos griegos! Sonríen ante las miserias ajenas porque esconden sus propias miserias debajo de sus vestiduras. Ustedes no saben filosofar, sólo saben ser comandados. ¡Siervos!".

Marco Polo exclamó:

—¡Pero su diálogo era coherente!

—No hay loco que no sea lúcido, ni lúcido que no sea loco. El problema es que los psicóticos mezclan las ideas coherentes con los delirios en la misma escena. Los pensamientos quedan entrecortados. Yo terminaba de hablar con los alumnos y comenzaba a conversar con mis personajes. Rebatía a uno, concordaba con otro, discutía con los de más allá.

Sin embargo, bromeando sobre su pasado, Halcón le dijo a Marco Polo:

—¡Era tan genial que Platón se quedó asombrado con mis pensamientos...!

Pero enseguida, mirando vagamente al espacio, recordó el desenlace del doloroso momento. Cuando provocó a los alumnos, pasó inmediatamente de los aplausos a los abucheos. Algunos llamaron rápidamente al director de la facultad.

Su jefe solicitó que tres elementos de seguridad sacaran al profesor del salón. Él se rehusó. Ante el tumulto, otros profesores se aproximaron. Lo agarraron como a un animal.

—Me sentí como Sócrates, condenado a la cicuta, destinado al silencio eterno. Y de nuevo grité: "¡Hipócritas! ¡Depongan las armas! ¡Enfréntenme en el campo de las ideas!".

Ante el breve silencio de Halcón, Marco Polo anticipó con ansiedad:

—¿Lo llevaron a un hospital psiquiátrico?

—Cuando me pusieron las manos encima, yo tenía la fuerza de un gladiador delante de las fieras. Conseguí escapar. Me subí a una mesa y proclamé el himno a la libertad, un poema filosófico que escribí en momentos de lucidez.

—¿Recuerda ese poema?

—Algunas frases.

Halcón se subió en la banca del parque y lo recitó. Al oírlo, se reunió una multitud.

¡Ustedes pueden callar mi voz, pero no mis pensamientos!

¡Ustedes pueden encadenar mi cuerpo, pero no mi mente!

¡No seré un espectador en esta sociedad enferma, seré el autor de mi propia historia!

¡Los débiles quieren controlar el mundo; los fuertes, a su propio ser!

¡Los débiles usan armas; los fuertes, las ideas!

Después de recitar, la audiencia lo ovacionó. Halcón se sentó y se relajó. Volvió a hablar con Marco Polo.

Le contó que el director había llamado a la policía, que a su vez llamó a la ambulancia de un hospital psiquiátrico. Le pusieron una camisa de fuerza y le inyectaron una dosis de un potente tranquilizante.

El filósofo miraba fijamente a los enfermeros. Se sentía víctima de la mayor injusticia del mundo. Mientras la droga no lo inducía al sueño, el espectáculo proseguía. Seguía conversando con sus personajes ficticios. Debido a su resistencia a internarse, fue considerado en el hospital como un paciente con un alto potencial de agresividad. Quedó aislado por una semana en un cuarto mal iluminado.

Las drogas lograron lo que nadie fue capaz de hacer: callar las ideas del filósofo. Dosis masivas de medicamentos invadieron su cerebro, actuaron en el proceso de lectura de la memoria, bloquearon las ventanas de su historia, obstruyeron la construcción de pensamientos, refrenaron su racionalidad. Parecía un zombi en el hospital. Sus delirios y alucinaciones fueron silenciados, pero el pensador también lo fue.

Permaneció dos meses internado. Fue la primera de una serie de hospitalizaciones. Al salir del hospital, regresó a la universidad. Su musculatura estaba rígida, su voz, pastosa y trémula, su raciocinio, lento. Ya no era el elocuente profesor. La medicación que lo ayudó fue la misma que lo aprisionó. Estaba en una camisa de fuerza química.

Algunos alumnos, al encontrarlo en el corredor, se burlaban disimuladamente, pero él se daba cuenta. Otros, que conocían su inteligencia, se aproximaban, lo abrazaban y le agradecían su sabiduría, pero quedaban espantados al verlo babeando y sin expresión facial. Algunos se iban con lágrimas en los ojos.

—Yo quería volver a hacer lo que más amaba: enseñar. Pero ¿cómo puede un loco dar clases? El rector de la universidad me dijo que ya no podría dar cátedra. Para él, y para algunos directores de los cursos que yo impartía, mi enfermedad era incurable y contagiosa, como en los tiempos de la viruela.

Ellos creían que podía causar tumultos en el ambiente académico con mi psicosis. No percibían que los pacientes psicóticos necesitan de la inclusión, no de la exclusión. No comprendían que muchos de ellos están dotados de una refinada inteligencia y sensibilidad. Ya no bastaba la pesada carga de la enfermedad que llevaban encima, Halcón tenía que soportar la carga del rechazo.

—Puedes olvidar miles de sufrimientos en la vida, pero el sentimiento de rechazo es un dolor inolvidable.

Solicitaron que se apartara y se jubilara por incapacidad. Sintiéndose inútil, su cuadro se agravó. Su autoestima y su autoconfianza se hicieron añicos. Ya no lograba tener dignidad ante su familia y ante la sociedad.

De ese modo, fue excluido. Dijo que siempre se había sentido fuera del nido de los intelectuales, pero ahora había sido expulsado sin compasión.

Capítulo 7

E l miedo a enloquecer siempre ha inquietado al ser humano. El hecho de perder el juicio, de no discernir la realidad, de desordenar el pensamiento, de romper con la consciencia de sí mismo y del mundo ha angustiado a millones de personas de todas las eras y todas las sociedades.

Muchos creen, equivocadamente, que enloquecerán porque se afligen con ideas absurdas, sufren por pensamientos fijos, se angustian con imágenes mentales que nunca quisieron producir. Pero, al tener coherencia en su raciocinio y saber distinguir la imaginación de la realidad, no desarrollan una confusión mental.

Locura es un nombre popular cargado de discriminación y de falsos miedos. El nombre científico es psicosis. Hay varios tipos de psicosis que se presentan con diversos grados de intensidad y, en consecuencia, con varios niveles de superación.

La más temible de las psicosis había penetrado en el tejido de la personalidad de Halcón, comprometiendo su racionalidad. Aunque tuviera periodos de serenidad, durante las crisis o brotes psicóticos perdía la consciencia de quién era, de lo que hacía, y a veces de dónde estaba. No lograba administrar sus propias acciones.

Como tenía una refinada cultura y era un pensador, en los periodos de lucidez se esforzaba por encontrar las causas de su caos psíquico. Un esfuerzo dantesco para quien tenía el Yo fragmentado. Sin embargo, el tratamiento psiquiátrico no evolucionaba.

Había poco intercambio de ideas entre él y sus psiquiatras. No discutían sobre "cómo" y "por qué" construía en sus delirios personajes que lo atormentaban. Psiquiatra y paciente vivían en mundos distintos y usaban lenguajes diferentes.

Otro día, Halcón siguió contando su vida a su joven amigo. Sentía necesidad de hablar, y Marco Polo de escuchar. Por eso, preguntó:

—¿Se decepcionó de sus psiquiatras?

Con voz pausada, el mendigo dijo:

—No de todos. En mis hospitalizaciones encontré a algunos psiquiatras humanitarios, solidarios y cultos, pero el contacto era extraño. Pero sí me decepcioné de la mayoría. Debido a las ideas de persecución y a la creencia fatal de que estaba siendo controlado, diagnosticaron mi enfermedad como esquizofrenia paranoica. ¿Sabes lo que es cargar con el peso de ser un psicótico?

—No me lo imagino.

—Es que es inimaginable. Los diagnósticos pueden ser útiles para los psiquiatras, pero pueden volverse una cárcel para los pacientes. Yo ya no era un ser humano, era un esquizofrénico.

Halcón tenía los ojos anegados de lágrimas. Tales palabras se volvieron inolvidables para Marco Polo.

—¿Intentaba ayudarse a sí mismo?

—Lo único saludable que me quedaba cuando salía de mis crisis era pensar en mi mundo, tratar de entenderme, reorganizar mi personalidad fragmentada, pero me trataban como a un enfermo mental incapaz de construir ideas brillantes y dar grandes saltos interiores. Me sentía como un río atrapado en una represa que producía muchos pensamientos perturbadores, pero no sabía hacia dónde sacarlos.

—¿Por qué los enfermos mentales son tan discriminados en la sociedad?

—¿No has leído a Foucault?

—¡No!

—Deberías hacerlo. Foucault escribió la *Historia de la locura* en la era clásica. Esta obra muestra las raíces antropológicas por las cuales se clasifica a un individuo como loco. La psiquiatría creó esa clasificación y marginalizó todos los comportamientos que se apartaban de los patrones de conducta universalmente aceptados en una sociedad. Se cometieron muchos errores, muchas personas fueron tachadas de locas sólo por tener comportamientos que escapaban a lo trivial.

—¿Cuál es su definición de locura?

—¿Quién puede definirla? Clásicamente, locura es toda disgregación duradera de la personalidad que escapa a los parámetros de la realidad. Pero ¿cuáles son esos parámetros? Son psicóticas las personas que se sienten perseguidas por personajes creados en su imaginación. Pero las personas que persiguen a personajes reales, como los generales que desatan guerras, los soldados que torturan, los policías que matan, los políticos que controlan, ¿qué son? Son psicóticas las personas que tienen delirios de grandeza, que creen ser Jesucristo, Napoleón, Buda. Pero los mortales que se sienten dioses por el dinero y el poder que poseen, a quienes no les importa el dolor ajeno, ¿qué son? Para mí, hay una locura racional aceptada por la sociedad y una locura irracional condenada por ella.

Esas palabras salieron de los sótanos de la memoria de Halcón, del lugar más secreto de su ser. Revelaban a un pensador culto con un pasado despedazado y una emoción profundamente herida. Se alojaron para siempre en la memoria del joven Marco Polo. Halcón completó:

—Algunos psiquiatras decían que mi psicosis era crónica, incurable, porque tenía un fondo orgánico. Estaba condenado.

—¿Cómo es eso?

—Decían que algunas sustancias estaban alteradas en mi cerebro, y que sólo se podrían corregir con medicamentos. Para ellos, el aparato psíquico es tan sólo un caldero de reacciones químicas.

—¿No está de acuerdo con esa tesis?

—¡¿Cómo puede un filósofo creer en una tesis tan rígida, limitada y débil?! La filosofía tiene milenios de existencia. La psiquiatría tiene poco más de un siglo. Ha tenido avances impresionantes, pero todavía está en su adolescencia y, como la mayoría de los adolescentes, la psiquiatría tiene un comportamiento prepotente. Es una ciencia importante, pero no es una ciencia madura. Le falta humanidad para comprender el mundo insondable de la psique humana.

Halcón estudiaba la historia de la psiquiatría, sus avances, hipótesis y limitaciones. Su cultura en ese campo se había vuelto vasta, superaba a la de la mayoría de los psiquiatras. Enseguida, dio una compleja explicación sobre la relación psique-alma-cerebro.

Dijo que muchos filósofos habían discurrido sobre la metafísica, como Aristóteles, san Agustín, Descartes y Spinoza. Reveló que la metafísica es un área de la filosofía que reflexiona sobre el alma humana, afirmando que sobrepasa los límites estrictamente físicos del cerebro. Descartes, seducido por la metafísica, la consideraba como el primer objeto del mundo de las ideas. Kant la sometió a los límites de la razón. Sin embargo, la metafísica sufrió críticas y fue motivo de acalorados debates a partir del materialismo de Nietzsche, del determinismo histórico de Hegel, del marxismo, del existencialismo de Sartre, del positivismo lógico. Así, dejó de ser debatida.

—En una sociedad materialista, lógica, pragmática, encarcelada por las matemáticas y fascinada por la computación, la metafísica fue casi jubilada como objeto de discusión científica.

Halcón defendía a la metafísica como explicación para los indescifrables fenómenos psicológicos que nos constituyen como seres pensantes. Después de ese comentario, miró a su joven discípulo y cuestionó:

—¿Somos sólo un cerebro sofisticado que cae en una sepultura para ya no ser más nada? ¿Se agota nuestra historia en esta breve existencia? ¿Son débiles los miles de millones de seres humanos ligados a miles de religiones que creen que una vida trasciende a la muerte? ¿Es el intelecto humano simplemente una computadora cerebral? No lo creo. Yo creo que el mundo bioquímico del cerebro no puede explicar por completo las contradicciones de los pensamientos, el territorio de las emociones, los valles de los miedos.

Acariciando la cabeza de Marco Polo, Halcón fue más lejos en su razonamiento:

—Grábate esta frase, hijo: la vida es un signo de interrogación. Cada ser humano, sea intelectual o analfabeto, es una gran pregunta en busca de una gran respuesta...

Comentó que el tamaño de las preguntas determina el tamaño de las respuestas. La filosofía hizo muchas preguntas a lo largo de milenios, y la psiquiatría, por ser joven, preguntó poco y respondió rápido. Quien responde rápido corre enormes riesgos.

El muchacho tuvo un choque de lucidez. Intentaba acompañar el pensamiento de Halcón, pero no era una tarea fácil. Las ideas filosóficas y la comprensión de la vida de su viejo amigo cambiarían para siempre su visión como futuro psiquiatra. Deseando explorar el desenlace de su enfermedad, preguntó:

—¿Cómo era tu relación con los psiquiatras?

—Los psiquiatras detentan un poder que ningún ser humano tuvo jamás en la historia. Los reyes y dictadores poseyeron armas para herir el cuerpo y aprisionarlo. Los psiquiatras tienen medicamentos que invaden el inconsciente, un lugar donde nacen las ideas y las emociones. Un espacio jamás penetrado, que ni los propios psiquiatras conocen.

—¿Necesitaba esas drogas para combatir los delirios?

Con aire de tristeza, el pensador expresó:

—Mi cerebro necesitaba medicamentos, pero mi alma necesitaba diálogo. Sin embargo, cuando somos etiquetados como psicóticos rara vez alguien reconoce que tenemos un mundo complejo con necesidades intrincadas. Creamos monstruos en nuestras crisis y tenemos que convivir solos con ellos. Es raro que alguien quiera compartirlos con nosotros.

Marco Polo se interiorizó, miró su historia y percibió que también creaba sus monstruos y no los compartía.

—Me parece que todos creamos nuestros monstruos, nuestros miedos, inseguridades, pensamientos mutiladores, pero rara vez encontramos personas dispuestas a compartirlos. Cuando no hay con quién compartirlos, tenemos que enfrentarlos, en caso contrario no sobreviviremos. Pero la mayoría huye de sus monstruos.

Marco Polo comenzó a apreciar la filosofía, lo cual lo llevaría a convertirse en un extraño en la cuna de la medicina. Al interpretar la historia de Halcón, comprendió que los genios y los psicóticos siempre habían estado cerca, siempre habían sido incomprendidos. Con frecuencia eran envueltos por la soledad.

También percibió que, en el fondo, todos somos abrazados por algunos tentáculos de soledad. Algunos hablan mucho, pero se callan sobre los aspectos íntimos de sus vidas. Concluyó que una dosis de soledad estimula la reflexión, pero la soledad radical incita la depresión.

Y comprendió asimismo que, cuando el mundo nos abandona, la soledad es tolerable; pero cuando nosotros mismos nos abandonamos, la soledad es insoportable. Halcón había roto su soledad, se volvió compañero de sí mismo, y encontró a un gran amigo: el Poeta.

Capítulo 8

O tro día, Halcón revelaría la parte más dolorosa de su historia. Quería caminar, moverse, para discurrir sobre su úlcera emocional. Marco Polo lo acompañó. Pausadamente, el pensador entró pronto en materia.

—Débora, mi exesposa, era una mujer linda, cariñosa y valiente. Enfrentó a su padre y a su sociedad para estar al lado de un filósofo pobre. Apreciaba mi manera simple de vivir. Corrió riesgos por amarme. Luchó por mí. Al principio creyó incluso en mis delirios. Pero no lo soportó. La herí mucho, sin querer lastimarla.

Mientras caminaban, sus lágrimas salieron de la clandestinidad y comenzaron a descender por las estrías de su rostro.

—¿Tuvieron hijos?

Halcón miró al cielo. Un soplo de brisa acarició su rostro. Sus cabellos, largos y blancos, caían sobre la cara. Respiró con dificultad y, como si estuviera viajando en el tiempo, afirmó con la cabeza.

—Un único hijo.

Por primera vez, se mostraba ante Marco Polo sin ninguna

protección. El punto central de su vida estaba siendo develado. El muchacho pensó que probablemente el hijo estaría muerto. No quería preguntar, pero ante el prolongado silencio de su amigo, no pudo contenerse:

—¿Está vivo?

Imágenes mentales poblaron la imaginación de Halcón, como si fueran representaciones cinematográficas. Se vio de brazos abiertos y a su hijo, de cuatro años de edad, corriendo para fundirse en un abrazo amoroso. El chiquillo decía: "Papi, te amo". Bromeando con él, el padre respondía: "¡Yo no te amo, yo te súper amo! Estoy enamorado de ti, mi Pupilo". Pupilo era el apodo cariñoso que el padre le había dado. Tomaba a su niño en su regazo, despeinaba sus cabellos y le hacía cosquillas.

Al volver en sí, comentó:

—Es probable que Lucas esté vivo. Las noticias sobre él son escasas.

Decidido, Marco Polo hizo una pregunta obvia, aquella que todo el mundo es capaz de hacer y la que Halcón menos necesitaba oír:

—¿Por qué no recibe noticias constantes de él?

La respuesta fue contundente:

—Porque me invaden con un sentimiento de culpa.

El chico sintió un nudo en la garganta.

—¿Cuánto tiempo hace que no lo ve?

—Más de veinte años.

"Veinte años es mucho tiempo", pensó. Consideró que, si estuviera en el lugar de Halcón, jamás se apartaría de su hijo, fuera cual fuera la circunstancia. Lo criticó rápidamente, sin conocer la verdadera historia.

Halcón continuó narrando que, cuando salía de sus crisis, sentía vergüenza ante la sociedad, se sentía juzgado y observado por todos, no por estar delirando, sino por considerarse el último de los seres humanos. Comprendía el dolor del rechazo que los leprosos sentían en la época de Cristo al ser excluidos de la sociedad.

A partir de que Lucas cumplió cinco años, Halcón comenzó a tener crisis. Sin embargo, amaba tanto a su hijo que, en sus periodos de lucidez, hacía un esfuerzo descomunal para jugar con él y enseñarle. Era su razón de vivir. Pero sus crisis aumentaron.

Su último psiquiatra sedujo a su esposa. Débora estaba vulnerable, desprotegida y necesitada. Se involucró con él. Cierto día, el filósofo descubrió unas cartas secretas que el psiquiatra le dedicó a ella. A pesar de las altas dosis de medicamentos, logró llorar, sus labios temblaban, pero no reaccionó. Sabía que la perdería.

El psiquiatra, faltando a su ética, le dijo que su esposo siempre sería un enfermo mental. Propició la separación diciendo que sería para bien de su propio hijo. Confundida, Débora le pidió consejo a su padre. El doctor Pedro, a quien no le gustaba el filósofo pobre, tenía un verdadero desprecio por el filósofo psiquiátrico. Sólo le faltó celebrar.

Mientras escuchaba la historia de su amigo, Marco Polo comenzó a disculparlo. De nuevo reconoció cuán superficiales y precipitados eran sus juicios.

Debido al tiempo que pasaba como interno, transcurrían semanas sin que Halcón viera a Lucas. El dolor de estar lejos de su esposa era soportable, pero del hijo, inenarrable. Algunas veces la nostalgia era tan grande que iba a recogerlo a la escuela, incluso haciendo gestos e interactuando con sus personajes ficticios.

Los chicos se burlaban de él y el niño trataba de defender a su padre, se peleaba con ellos.

—¿Cómo puede un pequeño hijo defender a su padre, un hombre? ¡Lucas me abrazaba y me protegía! —dijo, sintiéndose orgulloso de su hijo. Pero enseguida volvió a sus cabales y se angustió, pues no lo tenía más.

Aceptó la separación de Débora, aunque no estaba en condiciones de elegir. Facilitó las cosas, porque quería lo mejor para ella y para su hijo. Ya había causado muchos trastornos. En la separación, el juez, conocedor del caso, estableció que visitaría a Lucas una hora, dos veces por semana. Era poco para quien ama mucho.

Halcón no lograba cumplir la orden judicial. Ante la carta de su psiquiatra, el novio de Débora, el juez consideró que el padre era peligroso para la educación del hijo. Restringió la visita a una hora por semana y con supervisión de una trabajadora social. Ya no podía quedarse a solas con Lucas. Dos grandes amigos separados por un muro judicial.

—¿Ése fue el motivo de que abandonara el mundo?

Halcón negó con la cabeza. Tendría que tocar el epicentro de su miseria emocional. Ni el Poeta había llegado tan lejos al explorar la historia del genio de las calles.

Así, describió el capítulo más dramático de su vida. Su hijo iba a cumplir diez años. Para conmemorar el cumpleaños de su nieto y el divorcio de su hija, así como para mostrar su estatus social y los jardines de su palacete, su exsuegro mandó preparar una fiesta memorable.

Cientos de personas fueron invitadas. Entre ellas, no sólo los amiguitos de Lucas, sino también un gran número de abogados, fiscales, jueces y autoridades de la ciudad.

En la penúltima visita supervisada, Lucas comentó con su padre sobre la fiesta, e ingenuamente insistió en que acudiera. La trabajadora social, que recibía dinero del abuelo para controlar la relación, arrugó la nariz. Dijo que no era una buena idea. Halcón, reticente, sólo comentó que lo pensaría.

La trabajadora social le hizo saber al doctor Pedro la solicitud del pequeño. Lucas recibió de su abuelo una severa reprimenda. "Tu padre va a arruinar la fiesta. ¿Qué no sabes que está loco?", dijo, intempestivamente. Lucas estalló en llanto y gritó: "¡Es mi papá!". El señor Pedro, consternado, suavizó el tono de voz e intentó explicar su violencia ante un niño frágil.

En la última visita, el niño contó lo que el abuelo le había dicho. Halcón intentó esconder sus lágrimas. Le confesó a su hijo: "Tu papá está enfermo, pero se va a poner bien. No tengas miedo, Pupilo. Es mejor que no vaya a esa fiesta".

El filósofo había dicho varias veces a Lucas que no le debía importar si su padre hablaba o gesticulaba solo. Le pedía que mirara su corazón. Se preocupaba por el desarrollo de la personalidad de su hijo, y por eso, dentro de sus limitaciones, intentaba vacunarlo contra sus trastornos. Rara vez Lucas se había sentido cohibido o avergonzado de Halcón.

La trabajadora social apoyó la decisión de Halcón de no ir a la fiesta. Posteriormente dio la buena noticia al doctor Pedro. Aunque se sintió aliviado, contrató a un equipo de seguridad para evitar eventuales desastres.

El día de la fiesta Halcón estaba muy angustiado, ansioso y solitario. Sintió una nostalgia incontrolable por su hijo. Era su décimo cumpleaños, quería por lo menos besarlo en ese importante día. Decidió dar una breve sorpresa. Apareció en el palacio de su exsuegro.

Astuto, vistiendo de frac y fingiendo ser un mesero, burló fácilmente el sistema de seguridad. Entró en el inmenso jardín. Nunca lo había visto tan decorado. Divisó a Débora a lo lejos, del brazo de su novio. Recibió un golpe. Ella lo vio y se puso aprensiva. El novio susurró: "Ese tipo tiene que ser internado inmediatamente". Y fue a avisar al anfitrión.

Muchos que lo conocían se miraban entre sí como si él fuera un terrorista. Rostros tensos y constreñidos, conversaciones al oído. Halcón se convirtió en el centro de atención. Lo perturbaba el hecho de ser observado. Cohibido, salió rápidamente en busca de su hijo.

Lucas corrió a su encuentro, lo abrazó y lo besó. Estaba exultante. Lo llevó a ver el inmenso pastel de diez pisos. A los lados estaba escrito en letras grandes y glaseado azul: "¡Felicidades, Lucas, eres un triunfador!".

—Hijo, tú realmente eres un triunfador.

—Gracias, papá, tú también lo eres.

Nuevamente se abrazaron. La emoción de Halcón tenía un aura surrealista. Entonces, para espanto de los invitados, gritó:

—¡Éste es el mejor hijo del mundo!

Las personas se aglomeraron. Animado por el movimiento, Halcón decidió elogiar a Lucas con frases de algunos filósofos y pensadores que exaltaban la lucha por la vida.

—Miré a mi pequeño Lucas y proclamé: Epicuro dijo que, si queremos vencer, debemos grabar en nuestro espíritu la meta que tenemos en nuestra mente. Einstein dijo que hay una fuerza más grande que la energía atómica: ¡la voluntad! Confucio comentó: ¡para vencer en la vida exige mucho de ti y poco de los demás! Pascal exclamó: ¡para quien desea ver, siempre habrá luz suficiente; para quien se rehúsa a ver, siempre habrá oscuridad! Sófocles dijo: busca y encontrarás, pues lo que no es buscado permanece por siempre perdido. ¡Lucas, no tengas miedo de la luz! ¡Busca el tesoro que está dentro de ti!

Algunas personas entraron en pánico; otras, en éxtasis ante las ideas de aquel extraño. Tomando consciencia de la situación y preocupadísimo por el trastorno en el ambiente, el doctor Pedro activó rápidamente el esquema de seguridad para expulsarlo de la fiesta. Los elementos de seguridad invadieron el área y comenzaron a hacer un círculo en torno a la mesa. Las personas empezaron a dispersarse, horrorizadas.

—De repente, vi una escena dramática. Un hombre de traje negro sacó un arma, me apuntó, pero no disparó. Enseguida, le apuntó a mi hijo y engatilló. Cuando iba a disparar, me aventé delante de Lucas. Caí encima del pastel, tiré todo lo que estaba arriba de la mesa. Las personas gritaban como si estuvieran sufriendo un ataque terrorista. Nadie entendía. Se acabó la fiesta.

—¿Y el asesino?

—No había ningún asesino. No había armas. Yo estaba alucinando. El personaje era un abogado que sacó un pañuelo del bolsillo y nos apuntó a Lucas y a mí con el dedo. De nuevo herí profundamente a mi hijo.

Marco Polo tragó saliva. Estaba atónito. Se quedó paralizado, no sabía qué decir ni cómo reaccionar.

—¿No me vas a preguntar por qué no volví a ver a mi hijo?

Acongojado, el joven negó con la cabeza. Era mucho el dolor enterrado en los suelos de una vida. Halcón continuó su relato:

Su exsuegro lo llamó a su suntuoso despacho. En su presencia, estaban tres abogados y dos abogadas que trabajaban para él. Afirmó que hablaba en nombre de Débora, aunque fuera mentira.

Comentó que tenía un certificado de un prestigioso psiquiatra diciendo que Lucas se podría convertir en un enfermo mental como el padre si éste seguía visitándolos y haciéndole pasar escándalos y situaciones estresantes. Si él lo amaba de verdad, debía desaparecer de su vida. "Es la única posibilidad de que Lucas tenga salud mental", completó tramposamente el hombre.

Halcón tomó el certificado y lo leyó lentamente. Se quedó perplejo. Caminaba sin parar de un lado al otro. La idea de que su hijo pudiera convertirse en un psicótico lo torturaba hacía años. Lloró como un niño frente a todos esos abogados.

Afligido, se preguntaba en voz alta: "¿Adónde iré? Mis padres ya murieron, mis familiares no me toleran, mis amigos se apartaron. ¿Adónde iré?". Después gritaba: "¡Lucas! ¡Querido Lucas! ¡Te amo! ¡Perdóname!". Algunos de los presentes se conmovieron. El doctor Pedro parecía una piedra dura y fría.

—Entonces, por amar mucho a mi hijo, decidí salir de su vida y permitir que él construyera una historia diferente de la mía. No hay precio tan alto como el de abandonar a tu propio hijo. Tal vez sea más perturbador que verlo sin vida.

Marco Polo se sumergió dentro de sí mismo. Su alma lloraba profusamente. Se avergonzaba de lo prejuicioso que había sido con su amigo.

—Tomé a las nubes como sábanas, hice de la noche mi cobertor y del alcohol mi remedio. Tuve crisis en las calles. Anduve desorientado y errante. Felizmente, después de varios años, encontré al Poeta. Con su ayuda, enfrenté a mis monstruos, luché con mis delirios, destruí mis fantasmas, vencí las cadenas de mi alcoholismo. Me reconstruí, reescribí mi historia.

—¿Cómo lo lograste?

—El Poeta me aconsejó usar mis propias herramientas para superar mis crisis. Pensé, penetré en los textos de filosofía y entonces descubrí la perla de la sabiduría. El Poeta ya la había encontrado, pues, a pesar de ser médico, siempre amó el mundo de las ideas, siempre estudió filosofía.

—¿Cuál herramienta? —preguntó Marco Polo, admirado.

—El arte de la duda.

—¿De la duda? ¿Cómo?

—Todo aquello en lo que creemos nos controla. Si crees que eres saludable, esa creencia te ayudará. Pero si crees que eres destructivo, esa creencia te encadenará. De ese modo, usé el arte de la duda para cuestionar todo aquello que me controlaba de manera enfermiza, como los pensamientos angustiantes, las imágenes irreales, las ideas de persecución.

Relató que todos los grandes pensadores, como Isaac Newton, Freud, Thomas Edison usaron, aunque intuitivamente, el arte de la duda para combatir las ideas comunes y generar nuevas. Halcón lo usó para luchar contra las ideas perturbadoras y generar otras tranquilizantes. Y agregó:

—Quien desprecia la duda paraliza su inteligencia.

—Perdón, pero no entiendo cómo lo logró.

El pensador mendigo contó que salía gritando por las calles contra los personajes que lo atormentaban: "¡Yo dudo de que ustedes existan! ¿Por qué no puedo ser libre? ¡Nadie me persigue, soy yo el que me persigo! ¡Yo los creé y los destruiré! ¡Ustedes son una farsa!". El Poeta no decía nada, sólo lo acompañaba, callado y solidario. Cuando estaba en los parques, Halcón gritaba en su interior. Nadie escuchaba, pero él combatía contra los verdugos que habitaban su inconsciente.

Hizo ese ejercicio día y noche, semana tras semana, mes tras mes. Así, poco a poco, construyó una plataforma en su intelecto para distinguir los parámetros de la realidad. El arte de la duda estimuló la construcción del arte de la crítica. De este modo, comenzó a criticar a cada instante cualquier idea delirante. Fue una tarea difícil, ardua y prolongada. Sin embargo, un año después ya había organizado su mente.

—¿No hubo necesidad de medicamentos?

—Si el Poeta hubiera sido mi terapeuta en el periodo en que tomé medicación, podría no haber perdido a mi esposa y a mi hijo —dijo, consternado.

Relató que si hubiera tomado los medicamentos en dosis que no bloquearan sus pensamientos, le habría sido más fácil aplicar el arte de la duda y de la crítica, hubiera estructurado su Yo —que representa su capacidad de decidir— y hubiera acelerado su tratamiento.

—¿Quién se preocupa por cimentar el Yo a través del arte de pensar en esta sociedad superficial? Hasta en las universidades se bloquea el Yo, se obstruye la capacidad de decidir. Millones de estudiantes se preparan para actuar en el mundo exterior, pero permanecen siendo niños en el mundo interior —expresó indignado el genio.

—¿Alcanzó la tranquilidad después de organizar su raciocinio?

—¡No! La misma luz que ilumina los ojos expone nuestras miserias. La lucidez reveló mis pérdidas, mis errores, los escándalos.

Ya no tenía nada. Ni esposa, ni hijo, ni mis clases. Entonces, surgió el temible monstruo de la culpa.

Hubo momentos en los que llegó a pensar en desistir de la vida. Por fortuna, el Poeta y él unieron sus ruinas y se ayudaron mutuamente a sobrevivir al demonio de la culpa. Salieron a las calles, durmieron a la intemperie y viajaron juntos al epicentro de sus terremotos emocionales. Vieron las pérdidas desde otros ángulos, aceptaron sus limitaciones, cantaron, sonrieron, bromearon con la vida, dejaron de pelear con ella.

Marco Polo deseó haber participado en esas andanzas. Sintió que había más excitación en ellas que en las mejores películas de Hollywood. Enseguida preguntó:

—Si hace años recobraste tu plena consciencia, ¿por qué no buscaste a tu hijo?

Halcón temía esa pregunta. Una que lo había atormentado muchas veces. Miró a su amigo a los ojos y declaró con humildad:

—Vencí muchos enemigos internos, pero no el miedo de no ser aceptado. Preferí conservar la imagen del amor de mi hijo en mis sueños a enfrentarme con la dura realidad de que él tal vez ya no me ame. Tener un padre psicótico le trajo sufrimiento; ¿qué sentiría al tener un padre pordiosero?

—No sé responder —dijo el joven.

—Tal vez un padre dado por muerto sea menos doloroso. Pero no lo sé. En la vida hacemos elecciones. Y en cada elección hay pérdidas. Yo elegí y perdí mucho. La capacidad de elegir que me mantiene consciente es la misma que, a veces, hiere mi propia consciencia.

Halcón se reclinó en la banca. Estaba fatigado por el peso de los recuerdos. Quería descansar. El sol se recogía, la noche surgía sigilosamente. Los pájaros, agitados, buscaban un lugar entre las hojas de los árboles para reposar. Fascinado con todo lo que había escuchado, Marco Polo se despidió de su amigo diciendo algo que lo tocó:

—Yo no podría haber hecho una mejor elección. Si fuera tu hijo, estaría muy orgulloso de ti.

El filósofo suspiró aliviado. Se levantó, lo abrazó afectuosamente. Sentía como si estuviera abrazando a Lucas. Lo besó en el rostro.

—¡Gracias por escuchar a este viejo!

—No. Gracias por permitírmelo.

Realmente era un privilegio escuchar a Halcón. Marco Polo aprendería con él más que en décadas de escuela. Enseguida, el pensador se acostó en la banca. Jamás la había sentido tan cómoda. La noche fue tranquila. Se sentía confortado en su interior.

Capítulo 9

Al recorrer la sala de anatomía, Marco Polo no sabía exactamente cuál era el cuerpo del Poeta, pero tuvo una corazonada y estuvo en lo cierto. Su semblante apacible era casi inconfundible, pero todavía no compartía su historia con nadie. No la creerían.

La mayoría de sus colegas lo respetaba. Admiraban su capacidad crítica. Pero algunos poseían una incansable energía para ridiculizar. Cosa de jóvenes. Señalaban el cadáver y decían: "¡Este tipo de aquí fue un gran artista!". Y se reían descaradamente. Cuando supieron que Marco Polo tenía un amigo mendigo, las burlas aumentaron: "¿Dónde está el genio?". El profesor George no los incentivaba, pero tampoco los reprendía.

Fastidiado por el prejuicio con el que eran tratados los cuerpos anónimos, cierta vez Marco Polo se atrevió a invitar a Halcón a ir al laboratorio de anatomía. Quería que diseccionaran los cuerpos respetando sus historias. No previó las consecuencias de su invitación, sólo tenía una vaga impresión de que la presencia del mendigo en el laboratorio podría traerle problemas. Su visita tenía que ser espontánea.

—El Poeta está siendo diseccionado por manos que desprecian su biografía. Si les contaras su historia, mis amigos y profesores podrían ampliar su visión sobre la vida.

Aunque al principio se resistió, dijo que lo pensaría. Y lo pensó. Después de una semana, su respuesta fue afirmativa. Sintió que podría rendir un último tributo al Poeta. Una mañana soleada de lunes, Marco Polo preparó silenciosamente la sorpresa.

Llamó a la psicóloga y a la trabajadora social, que habían hecho un diagnóstico limitado sobre los marginados. Les dijo que el doctor George las invitaba a una clase especial. Entrar en la sala de anatomía no era una invitación placentera, pero no podían rechazar la solicitud de un respetado profesor. Al verlas, el maestro dijo que había un error. Se enfureció contra el alumno rebelde.

Cuando ellas se aprestaban a salir de ahí, el joven y el mendigo entraron en la sala. El silencio irrumpió. El doctor George y sus colaboradores hicieron gestos de espanto ante semejante osadía. Marco Polo pidió licencia para hablar:

—¡Ilustre doctor George! Usted me pidió que trajera a un mendigo que tuviera una buena historia que contarnos. Humildemente presento a mi amigo Halcón.

Todos sonrieron, animados. El doctor George, mirando el perfil del indigente, creyó que Marco Polo quedaría en ridículo. Sin embargo, el estudiante continuó.

—No tiene la apariencia de un intelectual, pero es un sabio.

Le cedió la palabra. Esperaba que todos se llevaran una lección. Halcón guardó silencio. Acongojado, Marco Polo lo animaba con la mirada, pero él permanecía mudo. Cada segundo que pasaba parecía más largo que un día. El silencio del mendigo estimuló a las personas a hacer bromas. Su amigo quedó abatido.

Halcón se quedó plantado en el umbral de la puerta. Sólo paseaba la mirada por la multitud, parecía estar bloqueado, inhibido. Percibiendo el fiasco, Marco Polo comenzó a creer que podría ser expulsado de la universidad por su actitud intrépida. También sintió que había agredido a su amigo al llevarlo a ese lugar. "Fui injusto. Usé a una persona para resolver mi trauma de rechazo", consideró.

Los alumnos, impacientes, comenzaron a azuzar al mendigo. "¡Habla! ¡Habla!", gritaban. Uno más atrevido dijo: "¡Miren al pensador! ¡Este hombre va a arrasar!". Otro rebatía: "No es nada. Ese tipo ya se las bebió todas". El doctor George y sus asistentes se animaron, les gustaba el circo. Sólo la trabajadora social y la psicóloga mantuvieron una actitud respetuosa.

Marco Polo tomó del brazo a su amigo y le habló:

—Discúlpame.

Enseguida, comenzó a retirarlo de la sala.

—No te preocupes —lo tranquilizó Halcón.

No estaba alterado. Las burlas eran parte del menú de un vagabundo. Lo que lo incomodaba era la prepotencia de las personas. Para él, el orgullo era una de las formas más tontas de manifestar la inteligencia.

Se soltó de Marco Polo, se dirigió a las personas y comenzó a hablar con elocuencia sobre filosofía pura. Citó el pensamiento de varios filósofos. Comentó sobre las relaciones entre el mundo de los pensamientos y el mundo físico. Dijo que todo lo que pensamos sobre el mundo físico no es real, sino que más bien es un sistema de intenciones que define y conceptúa los fenómenos, pero no los incorpora a su realidad.

Después habló sobre las relaciones entre los pensamientos y la interpretación que hacemos de nuestra realidad. Dejó a su audiencia todavía más perpleja.

—El pensamiento consciente es virtual. Nada de lo que ustedes piensan sobre ustedes mismos es real. Es sólo una interpretación de quiénes son y no la realidad esencial de quiénes son. Sus pensamientos pueden aproximarse a su realidad interior o apartarse de ella. Por eso, al pensar sobre sí mismos, ustedes pueden ser estúpidos, poniéndose por encima de los demás y queriendo controlarlos, o pueden ser verdugos de sí mismos, minimizándose y permitiendo que ellos los controlen. Aprendan a pensar con consciencia crítica. En caso contrario, tratarán las enfermedades, pero ustedes estarán enfermos...

Los alumnos intercambiaban miradas, asombrados. Aunque entendieran poco de lo que él les decía, vislumbraban profundidad en sus palabras. El mendigo era mucho más culto que los estudiantes y los intelectuales de la sala. Las reacciones fueron de lo más variadas.

Los que siempre se burlaban de Marco Polo querían meterse debajo de la mesa. El doctor George y sus asistentes se enfrentaron con su pequeñez. La trabajadora social y la psicóloga sintieron la necesidad de revisar sus paradigmas. Fueron cinco minutos, un breve tiempo para que el genio de las calles dejara atónito al público.

Enseguida, cambió el foco de su atención. Comenzó a recorrer los cadáveres con la mirada. Caminó entre ellos. La audiencia acompañaba sus pasos. Percibía incluso sus movimientos respiratorios. Halcón llegó cerca de un cadáver y rompió el silencio con voz potente:

—¡General! ¡Usted aquí! Era el gran Napoleón de las calles. Luchó con ejércitos imaginarios. Ganó batallas. Quería cambiar el mundo, pero la muerte no respeta a los héroes. El alcohol lo venció —finalizó, meneando la cabeza.

La audiencia quedó titubeante.

El hombre caminó algunos pasos más. Miró atentamente a una mujer de unos cincuenta años, de piel negra y rostro sin expresión, resultado de una larga exposición al sol durante la vida y al formol después de la muerte.

—¡Julieta! Tú también; cuántas veces diste lo poco que tenías para saciar el hambre de los que no tenían. Entendiste que ser feliz es repartir. ¡En fin, ya descansaste! ¡Mira, Julieta! ¡A cuántas personas les importas! Todos quieren estudiarte. Qué pena que se queden en la superficie de tu piel.

El doctor George, absorto por las ideas del indigente, se había paralizado. Halcón estaba conmovido por reencontrarse con sus amigos. Súbitamente, sus ojos ampliaron el campo visual. Se comportaba como la cámara de un destacado director en busca de una imagen única.

Mientras tanto, el invitado captó al fondo, del lado izquierdo, el cuerpo de un hombre grande, de mediana edad, piel blanca, pero maltratada por el tiempo. Se aproximó lentamente, vio las arrugas marcadas, pero la cara era gentil, suave, tranquila. El corazón de Halcón palpitaba.

A cada paso, una película rodaba en su mente, recuperando las experiencias espectaculares que había vivido con su amigo. Anduvieron juntos, cantaron juntos, lucharon juntos. Recordó al

Poeta discurriendo en los parques y elogiando a los humildes. Sus lágrimas dejaron el anonimato y recorrieron las cicatrices del rostro y del tiempo.

Miró fijamente la cara de su amigo. Se inclinó y abrazó su cuerpo, inerte y frío. Ahí estaba toda su familia. Ahí estaba un amigo que lo había amado, que lo había comprendido y que le ayudó a recuperar su condición humana. Sintió que perder un amigo puede ser tan difícil como perder el suelo para caminar. Lloró sin miedo.

—¡Qué hicieron contigo, Poeta! —dijo, observando aquel cuerpo cortado—. Sin ti, la brisa no tiene la misma suavidad. Las mariposas no bailan con la misma gracia. Los miserables perdieron el mapa interior. Tenemos sed de tu sensibilidad.

Marco Polo vertió lágrimas. Los ojos de algunos alumnos lagrimearon también. Al reflexionar sobre la pérdida, Halcón corrigió:

—Queríamos que nunca murieras, pero el Jardinero de la Vida sabe cuándo recoger sus flores más bellas...

Miró a los alumnos y los bombardeó con sus palabras.

—En el mundo hay misterios, en el cuerpo hay enigmas, pero en el espíritu y en la mente humana se esconden los mayores secretos del universo. Ustedes están penetrando en el cuerpo de este hombre, pero nunca en su ser. Diseccionarán sus músculos y nervios, abrirán su tórax y cráneo, pero no diseccionarán su bellísima personalidad. Él fue un poeta de la vida, una estrella en el teatro de la existencia.

Entonces suspiró y les reveló algunos secretos de su historia, que Marco Polo ya conocía.

—El hombre que ustedes están estudiando fue un médico ilustre. Pero, como en la vida hay curvas imprevistas, le fue reservada una dramática sorpresa. Conducía su auto con toda su familia en un viaje de vacaciones. Al hacer un rebase, sufrió un accidente. Perdió todo lo que más amaba: su esposa y sus dos hijos.

Comentó también que uno de los hijos no murió en el momento del accidente. Estuvo mucho tiempo internado en la UCI pero falleció posteriormente. El dolor del hombre fue indescriptible. Tuvo graves crisis depresivas. Se sintió el más miserable de los hombres.

Al oír estas palabras, el doctor George comenzó a perder el color de su semblante y a hacer gestos extraños, pasándose las manos por la nuca. Parecía estar sufriendo un ataque de pánico, con taquicardia, falta de aire, sudor excesivo y vértigo. Sus asistentes se preocuparon por sus reacciones.

Halcón continuaba la descripción del Poeta. Reveló que había sido un brillante terapeuta de las calles, ayudando a los pobres, a los indigentes y marginados. Mientras lo describía, el doctor George caminaba en dirección al cuerpo. Miraba fijamente la cara del cadáver y hacia la pared. Se detuvo y lo contempló. De repente, con voz trémula, comenzó a balbucear palabras que paulatinamente ganaron sonoridad.

—¡No! ¡No es posible! ¡No es posible! ¡No puede ser!

Todos se inquietaron aún más. La escena era incomprensible. Entonces, el profesor pidió:

—¡Miren el retrato colgado en la pared!

Los más cercanos percibieron la sobreimposición de imágenes. El hombre de la foto tenía la cara del cadáver tendido en la plancha. Eran la misma persona. El doctor George se adelantó a las expectativas, diciendo:

—Este hombre se llama Ulises Burt. Fue uno de los más grandes científicos de este país y uno de los cirujanos más notables. Se

95

trata de un ilustre director de esta institución y también un eximio profesor, mi más brillante maestro. En él inspiré mi carrera académica. Pero creo que absorbí muy poco de su sensibilidad.

Tomó delicadamente las manos del muerto.

Halcón se sorprendió. El Poeta siempre había sido humilde, nunca hablaba sobre su notoriedad. El doctor George siguió relatando que el accidente del doctor Ulises, ocurrido hacía más de diez años, y su desaparición, ganaron importancia en la prensa de la época. La universidad quedó abatida. Muchos profesores y alumnos intentaron buscarlo en las delegaciones, en los hospitales, en los asilos, pero no había rastros.

Antes de irse de vagabundo, donó todos sus bienes a la facultad de medicina. Esos bienes, que no eran pocos, fueron usados para ayudar a construir el hospital-escuela.

Una cosa que nadie sabía, ni siquiera el mismo Halcón y que sólo fue revelada cuando leyeron su carta-testamento, era que él autorizaba la donación de todos sus órganos para trasplantes. Como cirujano, el doctor Ulises había realizado muchos. Para estimular la donación de órganos y mostrar la grandeza de ese gesto, le gustaba usar una frase:

Nadie muere, cuando se vive en alguien. Donen sus órganos. Vivan en alguien.

En su testamento indicó que, si no fuera posible aprovechar sus órganos para trasplantes, deseaba que al menos su cuerpo fuera utilizado en la sala de anatomía.

Halcón finalmente entendió por qué el Poeta había insistido en volver a su ciudad natal. Sabía que estaba llegando a su fin. Tenía fuertes dolores en el pecho. Quería morir cerca de la facultad donde siempre dio clases. Quería ser encontrado. Anhelaba ser útil a la humanidad incluso después de cerrar los ojos para siempre.

Los profesores y los alumnos quedaron fascinados por su coraje, fuerza y amor por la vida. Como había varias fotografías del doctor Ulises en los distintos departamentos de la facultad, grabaron una placa y la fijaron debajo de cada imagen, con las palabras de Halcón:

Fue un poeta. Una estrella en el teatro de la vida.

El doctor George estaba bajo una intensa emoción. No pudo continuar la clase. Miró a Marco Polo y a Halcón y anunció con los ojos lo que las palabras no conseguían expresar. Reconoció su error y demostró agradecimiento... Enseguida fue retirado por sus amigos de la sala.

Se colocó una corona de flores al lado del cuerpo, con las mismas palabras fijadas en las fotos. El Poeta continuó en la sala de anatomía, en la misma sala donde siempre practicó la disección. Los antiguos amigos, respetados profesores universitarios, pasaron por ahí en los días siguientes como si estuvieran en el cortejo de un rey, un héroe de la vida. Cirujanos de cabellos grises que habían perdido la sensibilidad lloraban al ver el pecho abierto y los miembros cortados del viejo amigo.

Los alumnos de ese grupo cambiaron para siempre su comprensión de la existencia. Nunca volvieron a tener una actitud superficial ante los cadáveres. Fue una de las raras veces en la historia de la medicina en que los filos cortantes de los bisturíes encontraron poesía mientras diseccionaban nervios, arterias y músculos.

También cambiaron para siempre su formación profesional. Sus pacientes fueron privilegiados. Los futuros médicos aprendieron a percibir que, detrás de cada dolor, de cada síntoma, hay sueños, aventuras, miedos, alegrías, coraje, recuerdos, en fin, una historia maravillosa que debe ser descubierta. Así, aprendieron a tratar seres humanos y no solo órganos.

El árido suelo del fin de la existencia del Poeta produjo un oasis de sabiduría en un pequeño grupo. En vida fue brillante; en la muerte, ¡reluciente!

Capítulo 10

El tiempo pasó y Marco Polo seguía encontrándose con Halcón. Los lazos se estrecharon. Al percibir la incomodidad que su amigo sufría, quería sacarlo de las calles. Halcón se resistía.

—Necesitas salir de las calles.

—No me pongas en un cubículo. Mi hogar es el mundo.

—Pero no es saludable, corres riesgos —insistía Marco Polo.

—Nadie corre riesgos cuando tiene tan poco. Ésa es una de las ventajas de ser pobre.

—Pero duermes mal, comes mal, te vistes mal. No estás bien de salud.

—No pago impuestos ni alquiler —bromeó el viejo amigo.

La relación con Halcón hizo que Marco Polo aprendiera una de las lecciones más difíciles de la vida: ser transparente, no ser esclavo de lo que los demás piensan y hablan de nosotros. Halcón era lo que era, no tenía necesidad de probarle nada a nadie. Sin ese peso emocional, su emoción era suave.

Se veían por lo menos tres veces por semana. El mendigo y el joven se hicieron tan cercanos que tenían aventuras juntos. Daban verdaderos espectáculos en los parques, sin buscar una audiencia. Para ellos la vida era una broma en el tiempo, una aventura imperdible.

En algunos momentos parecían dos payasos; en otros, dos niños. El aburrimiento no formaba parte de su diccionario. Las personas que asistían a sus espectáculos, por vivir en una rutina enfadosa, revisaban sus vidas. Hacían un show hasta de las cosas simples. Cuando comían helado, se decían uno al otro:

—¡Qué sabor! ¡Qué textura!

Quien estaba a su lado se sorprendía, pues, con las prisas, no sentía el sabor del mismo modo que ellos.

Al comer una fruta, Halcón decía:

—¡Qué fruta maravillosa! ¡Qué colores bellos! ¿Cómo surgió? ¿Quién la sembró? ¿Qué sueños tenían los agricultores cuando la cultivaron?

Marco Polo tenía actitudes semejantes. Algunas veces miraban prolongadamente las hojas de una palmera, observando la sinfonía del viento. Parecían dos lunáticos. Los transeúntes, curiosos, detenían su caminata y también miraban hacia arriba intentando ver lo que los dos miraban, pero no distinguían nada. Pensaban que estaban viendo algo sobrenatural o un platillo volador.

Cuando necesitaba dinero, Halcón invitaba a su amigo a hacer una pequeña obra con él. Creaban y dramatizaban un texto al momento. No necesitaban ensayar, pues vivían la existencia como un teatro en vivo. Halcón gritaba una frase y Marco Polo proclamaba otra. Era un método infalible para ganar algunas monedas.

—*No tengo una vivienda segura* —decía Halcón.

—*Pero vivo dentro de mí* —completaba Marco Polo.

—*Nadie puede robar mi sueño.*

—*No dependo de otros para dormir.*

—*Muchos viven en palacios...*

—*... pero son miserables mendigos.*

—*¿De qué sirve acumular tesoros...*

—*... si la alegría no se puede comprar?*

Personas de todas las razas detenían su paso y se sentaban en las bancas para escuchar a la dupla poética. Varios compañeros de Marco Polo se aparecían para verlos. Aprendieron a apreciar al mendigo pensador. La fama les abrió la puerta, pero la despreciaron. Sólo querían vivir intensamente.

Halcón enseñó a su amigo la canción de Louis Armstrong, "What a Wonderful World". De vez en cuando la cantaban a dúo, exaltando la vida y la naturaleza. Preservaban la melodía, pero modificaban la letra de acuerdo con el momento. Era como si una orquesta sinfónica los estuviera acompañando.

—Yo veo el verde de los árboles, las rosas rojas también —cantaba Halcón, con su vozarrón, la primera frase.

—Yo las veo florecer para la humanidad —cantaba la frase siguiente el intrépido Marco Polo.

—Y pienso para mí... qué mundo maravilloso —cantaban juntos.

—Yo veo el azul de los cielos y el blanco de las nubes.

—El brillo del día bendecido, la sagrada noche oscura.

—Y pienso para mí... qué mundo maravilloso.

—Los colores del arcoíris, tan bonitos en el cielo.

—Y también en el rostro de las personas que pasan —cantaban juntos, gesticulando hacia el público.

—Veo pueblos distintos estrechándose las manos, diciendo ¿cómo estás?

—¡En realidad quieren decir: "Yo te amo"!

Al terminar de cantar, estadunidenses, chinos, árabes, judíos, indios, brasileños, europeos, se abrazaban en el inmenso parque. Algunos realmente tenían el valor de decir a los demás "yo te amo". Dos lunáticos, un pordiosero y un joven, un pensador y un académico, embriagados de alegría, magnetizaban a las personas.

En uno de esos encuentros, un hecho inusitado abatió a la dupla. Halcón estaba cansado, sin mucha disposición para dialogar. Sólo quería contemplar lo bello. Había caminado mucho el día anterior.

Se sentaron cómodamente en una banca en el rincón derecho del parque, con la cabeza hacia el cielo. Había un gran movimiento de personas, pues muchas tiendas y bancos se concentraban en esa área.

Halcón observaba las nubes. Estaba fascinado con su fluctuante anatomía. El éxtasis era tan grande que no pudo dejar de expresar:

—¡Qué bellas pinturas! Las nubes son como los vagabundos, vagan por lugares lejanos buscando un lugar de descanso. Cuando lo encuentran, destilan lágrimas —balbuceó.

Marco Polo también las observaba atentamente. Entró en ambiente.

—Cuando el cielo llora, la risa brota en la naturaleza.

Inesperadamente, Halcón miró al infinito y comenzó a interrogar al Creador. Hablaba con Dios como si fuera su amigo.

—¡Hey! ¿Quién eres tú que estás detrás de la cortina de nubes? ¿Por qué te escondes detrás del velo de la existencia? ¿Por qué silencias tu voz y gritas a través de los fenómenos de la naturaleza? ¿Por qué te gusta ocultarte a los ojos humanos? Soy una ínfima parte del universo, pero reclamo una respuesta. Déjame descubrirte.

Marco Polo se asombró por este singular diálogo. Sin embargo, mostrando un aire de intelectual, se volvió orgullosamente hacia su amigo y dijo:

—Halcón, Dios no existe. Es un invento espectacular del cerebro humano para soportar las limitaciones de la vida. Discúlpame, pero, para mí, la ciencia es el dios del ser humano.

En una reacción sorprendente, Halcón se levantó. Se subió en la banca de parque y comenzó a llamar a gritos a todos los que pasaban por ahí. Con gestos histriónicos, gritaba:

—¡Vengan! ¡Acérquense! ¡Les voy a mostrar a Dios!

En un instante se reunió un grupo.

El joven estudiante estaba aterrado. Nunca había visto a Halcón reaccionar así. Intentaba calmarlo, sin éxito. Él seguía gritando:

—¡Dios está aquí! ¡Créanlo! Quedarán perplejos al verlo.

Marco Polo creyó que su maestro había entrado en un brote psicótico repentino, que estaba alucinando. Intentaba ansiosamente jalarlo del brazo para que se sentara. De repente, el pensador enmudeció. Apuntó las dos manos hacia Marco Polo y dijo, gritando:

—¡He aquí a Dios en carne y hueso!

El muchacho se quedó azorado. Un rumor se esparció entre los oyentes.

—¡Créanlo! ¡Este joven es Dios! ¿Por qué afirmo eso? ¡Porque él me acaba de decir que Dios no existe, que es un mero fruto de nuestro cerebro! ¡Vean nada más! Si este joven no conoció los innumerables fenómenos de los tiempos pasados, si nunca recorrió los miles de millones de galaxias con sus trillones de secretos, si no ha descubierto cómo él mismo consigue entrar en su cerebro y construir sus complejos pensamientos y, a pesar de todas esas limitaciones, él afirma que Dios no existe, he llegado a la conclusión, amigos míos, de que este joven tiene que ser Dios. ¡Pues sólo Dios puede tener tal convicción!

La multitud se quedó boquiabierta. El discurso del indigente era tan inteligente que desvaneció no sólo la soberbia de Marco Polo, sino también el orgullo de las personas que lo escuchaban. El joven amigo se puso rojo y se quedó inmóvil.

Halcón descendió de la banca y se sentó. Desenvolvió un sándwich y comenzó a saborearlo. Con la boca llena, le dijo al otro:

—¿Sabes qué sabor tiene este sándwich?

Marco Polo, avergonzado, negó con la cabeza.

Halcón prosiguió:

—Si no tienes la seguridad para hablar de algo tan cercano y concreto, no hables con tanto convencimiento sobre algo tan distante e intangible. No es sensato.

La inteligencia del joven se trabó. Por primera vez no encontró alguna frase para rebatir. Sólo dijo:

—No había necesidad de exagerar.

Halcón reviró:

—Si dices que eres un ateo, que no crees en Dios, tu actitud es respetable, pues refleja tu opinión y tu convicción personal. Pero decir que Dios no existe es una ofensa a la inteligencia, pues refleja una afirmación irracional. No seas como algunos niños de la teoría de la evolución.

—¿Cómo? —preguntó intrigado Marco Polo.

—Algunos filósofos creen que ciertos teóricos de la evolución poseen una arrogancia insensata. No estoy criticando las hipótesis de la evolución biológica, sino la arrogancia científica sin sustento. Varios de esos científicos niegan vehementemente la idea de Dios sólo porque se apoyan en algunos pocos fenómenos de su teoría. Olvidan, así como tú, que desconocen miles de millones de otros fenómenos que tejen los secretos insondables del teatro de la existencia. Son niños jugando con la ciencia, construyendo su orgullo sobre la arena.

Marco Polo se asombró por la osadía, por el raciocinio esquemático y la creatividad de Halcón. Los darwinistas eran considerados intelectuales reverenciados. Nunca había oído a alguien hacer una crítica tan contundente contra ellos, a no ser por los religiosos. Halcón había llevado la discusión de ese delicadísimo tema no hacia el campo de la religiosidad, sino al ámbito de los límites y alcances de la propia ciencia.

Marco Polo intentó organizar su pensamiento y preguntó:

—¿Pero los evolucionistas son respetados por la comunidad científica?

—Son respetados, pero para mí están aprisionados en la cárcel de la biología. Sin romper esta cárcel y abrazar el terreno de las ideas de la filosofía, serán reductores y no expansores del conocimiento. Necesitan seguir el camino de Einstein.

—¿Cómo es eso?

—Einstein dijo que la imaginación es más importante que el conocimiento. Él brilló porque amaba la filosofía. No tenía un cerebro privilegiado, como pensaban muchos científicos. Tenía una imaginación privilegiada. Cuando desarrolló los principios de su teoría, era un joven de 27 años. Tenía menos cultura académica que muchos universitarios de la actualidad. Pero ¿por qué brilló, mientras que los demás académicos son opacos? Brilló porque usó el arte de la duda, liberó su creatividad, aprendió a pensar con imágenes.

A partir de ese comentario, Marco Polo se interesó por la historia de Einstein y comenzó a estudiarla.

—Einstein era osado, quería conocer la mente de Dios —completó.

Halcón no era menos osado, vivía intentando desvelarlo a su manera. Él amaba a Dios, pero no era religioso ni defendía una religión. Consideraba que sólo un Artista deslumbrante, capaz de sobrepasar los límites de nuestra imaginación, podría ser el Autor del propio imaginario humano y de toda la existencia.

Relató que él y el Poeta aprendieron a buscar y a relacionarse con Dios en sus miserias psíquicas, y que esta relación fue uno de los secretos que los llevaron a soportar sus pérdidas y a oxigenar su sentido de la vida. Así fue como sobrevivieron al caos. Para ellos, cada ser humano, en especial los científicos, debería asumirse como eterno aprendiz. Y remató:

—La sabiduría de un ser humano no reside en cuánto sabe, sino en cuánta consciencia tiene de lo que no sabe. ¿Tú tienes esa consciencia?

Después de una pausa, Marco Polo dijo, pensativo:

—Creo que no.

—Lo que define la nobleza de un ser humano es su capacidad de percibir su pequeñez. ¿Tú la percibes?

—Estoy intentándolo —dijo, intimidado por la inteligencia del filósofo.

—Nunca dejes de intentar.

Enseguida, Halcón hizo un momento de silencio. Ponderó sus actitudes y tuvo el valor de pedirle disculpas a Marco Polo por la vergüenza que le hiciera pasar.

—Perdóname. A veces creo que algunas de mis reacciones son secuelas de mi pasado, de mi enfermedad.

—Por favor, no te disculpes. Yo fui estúpido y arrogante.

Viendo que el joven reflexionaba sobre los misterios de la existencia, Halcón agregó:

—Puedes dudar de que Dios existe, pero Dios no duda de que tú existes. Yo creo en eso.

Marco Polo se inquietó. Se pasó las dos manos por el rostro. Suspiró, se puso una mano en la barbilla, apoyó el codo en el muslo como un pensador y preguntó:

—¿Qué pensaban los filósofos con respecto a Dios?

—Acuérdate de lo que te dije: muchos filósofos creían en la metafísica. No tenían miedo de argumentar y discutir con respecto a Dios. La ciencia tiene miedo de debatir sobre Él por el recelo de colgarse de una religión y perder la individualidad. No sabemos casi nada sobre la caja de secretos de la existencia. Los millones de libros escritos sobre eso son una gota en el océano. Recuerda, somos una gran pregunta buscando una respuesta en los pocos años de esta vida.

—Pero filósofos como Marx, Nietzsche y Sartre fueron ateos.

Halcón miró con detenimiento a su amigo y dijo, como si estuviera iluminado:

—Hay dos tipos de Dios: un Dios que creó a los hombres, y otro que fue creado por ellos. Para mí, esos filósofos no creían en el Dios creado por los hombres. Fueron contra la religiosidad de su época, que aplastaba los derechos humanos, pero no son ateos puros. Sin embargo, no puedo hablar por ellos.

El joven pensó e inquirió:

—¿Quiénes somos? ¿Qué somos? ¿Hacia dónde vamos?

—Me hago esas preguntas frecuentemente. Y cuanto más me las planteo, más me pierdo, y cuanto más me pierdo, más trato de encontrarme.

Enseguida, Halcón enmendó:

—Mira a las personas a nuestro alrededor. ¿Qué ves?

—Hombres de traje, mujeres bien vestidas, jóvenes exhibiendo su calzado deportivo, adolescentes arreglándose el cabello, en fin, personas transitando.

—La mayoría de esas personas vive porque respira. Ya no se preguntan "¿quién soy?", o "¿qué soy?". Están entorpecidas por el sistema. El ser humano actual no escucha el grito de su mayor crisis. Calla su angustia porque tiene miedo de perderse en una maraña de dudas sobre su propio ser. A comienzos del siglo xx, la ciencia prometió ser el dios del *Homo sapiens* y responder esas preguntas. Pero nos traicionó.

—¿Por qué nos traicionó?

—Primero, porque no reveló quiénes somos; seguimos siendo un enigma, una gota que aparece por un instante y luego se disipa en el teatro de la existencia. Segundo, porque, a pesar del salto en la tecnología, no resolvió los problemas humanos fundamentales. La violencia, el hambre, la discriminación, la intolerancia y las miserias psíquicas no fueron desveladas. La ciencia es un producto del ser humano y no un dios del ser humano. Úsala, no seas usado por ella.

Al escudriñar su inteligencia, Marco Polo confesó honestamente:

—El orgullo es un virus que contagia mi mente.

—Nos contagia a todos. Hasta un psicótico tiene ideas de grandeza.

—¿Es posible destruir el orgullo?

—No creo. Nuestra tarea más grande es controlarlo.

Para finalizar la compleja clase, se volteó hacia su joven amigo y completó:

—La sabiduría de un ser humano no está definida por cuánto sabe, sino por cuánta consciencia tiene de lo que no sabe...

Impactado, Marco Polo incorporó esa frase. Necesitaba discernirla, al igual que todo el conocimiento que abordaban. Su mente se volvió un caldero de ideas.

Decidió que era el momento de marcharse. Se despidió un poco aturdido, y se fue. El sol del atardecer brillaba sobre él y proyectaba su sombra en el suelo. La sombra era grandiosa. La distorsión de la imagen lo invitó al autoanálisis.

Siempre quiso ser grande, una estrella con astros gravitando en su órbita. Percibió que la búsqueda de la fama era una tontería. Concluyó que tenía que reducir su sombra social. Debía aprender a encontrar grandeza en su pequeñez.

Capítulo 11

Cada vez que se acostaba en su cama tibia y confortable, Marco Polo pensaba en Halcón, durmiendo a la intemperie. Eso lo perturbaba; a veces despertaba en medio de las noches lluviosas, sintiéndose incómodo. Temía que su amigo no estuviera en los albergues municipales.

Por vivir en precarias condiciones de salud, los vagabundos morían pronto. La falta de higiene, de alimentación regular, de protección contra la intemperie y el alcoholismo segaban sus vidas en los primeros años de jornada. La supervivencia de Halcón era una excepción. El Poeta lo ayudó a librarse del alcoholismo y a cuidar de su salud. No obstante, el Poeta murió y Marco Polo sintió que de algún modo ocupaba una parte de su lugar.

Cuidar de la calidad de vida de Halcón y ayudarle a rescatar su pasado preocupaban al joven estudiante. Pero tenía miedo de sacar a su amigo de las calles y animarlo a reencontrar a su hijo. El sistema social que lo excluía era cruel en algunas áreas. Tal vez no soportaría ese estrés. La comodidad exterior podría generar incomodidad interior.

Pasaron seis meses. La salud de Halcón estaba debilitada. Tenía crisis de falta de aire y se rehusaba ir a la consulta externa del hospital-escuela. Ante eso, Marco Polo sintió que era el momento de tomar acción para ayudarle. Pero ¿cómo?

"Halcón podría conservar sus ideas y su forma de ser al regresar a la sociedad. Podría ser un virus que se alimenta del sistema para combatir las llagas del propio sistema, así como hacen los grandes periodistas y otros nobles pensadores", pensaba el joven.

Esas ideas poblaron su mente, diluyeron paulatinamente su miedo y dieron cuerpo a su decisión. Había recibido mucho de Halcón y quería retribuir un poco.

Por otro lado, aunque no quisiera salir de las calles, Halcón sintió, poco a poco, que necesitaba construir un puente con su pasado. La relación con Marco Polo era distinta de la que tenía con el Poeta. El joven era un espejo de su propio hijo. Destellos de Lucas brillaban en su imaginación mientras cantaban y hacían poemas. Le atormentaba negar radicalmente su pasado.

Cierta vez, Marco Polo tocó directamente el problema.

—Corriste grandes riesgos para rescatar tu identidad y reconstruir tu salud mental. Y me enseñaste a correr riesgos para explorar la mente humana y luchar por mis sueños. ¿Qué tal correr los riesgos de entrar en el sistema social y reevaluar tu pasado?

Halcón entendió el mensaje e hizo un silencio glacial. Su amigo fue cortante e insistió:

—Tu hijo tiene derecho de saber que estás vivo. El riesgo de ser rechazado es el precio que debes pagar.

Esas palabras congelaron la columna vertebral del maestro. Jamás sintió tan frágil su seguridad. Se sumergió en su interior.

—Yo estoy muerto para él. Los muertos no incomodan a los vivos.

—Tú dices que Dios se esconde tras la cortina de la existencia y grita a través de los fenómenos que creó, pero tú no eres Dios. ¿Entonces por qué te escondes tras la cortina de los argumentos? ¿Por qué gritas a través de los fenómenos que imaginaste? ¿Qué base tienes para afirmar que estás muerto para tu hijo? ¿Cuántas veces debe él haber mirado entre la multitud, buscándote?

Marco Polo había aprendido del propio Halcón que la duda es la mejor arma para abrir las ventanas de la inteligencia, y la respuesta pronta es la mejor para cerrarlas. Sus preguntas provocaron un conflicto intenso en su magnífico profesor. No podría huir de sí mismo.

—¿Tú lo amas? —instigó Marco Polo, ante el silencio de Halcón.

—¡El amor es inmortal! Puedes negarlo, sofocarlo, enterrarlo, pero jamás muere. Ya te dije. Mi hijo nunca murió dentro de mí. Todavía vive en mis sueños.

—No hay manera de correr riesgos para rescatar a quien está muerto, pero si él está vivo, ¡corre el riesgo por él!

Cuando Marco Polo pensó que Halcón cedería, él levantó una enorme muralla:

—Nuestros lenguajes, intereses, visiones de vida, expectativas, son muy diferentes. Será casi imposible reconstruir nuestras historias. Si, incluso viviendo juntos por años, los miembros de la mayoría de las familias no toleran sus diferencias, no se respetan, ¿cómo esperar armonía entre dos instrumentos que hace más de dos décadas no tocan juntos?

Vencer la inteligencia del genio era casi imposible.

"Realmente el choque podría ser insoportable", ponderó Marco Polo. "Pero fallaremos 100 por ciento de las veces que no lo intentemos", reflexionó.

Tuvo la sensación de que nadie conseguiría trasponer la fortaleza de los pensamientos del filósofo, pulida por las crisis psíquicas y esculpida por los corredores de la vida. Pero tenía una última bala en su arma intelectual, un argumento fuerte. Había construido ese argumento a lo largo de los meses de su amistad.

Lo había formado pacientemente, como hizo Miguel Ángel con el mármol en bruto en busca de su obra maestra. Lo sembró, lo asimiló y lo escribió. Era el momento de discurrir sobre él: el *principio de la corresponsabilidad inevitable*. Este principio mezclaba algunos fundamentos de la psicología y de la filosofía.

—Halcón, tú nunca viviste fuera de mi sistema. Quieras o no, formas parte de él.

—¡Qué absurdo! No confundas mi mundo con el tuyo. En el mío, las personas son transparentes; en el tuyo, se disfrazan detrás de las sonrisas, de la estética. En el mío, las personas tienen tiempo para invertir en lo que aman; en el tuyo, son transformadas en máquinas de trabajar y consumir.

Marco Polo se sintió cohibido, pero no se intimidó.

—Estoy de acuerdo en que la sociedad organizada está enferma en muchos aspectos, pero el *principio de la corresponsabilidad inevitable* demuestra que es imposible que haya dos sistemas distintos. Lo que existe son dos maneras de ver y actuar en el mismo sistema. Las personas jamás están completamente separadas unas de otras.

Halcón nunca había oído hablar de ese principio. Por primera vez se rascó la cabeza, revelando su confusión ante su discípulo.

Esa idea lo inquietaba. Si se convenciera de que no hay dos sistemas, ¿cuál era el argumento para esconderse en su capullo?

—¿Qué principio es ése? ¿Qué pensador lo elaboró? —preguntó, desconfiado.

—¡Yo lo elaboré!

Halcón se encogió de hombros. Fue invadido por el orgullo. Consciente de ese pensamiento, se recompuso enseguida.

—Discúlpame. Debátelo. ¡Presenta tus ideas!

Al decir estas palabras, recordó cuando tuvo una crisis en el salón de clases en el curso de derecho. Quería ser enfrentado en el campo de las ideas. Marco Polo lo había desafiado en ese punto y, lo que era peor, en el punto más delicado de su historia.

El joven estudiante defendió su tesis con vehemencia. Comentó que el *principio de la corresponsabilidad inevitable* demuestra que las relaciones humanas son una gran tela multifocal. Revela que nadie es una isla física, psíquica y social dentro de la humanidad. Todos somos influidos por los demás. Todos nuestros actos, conscientes o inconscientes, sean actitudes constructivas o destructivas, alteran los acontecimientos y el desarrollo de la propia humanidad.

Cualquier ser humano —intelectual o analfabeto, rico o pobre, médico o paciente, activista o alienado— se ve afectado por la sociedad y, a su vez, interfiere con las conquistas y pérdidas de la propia sociedad a través de sus comportamientos. Marco Polo quería decir que todos son corresponsables por el futuro de la sociedad y, en consecuencia, por el futuro de la humanidad y del planeta como un todo.

—Nuestros comportamientos afectan a las personas de tres maneras: alteran su tiempo; alteran su memoria por medio del registro de esos comportamientos; y alteran la calidad y la frecuencia de sus reacciones. Alterando el tiempo, la memoria y las reacciones de las personas, modificamos su futuro, su historia.

Halcón comenzó a salir del estado de indiferencia hacia el del asombro. "¿Adónde quiere llegar este muchacho?", pensó.

Marco Polo fue más lejos. Discurrió afirmando que los mínimos comportamientos pueden interferir con grandes reacciones en la Historia. El estornudo de un norteamericano puede afectar las reacciones de las personas en Medio Oriente. Una actitud de un europeo, por mínima que sea, puede interferir en el tiempo y las acciones de China. Halcón comenzaba a entender a dónde quería llegar su amigo, pero todavía no lo tenía completamente claro. Observaba atentamente cada una de sus frases. Marco Polo pasó de la teoría a los ejemplos:

—Un panadero que hizo pan en el siglo xv en París afectó el tiempo y la memoria de una ama de casa que lo compró, cambiando las reacciones de sus hijos, que a su vez alteraron los comportamientos de sus amigos, vecinos, compañeros de trabajo y que, en una reacción en cadena, influyeron en la sociedad francesa de su época y de otras generaciones. Así, en una secuencia ininterrumpida de eventos, el panadero del siglo xv influyó, siglos más tarde, en los padres, los amigos y, en consecuencia, en la formación de la personalidad de Napoleón, que afectó al mundo.

"En 1908, Hitler se mudó a Viena con el objeto de convertirse en pintor. El profesor de la academia de bellas artes que lo rechazó afectó su tiempo, su memoria, su inconsciente. A su vez, influyó en su afectividad, su comprensión del mundo, sus reacciones, su lucha en el partido nazi, su prisión, su libro. Todo ese proceso interfirió en el estallido de la Segunda Guerra Mundial, que afectó a Europa, Japón, Rusia, Estados Unidos, y que cambió el rumbo de la humanidad.

"Si Hitler hubiera sido aceptado en la escuela de bellas artes, tal vez habríamos tenido un artista plástico, probablemente mediocre, y no a uno de los mayores psicópatas de la historia. No estoy diciendo que la psicopatía de Hitler hubiera sido resuelta con su aceptación en la escuela de Viena, pero hubiera podido ser menguada o tal vez no hubiera llegado a manifestarse."

Halcón estaba asombrado. Los papeles se habían invertido. Marco Polo continuó diciendo que un indio en una tribu aislada de la Amazonia también afecta la Historia. Al disparar a un ave, ésta dejará de producir huevos, de empollarlos y de tener descendientes, alterando el consumo de semillas, a los depredadores de toda la cadena alimentaria, al ecosistema, a la biosfera terrestre.

Además, la ausencia de descendientes del ave abatida afectará el proceso de observación de los biólogos, interfiriendo en sus reacciones, sus investigaciones, sus libros, su universidad y su sociedad.

Una persona que se suicida no deja de actuar en el mundo social, afirmó Marco Polo. El acto de suicidio alteró el tiempo de sus amigos y familiares y, principalmente, despedazó su emoción y su memoria, generando un vacío existencial, recuerdos y pensamientos perturbadores que afectarán sus historias y el futuro de la sociedad.

—Nadie desaparece cuando muere. Vivir con dignidad y morir con dignidad deberían ser tesoros ansiosamente cobijados. Por lo tanto, el *principio de la corresponsabilidad inevitable* demuestra que nunca podemos ser una isla en la humanidad. Jamás debería haber existido la isla de los norteamericanos, de los árabes, de los judíos, de los europeos. La humanidad es una familia viviendo en una tela compleja. Somos una única especie. Deberíamos de amarla y cuidar de ella mutuamente; en caso contrario, no sobreviviremos.

Para el joven pensador todos somos inevitablemente responsables, en mayor o menor grado, por la prevención del terrorismo, de la violencia social, del hambre mundial.

Halcón estuvo de acuerdo con el razonamiento ingenioso de Marco Polo. Aunque era un especialista en el arte de pensar, no percibió que estaba cayendo en la red de su discípulo. Enseguida, el joven comentó con su maestro que las reacciones de los demás nos pueden afectar ya sea débil o intensamente. Ver una película, conversar con un amigo, elogiar a alguien puede cambiar poco o mucho el curso de nuestras vidas.

Recordó a un amigo humillado por la profesora porque no podía leer bien un párrafo. Ella le pidió que repitiera varias veces la lectura del texto, ante las burlas de sus compañeros. El registro de esa experiencia había bloqueado la inteligencia del alumno, produciendo tartamudez, inseguridad, afectando drásticamente su futuro como padre y como profesional. Nunca más pudo hablar en público.

Después de hacer un abordaje general y dar ese ejemplo, Marco Polo calibró el arma de su inteligencia y asestó el golpe fatal a Halcón. Preparó, aunque sin grandes pretensiones, una base para que él cuestionara su comportamiento de las últimas décadas y cambiara para siempre el curso de su historia. Fueron veinte minutos que modificaron una vida. Cortó de tajo la resistencia de su amigo como si fuese la hoja de un bisturí.

—Tú eres el maestro y yo un pequeño aprendiz, pero, por

favor, ante esa explicación, respóndeme: ¿es posible que haya sistemas socialmente aislados?

Halcón esbozó una sonrisa torcida y admitió con honestidad:

—No. Hay sistemas que se comunican poco, pero no están aislados.

—Subirte en la banca de un parque, recitar un poema o pedir dinero para comprar un pan son reacciones que interfieren en la dinámica de los comportamientos de las personas que los presencian o los escuchan, interfiriendo, a su vez, en sus compañeros de trabajo, en su empresa, en la sociedad, en el comercio internacional. ¡Por eso, encerrarte en tu mundo puede ser un acto egoísta! ¿Estás o no de acuerdo?

—Bajo esa óptica, el aislamiento puede ser un acto egoísta —aceptó Halcón, sudando.

—Tú te encerraste dentro de ti mismo porque la sociedad te excluyó y te discriminó, pero tú te superaste, te convertiste en un sabio. Esa misma sociedad que te hirió necesita tus ideas y tu coraje para transformarse. Incluso porque tu sistema nunca se separó del mío.

El mundo se derrumbó sobre Halcón. Se quedó boquiabierto, pasmado, pensativo. "¿Cómo no había pensado en eso?". Marco Polo tenía razón. "Interferimos en la memoria y en el tiempo de los demás a cada momento. La memoria y el tiempo nos unen en una red inevitable", pensó.

—Tus ideas son amargas como la hiel, pero no puedo huir de ellas. Yo influyo en tu mundo y soy influido por él.

Y, para completar, el joven miró fijamente al genio y le propinó el golpe final:

—Respóndeme una pregunta, pensador. ¿Por qué no es posible alienarse o aislarse socialmente de manera pura, completa, absoluta?

Con la voz embargada y sabiendo de antemano adónde llegaría Marco Polo, el filósofo dijo con sinceridad:

—Porque la ausencia de una reacción es ya una reacción en sí misma, y la acción da una no-reacción. La no-reacción contribuye a la acción de los demás. Así como una persona que se suicida sigue interfiriendo en la historia de sus seres queridos, un padre que se vuelve un pordiosero sigue interfiriendo en su propio hijo —dijo Halcón, con lágrimas en los ojos.

—¡Muy bien, maestro! Sé que es doloroso tocar ese asunto, pero tu ausencia desencadenó una secuencia de eventos que influyeron en la personalidad de Lucas. Cada vez que él te buscó y no te encontró, o tuvo que explicarle a alguien tu ausencia, alteraste intensamente sus emociones, sus pensamientos, su autoestima. Por lo tanto, nunca dejaste de ser corresponsable de él.

Halcón se levantó de la banca. Comenzó a caminar en círculos. Jamás unas palabras le habían generado tantas consecuencias en su intelecto. Incluso concluyó que dar discursos en los parques y llevar a las personas a viajar dentro de sí mismas eran hechos que influían en la sociedad e incidían indirectamente en su hijo.

La cuestión no era si su ausencia había sido mejor o peor para Lucas. La cuestión es que nunca logró aislarse de él. El pensador fue vencido en el único lugar en que podría cambiar las rutas de su vida: en el campo de las ideas. Temeroso, dijo sinceramente:

—No logramos huir de los demás porque no logramos huir de nosotros mismos. ¡Correré riesgos para reencontrar a mi hijo!

Decidió romper su capullo. Había un alto precio a pagar para reconstruir su historia. Los problemas que enfrentaría serían enormes. Tendría que encarar a los depredadores dentro y fuera de sí. Podría ser rechazado por haber sido un mendigo. Tendría que confrontar a su exsuegro, a su exesposa, a sus excompañeros de trabajo. Y, lo que era peor, Lucas podría culparlo, ser indiferente con él, estar avergonzado de su padre. También podría no estar vivo. El precio era incalculable; los riesgos, inimaginables.

—¡Tengo miedo! —admitió.

Marco Polo nunca había escuchado a Halcón decir tales palabras. Siempre lo había considerado invencible.

—¡Miedo! Siempre fuiste temerario.

—Tengo miedo de mí mismo. Miedo de enfrentarme. Miedo de recorrer caminos que hace mucho que no piso y a los que pensé que nunca más pisaría.

Por el hecho de estar aprendiendo el arte de crear frases que tuvieran un efecto con el propio Halcón, Marco Polo nuevamente lo sorprendió:

—El miedo puede ser un excelente maestro. Derriba a los reyes de su trono y los enseña a ser lo que siempre fueron: apenas frágiles seres humanos.

El maestro soltó una risa entrecortada en medio de su dolor. Buscando consolarse, miró otra vez a su audiencia invisible y dijo:

—Todos tenemos un niño al que debemos encontrar. Unos dentro, otros fuera de sí. Necesito hallar al de fuera, sin perder al de dentro.

Enseguida, pidió quedarse un día más en las calles. Tenía que despedirse por lo menos temporalmente de su estilo de vida y de la amplia casa donde vivía hacía años. Quería abrazar más árboles, conversar con más flores, jugar con las mariposas, observar las estrellas mientras cerraba sus ojos para una noche de sueño más.

Quedó con Marco Polo que el día siguiente, sábado, pasaría por él en la mañana. Sus amigos de la facultad, que compartían la misma habitación, viajarían a otras ciudades. La casa quedaría vacía. Halcón pasaría el fin de semana con él. Planearían juntos el largo viaje a su ciudad.

El mendigo hizo una larga despedida. Abrazó una docena de árboles. Sintió la brisa, el sonido sereno del viento. Se arrodilló en los jardines, besó las rosas, dialogó con Dios. Terminó con esas palabras: "Dios, tú fuiste mi amigo en la locura, en la miseria y en las noches sin cobijo. Tengo miedo de que ya no lo seas en la abundancia y en las noches confortables. Es tan fácil olvidarte. Sigue mis pasos".

Al acostarse, las estrellas no le inducían el sueño como siempre lo hicieron. El viejo cobertor ya no calentaba como antes. La banca del parque presionaba incómodamente sus costillas. Tuvo pesadillas. Se vio como el blanco de risas y desprecio. Su mente se volvió un torbellino de imágenes amenazadoras.

Al otro día, Marco Polo lo llevó a su casa. Halcón tomó un buen baño, se recortó la barba, cortó solo parte de su largo cabello. Su amigo le prestó algunas prendas, pero como era diez centímetros más bajo que él, los pantalones y la camisa le quedaban un poco raros.

El viejo que aparentaba entre 68 años desapareció. Regresó a los 55 años, su edad real. Marco Polo se rio del aspecto de su amigo. Halcón parecía un gran muchacho desarreglado con la ropa corta.

Bromeando, afirmó:

—¡Todavía soy guapo! —y adoptó una torpe pose.

—Lo bastante guapo como para no asustarme.

El joven amigo juntó algunos ahorros y ambos salieron en busca de ropa decente. Cualquier prenda estaba bien para Halcón. Entraron en una tienda y Marco Polo eligió una camisa de manga larga, verde olivo y un pantalón rojo. Halcón se los puso y los encontró bellísimos, parecían las rosas rojas con tallos verdes de los jardines. Por fortuna, las vendedoras intervinieron. Compraron dos camisas blancas y un pantalón beige.

Al salir de la tienda, Halcón se sentía disfrazado, artificial. Caminaba erguido, serio y sin espontaneidad. Hacía años que no le importaban las miradas de las personas. Se sentía observado. No era un sentimiento derivado de la antigua paranoia, sino de tener que representar lo que no sentía, sonreír cuando estaba infeliz.

Marco Polo vio el rostro de su amigo entristecerse poco a poco. Nada lo animaba. Encendió el televisor en un programa de noticias para que se distrajera un poco, pero eso empeoró las cosas. Desde que había salido por el mundo, Halcón jamás había visto la televisión, salvo de reojo.

Vio a un reportero denunciando el hambre en Etiopía, mostrando imágenes de criaturas famélicas, sin expresión facial, en profundo estado de melancolía. Casi no tenían fuerza muscular para moverse. Deberían estar jugando, pero estaban muriéndose. Halcón inclinó la cabeza y entrecerró los ojos.

El reportero dijo que, según la FAO (Organización de las Naciones Unidas para la Alimentación y la Agricultura), cada cinco segundos muere un niño de hambre. Estremecido, meneó la cabeza y gritó:

—¡No es posible! ¡Están dejando morir a los niños!

Enseguida vio otra imagen fantasmagórica: un padre corriendo y gritando desesperadamente, llevando en brazos a su hijo ensangrentado. Había sido víctima de un ataque terrorista. Las imágenes que saltaban de la pantalla parecían más locas que las alucinaciones que lo perturbaban en su fase psicótica más drástica. Y aquello era real. El hombre comenzó a pasarla mal. Tuvo palpitaciones, sudaba excesivamente.

A continuación, observó detenidamente la expresión facial del reportero que transmitía las noticias. Para su asombro, el rostro no revelaba el dramatismo de la noticia, sólo la divulgaba con un aire de consternación.

Posteriormente, el semblante del mismo cambió rápidamente, sonrió y habló de un millonario excéntrico, que aparecía en la pantalla acariciando sus caballos en suntuosas caballerizas. Esta noticia penetró como un terremoto en el intelecto de Halcón. Estaba incrédulo.

Percibió que el proceso de transmisión de la información destruía la afectividad de los espectadores. Miró fijamente a su joven amigo, y comentó incisivamente:

—¿Ustedes no sienten asco de esta sociedad?

—¡Esos acontecimientos son deplorables! —confirmó Marco Polo.

—¿Deplorables? ¡Son horribles! Ustedes están adaptados a la basura social. ¡Ya no los perturba!

—¡No! ¡Nosotros odiamos esas imágenes!

—Sus ojos las odian, pero sus emociones no reaccionan.

Marco Polo se sintió avergonzado. Admitió que Halcón tenía razón. Aunque deambulara por las calles y presenciara determinados tipos de sufrimiento, no tenía contacto con algunas de las miserias más deplorables cometidas por el sistema. Su sensibilidad no estaba enferma ni era exagerada, sino anestesiada, analizó.

En ese momento tuvo un *insight*. En una ojeada rápida de lucidez, analizó la psicoadaptación dentro de la sala de anatomía. Las primeras imágenes de los cadáveres, así como el olor a formol, habían provocado fuertes reacciones en los alumnos, pero poco a poco esas reacciones se diluyeron en el inconsciente. El olor a formol se volvió soportable. Algunos estudiantes que lloraron de tensión el primer día jugaban con los cadáveres, moviendo sus miembros como si estuvieran vivos.

Marco Polo hizo un paralelismo entre la sala de anatomía y el ambiente social. El impacto causado por las terribles imágenes transmitidas por la televisión perdía efecto a medida que los espectadores las miraban diariamente. Percibió que la sensibilidad estaba muriendo en la humanidad. Se había convertido en un espectáculo de terror. Por eso expresó, humildemente:

—Estamos enfermos.

Todavía completamente indignado, Halcón usó el mismo discurso de Marco Polo, del *principio de la corresponsabilidad*, para cuestionar:

—¿Los líderes de la sociedad son adultos?

—Obviamente son adultos.

—Entonces respóndeme: ¿los gobernantes de los países ricos y los empresarios que dominan el mundo son corresponsables por esas miserias?

—Sí.

—¿Y tienen o no insomnio por tales sufrimientos?

Abatido, el muchacho no supo responder. Entonces Halcón contestó por él.

—Si ellos duermen y se sienten tranquilos, son niños. Sólo un niño carece de consciencia de las miserias de los demás, y no es responsable por ellas. Sólo un niño come hasta hartarse y duerme serenamente mientras que hay otros niños que se mueren de hambre.

Halcón y el Poeta con frecuencia divertían a los niños en las plazas, y hábilmente les enseñaban a pensar con sus gestos e ideas. Para ellos, pensadores marginados, los niños eran lo único puro de la sociedad, su mayor tesoro. Verlos maltratados lastimaba sus sentimientos.

De repente, Halcón abrió las ventanas de su inconsciente y rescató sus reacciones en los días posteriores a haber abandonado a su hijo. Revivió las primeras noches como andariego. Recordó los gritos que daba llamando a Lucas. Miraba a los niños de las escuelas y veía en ellos el rostro de su propio hijo. Quería abrazarlos, pero los padres los apartaban.

Esas imágenes se mezclaron con las escenas de la televisión, aumentando su perturbación. Las imágenes de los caballos abrigados en las lujosas caballerizas con las imágenes de los niños muriendo de hambre se enredaron en su mente. Caminaba inquieto por la sala. Parecía que experimentaba el dolor de los infantes.

Tuvo ganas de vomitar. Quería sacar su indignación. Se fijó en su audiencia invisible y comenzó a proclamar como si estuviera en crisis. Los vecinos más cercanos oyeron sus gritos. Marco Polo se paralizó.

—¡Locos! ¡Estúpidos! ¡Una especie que destruye a sus pequeños comete suicidio! ¿Qué sociedad es ésa en donde los niños son tratados como animales, y los animales como niños? ¡No los maltraten! ¡Déjenlos jugar! ¡Déjenlos vivir!

Asfixiado interiormente, Halcón salió súbitamente de la casa. Necesitaba respirar.

Capítulo 12

Al salir a la calle, Halcón era seguido por Marco Polo a la distancia, lleno de aprensión. Sin embargo, en la calle, Halcón se liberó poco a poco. Comenzó a danzar y hacerles caras a los niños y los estimuló a sonreír. Saludaba a todo el mundo, incluso a quien no conocía. Abrazó un árbol. Volvió a ser el de siempre. Se recuperó, pero no olvidó las imágenes.

Regresó a la casa y comenzó a organizar el viaje con Marco Polo. Salieron en la madrugada del domingo al lunes en el viejo auto del joven. El traslado duró más de seis horas. Cuando amaneció, todavía estaban en la carretera.

Los primeros rayos solares penetraban en sus ojos. Halcón estaba convencido de que necesitaba reencontrar los sótanos de su pasado, abrir algunas heridas que nunca cicatrizaron y enfrentar los fantasmas que nunca murieron.

El verdadero nombre de Halcón era Sócrates. Su madre había elegido el nombre del filósofo griego sin grandes pretensiones intelectuales, sólo porque le pareció bonito, sonoro. Pero este nombre lo llevaría a interesarse, en sus tiempos de estudiante, por el extraordinario pensador.

Descubrió que Sócrates había sido un cuestionador del mundo, pero no había dejado nada escrito. Sus discípulos escribieron sobre él, tal como Marco Polo un día escribiría sobre su maestro. Fascinado por la postura intelectual del filósofo, el joven Sócrates decidió seguir la carrera de filosofía.

—Para mí, tú siempre serás Halcón —comentó Marco Polo.

—Ya no soy Sócrates.

Finalmente llegaron a la ciudad. No le fue difícil reconocer las calles, los parques y los bares. La ciudad había sufrido cambios, pero no sustanciales. Lograba orientarse. Su corazón estaba acelerado, sus manos sudaban, sus músculos se pusieron rígidos.

Encontró la vieja cafetería italiana próxima a su casa. Pidió que pararan.

Era un lugar simple, pero agradable. En esa cafetería, alrededor de una mesa y con una copa de buen vino en la mano, había debatido sobre política, crisis sociales, relaciones humanas. Los clientes lo escuchaban embelesados. Aprendían a filosofar como en la Antigua Grecia. Halcón se acordó de algunos dulces pasajes. Sin embargo, fue también de esa cafetería que tuvo que salir retirado por sus amigos cuando tenía sus brotes psicóticos.

Las paredes estaban decoloradas, el piso de ajedrez era el mismo, pero sin brillo, los azulejos floridos con fondo blanco permanecían intactos. Toni, el propietario, un poco mayor que Halcón, estaba fascinado por su inteligencia, y se hicieron grandes amigos.

Descendió despacio del auto. Miró al horizonte de la calle, contempló las construcciones. Respiró la brisa de la mañana, sólo eran las diez. Tomándolo del brazo, Marco Polo lo instó suavemente al interior del establecimiento.

Halcón preguntó por Toni. El joven de la barra contó que el propietario había sufrido una isquemia cerebral y caminaba con dificultad, pero no había perdido la lucidez. Dijo que iría a llamarlo, pero antes preguntó quién lo buscaba.

—Dile que es Halcón, o mejor, Sócrates, un viejo amigo.

El barista abrió la puerta del fondo, donde había una antigua residencia. Un señor de cabellos grises, al saber la noticia, quedó pasmado. Con andar incierto, se esforzaba ansiosamente por caminar más rápido. Al aproximarse, una sonrisa incrédula se estampó en su rostro. Parecía que estaba viendo algo de otro mundo. A fin de cuentas, un muerto acababa de resucitar.

—¡Sócrates! ¡Sócrates! ¡No puedes ser tú! —dijo, intentando correr.

La escena fue casi indescriptible. Los ojos volvieron atrás en el tiempo. Los dos amigos se abrazaron prolongadamente sin decir palabra. No era necesario. El silencio fue más elocuente.

Toni siempre pensó que Sócrates era un genio. Había sufrido profundamente con las crisis psicóticas de su amigo. Decía que la genialidad lo había enloquecido. Su desaparición se convirtió en un tema tabú en esos lugares. Aun hoy comentaban su caso.

Después del afectuoso abrazo, Toni le preguntó de dónde venía.

—Vengo de todos lados y de ningún lugar. Pertenezco al mundo, amigo mío.

Toni se puso muy feliz con su respuesta. Percibió que Sócrates seguía siendo agudo en las frases cortas, pero de gran alcance. Marco Polo observaba todo como atento espectador. Después de algunos minutos de conversación, Halcón entró en el árido terreno de su pasado, preguntando a su amigo:

—¿Y Lucas?

Muchas veces había traído a su hijo a la cafetería. Toni conocía la historia. Sabía de la larga y penosa separación. Hizo una pausa. Ese instante congeló los sentimientos de Halcón. Enseguida, la gran noticia.

—Se convirtió en un gran hombre.

—¿Cómo es eso? —preguntó Halcón, extasiado y aliviado.

—Las semillas que sembraste generaron un pensador.

—Yo no sembré ninguna semilla. Mi hijo tuvo un padre psicótico —dijo, humildemente.

Toni, en desacuerdo, repitió una inolvidable frase de la autoría del propio Halcón.

—Recuerda: "El mayor favor que se puede hacer a una semilla es sembrarla". Tú la sembraste en el corazón de tu hijo. Parecía que moriría, pero germinó. Ve a la Universidad Central y velo con tus propios ojos —dijo, contundente.

Las lágrimas rodaban en el rostro de Halcón. Enseguida, el viejo amigo completó:

—Tu hijo vino muchas veces a esta cafetería a escucharme hablar de ti. Conoció tus aventuras intelectuales.

El pensador de las calles no soportó estar de pie. Fueron largos años de sufrimiento. Parecía estar fuera de la realidad delante de Toni. Se sentó y dijo, incrédulo:

—¡No es posible! ¡Mi hijo me buscó!

Marco Polo sostuvo la respiración. En ese momento estuvo seguro de que había tomado un buen camino. Toni les ofreció comida y bebida.

—Perdóname, amigo, pero el hambre y la sed de mi alma son más urgentes...

Fueron a la universidad, a la misma donde Halcón había enseñado y de donde fue expulsado. Los largos corredores y el piso de granito oscuro abrieron las ventanas de su memoria. Nuevamente, recuerdos agradables y frustrantes ocuparon el escenario de su mente. Se sintió aprensivo.

Llegaron a la oficina y preguntaron por Lucas. Descubrieron que había llegado lejos. Era doctor en sociología y vicerrector de la universidad. Sólo tenía 32 años. Halcón se asombró con la noticia. ¿Cómo el hijo de un enfermo mental, que ha sido perturbado por las crisis del padre, había llegado tan joven a la cima de la jerarquía académica?

Él sabía que las enfermedades psíquicas no son contagiosas ni son determinantes genéticamente; como máximo generan influencias que pueden ser disipadas por el ambiente educativo. Tenía consciencia de que el universo psíquico es tan complejo que los hijos de psicóticos y depresivos eran capaces de superar el clima estresante de sus hogares y convertirse en personas felices, seguras, líderes.

Había vivido diez años con Lucas. La base de la personalidad de su hijo ya se había formado. El temor de que su ausencia pudiera haber perjudicado la personalidad del niño siempre lo había perseguido. Las noticias actuales sobre Lucas refrescaban su emoción.

La secretaria comunicó que el doctor Lucas estaba en el departamento de ciencias jurídicas, dando una conferencia sobre "La crisis en la formación de pensadores". Halcón, indeciso, dijo que volvería en otro momento. Marco Polo lo tomó del brazo y pidió que le indicaran la dirección del auditorio. Llegaron al evento. La sala estaba prácticamente llena.

Sólo había algunos lugares en primera fila. Sin otra alternativa, se sentaron cerca del conferenciante. El doctor Lucas interrumpió rápidamente su charla, esperó a que los nuevos oyentes se acomodaran y continuó su exposición.

Halcón estaba irreconocible con sus cabellos grises, relativamente largos y revueltos; la piel seca y surcada por los malos tratos de la calle. En la audiencia había profesores, algunos antiguos compañeros.

Escuchar a su hijo discurrir con seguridad disparó innumerables gatillos en su memoria. Un vendaval de imágenes pasó por su mente. Recordó innumerables pasajes del pequeño Lucas. Parecía increíble, surreal, que después de tantos años estuviera nuevamente ante él. Sus ojos se fijaban en su cara, conmovidos. Tenía ganas de interrumpir la conferencia, correr y abrazarlo. Pero se contuvo. Fundamentalmente por no saber cómo reaccionaría él.

Lucas terminó su plática afirmando que las universidades se multiplicaron, pero la formación de pensadores no aumentó. Comentó que una de las causas era el hecho de que el conocimiento estaba separado, dividido, formando profesionales con una visión unifocal y no multifocal de la realidad. Dijo que las matemáticas, la física y la química deberían unirse con la sociología, la psicología y la filosofía para construir una ciencia humanista, capaz de producir herramientas que modifiquen el mundo. Enseguida concluyó, entre los aplausos acalorados del público:

—El conocimiento humanista produce ideas. Las ideas producen sueños. Los sueños transforman la sociedad...

Después del final, animó a los participantes a debatir sus ideas y experiencias. La audiencia titubeaba, como si el conferencista no hubiera dado margen a los cuestionamientos.

Marco Polo, osado, hizo a Halcón una señal para que hablara, pero el filósofo enmudeció. De nuevo el joven estimuló a su amigo, susurrándole:

—Es tu gran oportunidad para ayudar a las personas e impresionar a tu hijo. Eres un maestro en ese tema. ¡Vamos!

Halcón balbuceó:

—No soy capaz.

En ese momento, Marco Polo recordó la lección que Halcón le dio cuando dijo insensatamente que la ciencia era el dios del ser humano. Sintió que era su turno de devolverle la lección. Se levantó súbitamente, se puso de frente al público, tomó el micrófono y subió al escenario donde estaba el doctor Lucas.

Al ver la actitud de Marco Polo, Halcón percibió que había entrado en uno de los mayores líos de su vida. Su discípulo aprendía las cosas rápidamente.

Desde lo alto del escenario, Marco Polo habló con osadía:

—Estimado público, voy a presentarles a uno de los mayores pensadores de la actualidad. Ha hecho periplos en varias universidades del mundo. Es tan requerido que no tiene una dirección fija. Es tan elocuente que es capaz de hacer un discurso hasta en la banca de un parque. Entiende como nadie la crisis de los pensadores —admiradas, las personas se rieron. Enseguida, Marco Polo apuntó ambas manos hacia su amigo—: ¡Con ustedes, el doctor Halcón!

Había más de trescientos participantes. La audiencia creyó que el nombre del expositor era extraño. En señal de respeto, el doctor Lucas se puso de pie y le aplaudió. La audiencia le hizo coro. Halcón no tuvo otra alternativa.

Subió al escenario, lanzó una larga mirada al auditorio. Reconoció, tras los cabellos blancos, a algunos colegas. Se acordó de quienes le dieron la espalda y se burlaron de él. Su mirada penetrante invadió su inteligencia.

Comenzó a hablar con una voz vibrante y pausada. Parecía que nunca hubiera salido del microcosmos de aquel salón de clases. Dijo que los grandes hombres produjeron sus más brillantes ideas en la juventud, cuando todavía eran inmaduros.

—¿Por qué fueron tan productivos en su juventud, señores? Porque no tenían miedo de pensar. ¿Y por qué no tenían miedo de pensar? Porque no eran siervos de los paradigmas y conceptos antiguos ni de sus verdades. No estaban aprisionados por el conocimiento inmediato.

Enseguida cuestionó al auditorio.

—¿Qué es lo más importante para formar un pensador: la duda o la respuesta pronta?

—¡La duda! —respondieron a coro.

—¿Qué enseñan ustedes?

Sorprendidos por la pregunta, los profesores de derecho, psicología, sociología, ingeniería y pedagogía, en su gran mayoría, dijeron con honestidad:

—La respuesta pronta.

—Señores, discúlpenme, pero, aunque no sean conscientes de eso, al transmitir el conocimiento rápido están formando repetidores de ideas y no pensadores. El sistema académico ha aprisionado al ser humano y no ha liberado su inteligencia.

Mientras Halcón hablaba, algunas personas tuvieron la impresión de que ya lo conocían. Su atrevimiento y finura de raciocinio los remitían al pasado. Entonces Halcón, enfocando a antiguos docentes e investigadores, los golpeó de frente:

—Tal vez muchos de ustedes también están encadenados por ese sistema sin saberlo. Al comienzo de su carrera académica probablemente dudaban, se aventuraban y producían más conocimiento que hoy, cuando ya son reconocidos. El éxito en la carrera y los títulos que validan a los científicos pueden funcionar como venenos que matan la osadía y la creatividad. En realidad, no deberíamos ser doctores, señores, sino eternos aprendices.

Lucas escuchaba atentamente al hombre culto y provocador. Como líder de la universidad, sabía que muchos profesores ilustres se escondían detrás de sus títulos y ya no producían ciencia. Lucas se había convertido en un pensador temerario; su éxito provenía de su caos. Había crecido en uno de los peores ambientes, pero su padre, antes de su psicosis y en los momentos de lucidez entre los brotes, lo había llevado a no tener miedo de lo nuevo, a explorar lo desconocido, a mojarse en la lluvia, a construir sus propios juguetes, a enfrentar su inseguridad y el sentimiento de humillación.

Halcón miró a Lucas, a Marco Polo y después a la audiencia y finalizó:

—Nuestros alumnos consumen el conocimiento como sándwiches, como comida rápida. No lo digieren, no lo asimilan ni conocen su proceso de producción. Reciben diplomas y se preparan para el éxito, pero no para lidiar con frustraciones, pérdidas, desafíos y fracasos. Las universidades, con sus debidas excepciones, han generado siervos y no autores de su propia historia.

La audiencia quedó asombrada con esa exposición crítica y contundente. Hubo una explosión de aplausos. Preguntaron por lo bajo a Marco Polo de dónde venía el profesor. Marco Polo les dijo que de muchos lugares y de ninguno.

Con la voz entrecortada, Halcón agradeció y dijo:

—Dirijo los aplausos a una persona aquí presente que es más importante que yo. Alguien con quien, en su infancia, jugué, a quien besé y amé más que todo en esta vida... Pero a quien también herí y trastorné con mis crisis. Para protegerlo, partí a un largo viaje. En ese viaje, superé muchas crisis, pero no tuve el coraje de volver. Tuve miedo de mí mismo. Ahora sé que me equivoqué, y mucho...

El público, confundido, no entendió el cambio de discurso, incluido Lucas. Halcón estaba llorando. Hizo otra pausa para contener su llanto.

—Mi hijo sufrió mucho, perdió demasiado, pero usó su dolor para conquistar el éxito. Se convirtió en un brillante pensador y en un generoso ser humano...

Halcón hablaba mirando a Lucas. Entró en estado de choque. Con la voz entrecortada, bajó el micrófono y, limpiando sus lágrimas con ambas manos, dijo:

—Hijo... ¡Yo te amo! Perdóname, mi pequeño Pupilo.

Lucas jamás olvidó el cariñoso apodo que su padre le diera. Como un rayo, las últimas palabras de Sócrates abrieron los cráteres de su interior e iluminaron los callejones de su historia. Reconoció a su padre. Se transportó al pasado. Inmediatamente, incontables imágenes salieron de la colcha de retazos de su memoria, cobraron visibilidad en el plano consciente. Comenzó a ver y a oír a su padre, llamándolo con los brazos abiertos. Volvió a los 10 años y vio también su propio rostro aterrado buscándolo en medio de la multitud.

Había llorado muchas veces en la adolescencia, gritando por su padre en silencio. A Lucas no le importaba si los demás se burlaban de él. Lo amaba y lo quería tal como era, su querido padre. Ahora, Sócrates estaba en el escenario relumbrando con su inteligencia como si nunca hubiera dejado el escenario de la vida. Parecía irreal. Lucas estalló en llanto. Se quedó completamente paralizado.

No eran dos intelectuales encontrándose, sino dos almas despedazadas, un padre y un hijo cuyas historias habían sido mutiladas por las tempestades de la existencia, pero que ahora se reunían.

Lucas se levantó sollozando y balbuceó:

—¡Padre! ¡Papá! Eres tú...

Se fundieron en un prolongado abrazo. Consolaron sus dolores. Se besaron cariñosamente. El tiempo se detuvo. La audiencia estaba atónita.

Momentos después, Lucas miró a Halcón y le dijo:

—¡Padre, no te imaginas cómo te busqué! Fueron noches de insomnio y pesadillas.

—¡Hijo, hijo, perdóname! ¡Quise ser un héroe, pero fui un cobarde!

—No, papá. Fuiste el más valiente de los hombres. El abuelo Pedro, en su lecho de muerte, nos confesó a mí y a mamá lo que había hecho contigo. Dijo que compró un certificado de un psiquiatra para separarte de mí. Jamás dejé de amarte.

Se abrazaron de nuevo. El público se levantó y aplaudió sin entender bien los hechos. Sólo eran conscientes de que presenciaban una de las más bellas escenas de amor...

Marco Polo no soportó la conmoción. Fue a la ventana, la abrió y sintió la brisa acariciando su rostro. Observó los movimientos suaves de las hojas y de las flores. Se sumergió en su interior, por primera vez susurró algunas palabras que parecían una oración: "Dios, yo no sé quién eres. Tampoco sé quién soy. Pero gracias por la vida y por todas las alegrías y sufrimientos que la transforman en un espectáculo único".

Halcón se volvió hacia Marco Polo, lo abrazó profundamente y le agradeció. Lo presentó como su hijo adoptivo y, para no perder su humor, todavía tuvo tiempo de bromear.

—Los locos viven más aventuras que los normales. Nunca seas demasiado normal, Marco Polo...

Al oír esa frase, el muchacho rescató la frase de su padre, sumergida en su inconsciente: "¡Sal del lugar común, hijo mío!".

Meneando la cabeza, Marco Polo entendió el mensaje. Decidió en su interior liberar su creatividad y caminar sin miedo por las curvas de la existencia. Deseó honrar su nombre y hacer de su vida una fascinante aventura.

Capítulo 13

Halcón y Marco Polo fueron a la casa de Lucas. Él se había casado y tenía una hija de dos años. Conversaron largamente. Al día siguiente, apareció Débora, su exesposa. Lucas le había comunicado las sorprendentes noticias. Ella estaba asombrada y escéptica. El retorno de Sócrates parecía un sueño y, principalmente, el rescate de su lucidez.

La relación de Débora con el expsiquiatra de Halcón había durado poco, cerca de un año. Vivieron juntos por seis meses. Como toda relación que no tiene raíces, caso frecuente entre terapeutas y pacientes, no soportaron el clima de las dificultades. El psiquiatra, tan gentil y solidario en los primeros meses, se mostró intolerante y poco amante del diálogo. Terminaron la relación y jamás volvieron a hablarse.

Débora tuvo otros novios. Llegó a vivir por cuatro años con un juez, amigo de su padre. Pero la relación no tenía un condimento emocional. Faltaba complicidad y afectividad.

El juez era aislado, cerrado, vivía para el trabajo y no trabajaba para vivir. Era un excelente profesionista, pero no sabía invertir en lo que más amaba. No lograba comprender la emoción herida y carente de Débora ni penetrar en el mundo solitario de Lucas. Así, desde la partida de Sócrates, ella nunca más encontró un gran amor. Hacía dos años que estaba sola.

Débora llegó de sorpresa a la casa de Lucas. Al entrar a la sala, los ojos de ella se encontraron con los de él. Fue un momento regado por la ternura. La dulzura se entretejió con el dolor. Los ojos de él se humedecieron, y los de ella se llenaron de lágrimas. Sólo el silencio podía descifrar la magia de ese momento.

Lucas guardó silencio. Marco Polo, que se preparaba para regresar a su ciudad, se quedó quieto. Conocía a Débora por las palabras de Halcón. La mirada de su amigo lo traicionaba, sabía que estaba delante de ella. Después de una rápida presentación, Marco Polo y Lucas los dejaron solos, pero Halcón y Débora prefirieron salir. Necesitaban recorrer las avenidas de su pasado.

Al reflexionar sobre el periodo en que no había soportado sus crisis y lo había cambiado por su psiquiatra, Débora bajó poco a poco la cabeza y le dijo suavemente:

—No sé si es posible, pero perdóname. Perdóname por abandonarte en el momento en que más me necesitabas...

Moviendo la cabeza, Halcón rápidamente intentó aliviar el peso del sentimiento de culpa de ella.

—Te comprendo. Te comprendo...

Rara vez unas pocas palabras fueron tan elocuentes. Enseguida, él reflexionó sobre los celos enfermizos que tenía de la mujer. Por eso agregó:

—Perdóname también. Perdóname por mis celos paranoicos. Perdóname por todas las veces que, durante mis delirios, te acusé de traición.

—No eras consciente.

—Consciente o no, te lastimé. No puedo imaginar cuánto sufriste. Sé que no fue fácil soportar mis locuras.

—Detrás de tus locuras había un ser humano maravilloso.

Enseguida, ella lo abrazó cariñosamente. Él besó su rostro con suavidad. A sus ojos, ella seguía siendo hermosa. Tomados de la mano, siguieron conversando. A partir de ahí, se convirtieron en grandes amigos.

Halcón fue reincorporado a su universidad. Algunos antiguos colegas reconocieron con gestos y no con palabras el error cometido. Ellos lo habían discriminado por haber sido un paciente psiquiátrico y se equivocaron al tachar su enfermedad mental como un padecimiento completamente incapacitante. Había otras víctimas en muchas universidades.

El retorno de Halcón a sus actividades profesionales fue más que un acto de compasión de la sociedad, intentaba lograr la inclusión social. Fue una de las raras veces en que la sociedad reconoció la sabiduría de un expsicótico y le dio la oportunidad de probar que muchos mutilados por la vida tienen mucho que enseñar a quien mucho tiene que aprender.

Halcón mantuvo su apodo. Provocativo, instigaba a sus alumnos a abrir las ventanas del intelecto, a ser audaces para construir ideas críticas contra todo lo que provocara rigidez en sus mentes. Con mirada penetrante y lengua afilada, el maestro de las calles volvió a brillar en el pequeño mundo del salón de clases.

Su aprendiz regresó a su ciudad. Mientras conducía por la carretera, contemplaba el ocaso. Los rayos solares traspasaban los espacios entre las nubes, dejando a su paso estelas doradas. Era una anatomía celeste encantadora. Mientras observaba la naturaleza, se sumergió dentro de sí mismo. Un pensamiento dejó el silencio de su ser y cobró sonoridad: "Gastaré mi vida explorando el más complejo y deslumbrante de los mundos: la mente humana. Seré un gambusino que busca oro en los escombros de las personas que sufren".

Ese pensamiento cambiaría su vida para siempre, pautaría su conducta y poco a poco lo llevaría a contemplar los trastornos psíquicos desde otros ángulos. A lo largo de los años, tendría un pensamiento diferente del que prevalecía en la ciencia. No encararía las psicosis, las depresiones y el resto de los trastornos psíquicos como atributo de los débiles, sino como muestra de la complejidad de la personalidad humana.

El estrecho contacto con Halcón hizo que Marco Polo se convirtiera en un estudiante de medicina más curioso y crítico que antes. Era un modelo de estudiante raro en el mundo académico.

La gran mayoría de sus compañeros de clase tenía miedo de exponer sus dudas y críticas. Él, al contrario, aunque intentaba ser gentil, no soportaba quedarse callado. Causaba tumultos en el aula por su osadía al interrogar a los profesores. Éstos se angustiaban ante él, pues se habían preparado para impartir clases a un grupo pasivo.

Algunos alumnos, en extremo bien portados, obtenían mejores calificaciones que él, pero no conseguían las mejores notas en las funciones más importantes de la inteligencia, no trabajaban la capacidad de pensar antes de actuar, la seguridad, la sensibilidad, la intrepidez. Eran serios candidatos a la frustración profesional y emocional.

No tener miedo de ser diferente no siempre era el camino más confortable para el joven Marco Polo. Exigía un precio, pero, como deseaba tener luz propia y no quedar a la sombra de los demás, estaba dispuesto a pagarlo. Para él, el diploma pasó a ser sólo un apéndice.

Por pensar mucho y vivir analizando los hechos internos y externos de su vida, el joven era una persona extremadamente distraída. Olvidaba dónde había dejado la llave de su viejo auto y, a veces, dónde lo había estacionado.

Cierta vez, en el quinto año de medicina, quedó de llevar a un paciente con la pierna enyesada y en muletas al departamento de ortopedia. Sin embargo, se olvidó de que el paciente lo seguía. Subió algunos pisos, bajó otros, anduvo por largos corredores y entró en la cocina del gran hospital. Al llegar allá, percibió que alguien lo perseguía. Era el paciente en muletas. Le pidió disculpas y dijo con humor:

—¡Usted está mejor que yo!

El traumatizado hombre sonrió.

Algunas pacientes le decían:

—Doctor, mi memoria es mala.

—No se preocupe, la mía es pésima —hablaba en tono de broma.

Estaba volviéndose tan distraído como Hegel en su vejez. El ilustre filósofo entró una vez en el salón de clases calzando sólo un zapato. Había dejado el otro en el barro, sin darse cuenta.

A pesar de su distracción, Marco Polo era intensamente generoso y afectuoso con sus pacientes. En las clases prácticas, los profesores reunían grupos de ocho alumnos y, al pie del lecho de los pacientes, comenzaban a describir las enfermedades, sus causas, los tratamientos y la supervivencia. Se referían en código a algunas enfermedades, como "c.a." para el cáncer, para no angustiar a los pacientes. Pero éstos siempre se quedaban ansiosos.

Después de que el grupo salía de las clases prácticas, Marco Polo buscaba a esos pacientes. Quería llegar a las entrañas de sus historias, aliviarles la angustia derivada de la hospitalización y la expectativa de muerte. Se volvía su amigo. Fascinado con la medicina, pensaba: "Un día, más tarde o más temprano, todo ser humano enfermará y necesitará un médico. Ricos y pobres, famosos y anónimos, son iguales ante el dolor y la muerte. Éstos son los fenómenos más democráticos de la existencia".

Con el paso del tiempo, a pesar de su aprecio por la medicina, Marco Polo comenzó a decepcionarse por lo que observaba. La medicina moderna se especializó en eliminar el dolor emocional y físico, pero no aprendió a utilizarlo en lo más mínimo. La desesperación de querer eliminar el dolor retrasaba el alivio y bloqueaba a los pacientes, impidiéndoles usarlo como herramienta para corregir sus rumbos y pulir su madurez. Por detestar el dolor, la medicina, como la sociedad moderna, se especializó en tratar el sufrimiento del ser humano, y no al ser humano que sufre.

La medicina se volvió lógica, objetiva, una esclava de la tecnología. Muchos aparatos, muchos exámenes, muchos procedimientos, pero poca sensibilidad para descubrir las causas emocionales y sociales. Casi no se tenía en cuenta la ansiedad en la génesis de los infartos. El estrés escondido en los bastidores de los cánceres era poco analizado. Rara vez se investigaban los pensamientos anticipatorios detrás de la gastritis, la hipertensión arterial, las cefaleas y los dolores musculares.

En una ocasión, Marco Polo hacía sus prácticas en la sala de urgencias. El ambiente de los primeros auxilios era sombrío, excesivamente técnico y poco afectivo. En ese estadio, quedó inconforme con las actitudes de ciertos profesores de medicina ante los síntomas de algunas mujeres. Ellas presentaban fuertes dolores de cabeza, dolores abdominales, dolores torácicos, pero no tenían una enfermedad física que justificara los síntomas.

Ante esto, prescribían analgésicos, a veces tranquilizantes, y despedían con sequedad a las pacientes diciéndoles que no tenían nada orgánico. Como máximo, algunos les sugerían que recurrieran a un psicoterapeuta.

Después de que las pacientes salían del consultorio, algunos profesores se quejaban de ellas con los estudiantes. Decían que ellas saturaban el servicio, que simulaban los síntomas, inventaban enfermedades, no tenían otra cosa que hacer. Negaban que ellas tuvieran un conflicto interior lacerante.

Cierta vez, Marco Polo tuvo una discusión con un profesor, el doctor Flávio, que trató muy mal a una mujer. Ella aparecía cada semana para ser atendida por una opresión en el pecho, taquicardia y sensación de falta de aire. Al verla nuevamente con la misma queja, el médico argumentó con aspereza:

—¿No tienes otra cosa que hacer? ¿Cuántas veces te dije que no tienes nada físico? ¡Ve a resolver tu vida! Busca un psiquiatra.

La paciente estalló en llanto.

Marco Polo la tomó delicadamente por el brazo y le pidió que lo esperara afuera. Enseguida, miró al profesor y le dijo:

—¿Por qué, en vez de criticarla, no conversa con ella sobre las causas psíquicas de esos síntomas? ¿Por qué no investiga su historia?

Una de las tareas más difíciles del mundo es enseñar a un profesor que ha perdido su capacidad de ser alumno. Sintiéndose ofendido, el profesor elevó su tono de voz. Con autoritarismo, habló frente a los otros tres compañeros de Marco Polo presentes en la sala:

—Mira, muchacho, no me vengas a dar lecciones de moral. Soy doctor en medicina de emergencias y tú eres un mero aprendiz. Aquí no tenemos tiempo para ocuparnos de tonterías.

Intrépido, Marco Polo reviró:

—Si usted, que es culto y sensible, se ofendió con mis simples palabras, imagínese cómo se habrá ofendido esa paciente con las suyas.

El profesor tragó en seco. Enseguida, su alumno enmendó:

—Venir a urgencias no es la cosa más agradable de hacer. Si esa paciente tuvo el valor para venir a este ambiente tenso, desprovisto de alegría, es porque debe estar sufriendo mucho. ¿No cree usted que sus síntomas, aunque imaginarios, representan un grito de ayuda, que necesita que usted dialogue con ella?

El resto de los alumnos se estremecieron por el atrevimiento de Marco Polo.

—No soy psiquiatra.

—Profesor, disculpe mi ignorancia ante su experiencia, pero ¿por qué dividimos a los pacientes entre la medicina biológica y la psiquiatría? Tal vez ella no necesite un psiquiatra en este momento, sino un especialista como usted que la escuche, le dé apoyo, comprensión y seguridad de que ella no tiene ninguna enfermedad grave.

Los alumnos intercambiaron miradas, pensativos. El profesor estaba molesto y no reaccionaba. Pero después de un momento de silencio, tuvo un gesto de rara humildad:

—Pídele que regrese a esta sala.

En la sala, el doctor Flávio le preguntó a la paciente su nombre completo y preguntó si podía hablar de su historia delante de todos los alumnos o prefería que conversaran a solas. Catarina comentó que podría hablar delante de todos. Era una mujer de bellos rasgos, pero marcados por la angustia crónica. Tenía 30 años, era casada y con un hijo de un año y medio.

Para sorpresa del profesor y de los alumnos, ella contó espontáneamente que hacía un año había perdido, víctima de un infarto fulminante, a una de las personas que más amaba en la vida: su padre. Él había sido su gran amigo y siempre estuvo presente en los momentos más difíciles de su historia. Ahora, ella pasaba por un gravísimo problema, pero ya no contaba con su hombro, su consuelo y su consejo.

Hacía cuatro meses, su marido había sufrido un grave accidente automovilístico; había tenido una lesión en la columna y estaba en una silla de ruedas. Él lloraba a diario queriendo caminar, practicar deportes, volver a ver a sus amigos. Su casa, que antes era un vergel lleno de alegría, se convirtió en una tierra seca. Los médicos dijeron que él podría volver a caminar, pero ella temía que eso no sucediera.

El miedo a la vida, el miedo al mañana, el miedo de tener un marido parapléjico la dominaban. Insegura, comenzó a tener otros tipos de miedo: de no conseguir sostener su hogar, de morir de un infarto como su padre, de dejar a su hijo solo en el mundo.

No tenía a su padre para compartir su dolor, y no podía contar con su marido. Además, el esposo no tenía seguro de gastos médicos ni de desempleo. Ella trabajaba para sostener la casa, pero su salario apenas alcanzaba para que la familia sobreviviera. Y, mientras trabajaba, pensaba en su marido en una silla de ruedas y en el hijo indefenso. Al hablar de todo eso, se soltó a llorar. Estaba insomne, deprimida y profundamente sola. Se sentía desprotegida.

Al mirar la angustia de Catarina, el doctor Flávio pensó en todo lo que él poseía y no valoraba. Se sintió un gran egoísta. Su esposa estaba saludable, sus hijos eran maravillosos, había una empleada para cuidar la casa, no tenía problemas financieros. Poseía todo lo que Catarina no tenía, pero vivía insatisfecho, quejándose de la vida y del trabajo.

Marco Polo se anticipó y le dijo a la paciente:

—Tienes razón de tener esos síntomas, Catarina. Son la punta del iceberg de tu sufrimiento.

Para sorpresa de la paciente, el profesor que la había ofendido completó amablemente:

—Disculpa mi actitud inicial. Estoy de acuerdo con Marco Polo. Tus síntomas son pequeños ante tantos trastornos. Catarina, eres una heroína. Creo que eres más fuerte que nosotros. Ten la convicción de que no tienes ningún problema físico importante. Los exámenes que hicimos la semana pasada demostraron que tu corazón está en excelente forma. Ven todas las veces que quieras. Siempre tendrás algunos amigos para escucharte.

Marco Polo agregó:

—Estás canalizando hacia tu cuerpo la ansiedad causada por tus pérdidas. Lucha contra tus miedos, lucha por las personas que amas, lucha por tu hijo y por tu marido.

El doctor Flávio se quedó impresionado con los conflictos de su paciente y con el altruismo y la fuerza de su alumno. Profundamente sensibilizada, Catarina agradeció y salió de urgencias, por primera vez, alegre y dispuesta a enfrentar la vida.

Ahora sabía que tenía un puerto seguro, que podía contar con algunos amigos. Entendió y se convenció de que sus síntomas tenían un origen emocional. Cuando aparecían, ya no gravitaba en torno a ellos. Rescató su autoestima y su seguridad.

Por desgracia, su marido tuvo secuelas irreversibles; quedó parapléjico. Catarina lo animó a no rendirse, a encontrar alegría y libertad en sus limitaciones. Apoyado por su esposa, no tuvo compasión de sí mismo, no se consideró un pobre miserable, y entabló la lucha. En vez de deprimirse, dejó que su hijo le revigorizara el ánimo.

Incluso en una silla de ruedas, pasó dos años cuidando al niño mientras Catarina trabajaba. Rara vez un padre cuidó tanto a un hijo. Posteriormente, consiguió recolocarse. El niño fue a una guardería. Se convirtieron en una familia rica, aunque no tuvieran grandes recursos financieros.

Catarina jamás volvió al sector de urgencias como paciente. Sólo regresó para presentar a su hijo y a su marido a sus nuevos amigos. Superó la mazmorra del miedo.

Capítulo 14

Marco Polo se escribía frecuentemente con Halcón, y se visitaban por lo menos una vez cada semestre. Cuando se encontraban, todavía hacían peripecias. Sus actitudes inusitadas de abrazar árboles, contemplar prolongadamente la naturaleza, hacer poemas improvisados y recitarlos seguían atrayendo a todos a su alrededor.

Llegó el día de la graduación. Por la admiración que había despertado en sus compañeros de clase, el nuevo médico fue el orador del grupo. Su discurso rescató su experiencia desde los tiempos de la sala de anatomía, mezclaba la filosofía con una visión crítica de la medicina y de la psiquiatría. Finalizó su osado discurso con estas palabras:

Un día, todos iremos a la soledad de una tumba. Un niño de un día de vida ya es lo bastante viejo para morir. La muerte es la derrota de la medicina. Sin embargo, a pesar de las limitaciones de la ciencia, debemos usar todas nuestras habilidades no sólo para prolongar la vida, sino para

hacer de esa breve existencia una experiencia inolvidable.
Los médicos debemos ser personas de rara sensibilidad,
artesanos de las emociones, profesionistas capaces de detec-
tar las angustias, las ansiedades y las lágrimas que están
detrás de los síntomas. En caso contrario, trataremos ór-
ganos y no seres humanos. Por encima de todo, los médi-
cos, como todos los profesionales que cuidan de la salud
humana, debemos ser vendedores de sueños. Pues si conse-
guimos hacer que nuestros pacientes sueñen, aunque ten-
gan un solo día de vida o una nueva manera de ver sus
pérdidas, habremos encontrado un tesoro que los reyes no
han conquistado...

Marco Polo fue ovacionado con entusiasmo. Su discurso dejó a los presentes pensativos. Pero él no imaginaba que un día pasaría por muchas dificultades, y que tendría que hacer de su valiente discurso el pilar de su vida, en caso contrario no sobreviviría. Tendría que vender y construir sueños.

Poco después de su graduación, ingresó en un curso de especialización en psiquiatría en un gran hospital psiquiátrico llamado Atlántico. Había más de ochocientos pacientes internados. Parte del tiempo atendía a los internos y en la otra parte a los pacientes ambulatorios. Frecuentemente, sus profesores se reunían para discutir los casos más complejos.

El Hospital Atlántico estaba compuesto por tres grandes edificios, con bellas fachadas, ventanas torneadas y ricamente elaboradas. Las construcciones recordaban los inmuebles de la parte antigua de París. Sin embargo, al interior el ambiente estaba lejos de ser encantador. Las paredes eran blancas y deslavadas. Las áreas de esparcimiento entre los edificios eran enormes, pero mal utilizadas, y los jardines, extensos y descuidados.

En los tiempos de Marco Polo ya se desalentaba la hospitalización. En teoría, los pacientes debían quedarse internados el menor tiempo posible, pero todavía había innumerables hospitales y muchos pacientes permanentes, desamparados por sus familias. El joven pensador se entristecía al constatar que la sociedad insistía en separar a los normales de los anormales. El problema consistía en saber quién estaba menos enfermo, si los de fuera o los de dentro.

Algunos hospitales psiquiátricos estaban más humanizados que el Atlántico. En ellos, los pacientes menos graves pasaban el día internados y en la noche regresaban a sus casas. Pero el viejo hospital, aunque fuera una referencia nacional, parecía más un depósito de enfermos mentales.

Los enfermeros eran irritables y ansiosos. Los psiquiatras rara vez sonreían, tenían un mal humor latente. La tristeza era contagiosa. Faltaba alegría y solidaridad en el famoso hospital. Marco Polo estaba asombrado por lo que vivía. Al comienzo de su especialización se preguntaba con frecuencia: "¿Qué estoy haciendo aquí?". Era un mundo completamente distinto de la sociedad en que creciera.

Aunque había tenido un breve contacto con algunos pacientes psiquiátricos durante la carrera de medicina, ahora estaba en su territorio. Por todas partes veía personas con el Yo disgregado, partido, sin identidad, sin parámetros de realidad. Los pacientes estaban embotados, sin expresión facial, con la musculatura contraída. El tratamiento se basaba fundamentalmente en medicamentos. Ese procedimiento contrariaba todo lo que había aprendido con la historia de Halcón. Marco Polo estaba inconforme.

En sus delirios, algunos pacientes creían que eran grandes personajes de la Historia. Otros se sentían controlados, perseguidos y creían que sus mentes eran invadidas por voces, como Halcón en sus brotes. Aun otros construían imágenes de animales u objetos amenazadores. También había pacientes víctimas del alcoholismo, adicción a otras drogas y depresión.

La enfermedad psíquica no distinguía color, raza, nacionalidad o estatus social. Las personas internadas venían de todos los estratos sociales, desde simples empleados hasta ejecutivos. Abogados, ingenieros e, incluso, algunos médicos formaban parte de la población del Hospital Atlántico.

Cada paciente, de acuerdo con su pensamiento inconsciente, construía sus delirios y alucinaciones con características y frecuencias propias. Cada cabeza era un mundo. Un mundo que encantaba a Marco Polo.

Al comenzar a atender a los pacientes internados, el joven pensador se dio cuenta de que el tratamiento psiquiátrico generaba una fábrica de prejuicios. Las personas de la sociedad tenían miedo de recurrir a los psiquiatras porque creían que ellos eran médicos de locos, y los internos estaban tan debilitados que ellos mismos se sentenciaban como enfermos, proclamando espontáneamente su diagnóstico: "Yo soy esquizofrénico", "Yo soy PMD" (psicótico maníaco-depresivo).

No había brillo en los ojos de los pacientes internados, no había esperanza. Para su tristeza, Marco Polo concluyó que, si había un lugar en la sociedad donde los sueños morían, era dentro de los hospitales psiquiátricos. Las cárceles eran menos corrosivas. Parecía que ahí la psiquiatría no vendía sueños, sino pesadillas.

Algunas personas prejuiciosas consideraban a los pacientes internados como escoria de la sociedad, y no percibían que ellos merecían un solemne respeto. No se culpaba a los pacientes por sus trastornos psíquicos, así como tampoco a los pacientes con sida, cáncer e infarto. Sin embargo, la sociedad de los "normales" ama buscar explicaciones superficiales, ama encontrar culpables para los problemas que no entiende.

Marco Polo descubrió también que hasta los portadores de trastornos emocionales leves perdían fácilmente la autoestima. Se etiquetaban a sí mismos de depresivos, fóbicos, estresados. "¿Cuáles son las raíces de ese prejuicio, si no hay nadie psíquicamente saludable en la sociedad?", pensaba, molesto.

Comenzó a sospechar que los pacientes se colocaban la etiqueta de los diagnósticos de la psiquiatría y se sentían condenados a convivir con ella por siempre. Perdían la mayor dádiva de la inteligencia: reconocer que, por encima de nuestras miserias psíquicas, somos seres humanos y, como tales, poseedores de una personalidad fascinante. Asombrado, comenzó a entender más estrechamente los rechazos que Halcón experimentó en sus crisis antes de salir al mundo.

No pasó mucho tiempo antes de que Marco Polo movilizara el entorno. Reunía a los pacientes en los corredores, en las áreas de esparcimiento, en las salas de atención, los miraba fijamente y les decía, con convicción: "Ustedes no son enfermos mentales. Ustedes son seres humanos portadores de una enfermedad mental. Crean en su potencial intelectual. No desistan de sí mismos. Ustedes son fuertes y capaces".

Algunos pacientes lloraban ante el consuelo que nunca habían recibido. Otros no entendían lo que él quería decir. Otros salían eufóricos con el ánimo infundido. Aunque otros creían que era también un paciente que se hacía pasar por médico. Decían: "¡Qué loco fantástico!".

Él sonreía. Poco a poco la fama de Marco Polo se extendió en el lugar. Había aparecido un zorro en el nido del gran Hospital Atlántico para despertar a las mentes cerradas y alterar los dogmas.

Él pensaba que debía haber más romanticismo y placer en un ambiente tan tétrico. Criticaba el mal humor de los profesionistas del hospital. Por eso comenzó a revolucionar la relación con los pacientes. Se dispensaron las formalidades. Se aproximaron las distancias entre médicos y pacientes. Marco Polo comenzó a llamar a cada uno por su nombre, alegre y efusivamente. Los abrazaba y los elogiaba dondequiera que los encontrara: "¡Joana, estás maravillosa! ¡Eduardo, hoy estás más sonriente! ¡Jaime, qué bueno volverte a ver!".

Los psiquiatras y enfermeros se sorprendían con la actitud del joven psiquiatra. Algunas personas envidiosas decían que era candidato a algún cargo político.

Un buen día, Marco Polo atendió a una señora de 75 años, deprimida, pesimista y excesivamente crítica. Su nombre era Noemi. Poseía innumerables ventanas *killer* en su inconsciente, que detonaban grandes ráfagas de tensión capaces de "asesinar" o bloquear su racionalidad en un determinado momento, orillándola a reaccionar por instinto y con agresividad.

Cualquier contrariedad, por muy pequeña que fuese, detonaba el gatillo de su subconsciente que la conducía a abrir estas ventanas, las que la llevaban a reaccionar sin pensar, a ofender y criticar impulsivamente a las personas que la rodeaban. Antes de entrar en el consultorio de Marco Polo, estaba enojada y ansiosa como siempre, pero él la desarmó. Se levantó de la silla, fue hasta la puerta, la recibió con una sonrisa, la llamó por su nombre y le hizo un gran elogio.

—¡Doña Noemi, qué bonita es usted!

Hacía diez años que no iba a un salón de belleza. Ella misma se cortaba el cabello y rara vez lo peinaba. Asombrada y admirada por el gesto del psiquiatra, se sentó sonriente, procurando arreglarse un poco.

—Muchas gracias por su gentileza, doctor. Usted es muy simpático —dijo, devolviendo el elogio casi inconscientemente.

—Me gustaría mucho conocer su historia.

Noemi era una persona cerrada e incapaz de elogiar a los demás, ni siquiera a sus tres hijos. En la primera consulta abrió algunos capítulos de su vida. En otra consulta fue todavía más franca. Se presentó con una ropa más presentable y el cabello arreglado, teñido y peinado.

La paciente trataba agresivamente a las personas y éstas le devolvían las faltas de delicadeza, cerrando así el ciclo de la ansiedad. Un pequeño gesto de Marco Polo comenzó a romper el círculo vicioso de su pesimismo. Poco a poco, la estimuló a criticar su postura ante la vida, a recapacitar sobre su pasado, a actuar con respecto a su pesimismo, a obtener placer de las pequeñas cosas, y principalmente a aprender a ponerse en el lugar de los demás.

Noemi casi no necesitaba tratamiento psiquiátrico, sino reaprender a vivir. Y lo consiguió. Desde lo alto de sus 75 años reeditó las ventanas *killer*, desarrolló solidaridad, gentileza y altruismo.

Marco Polo se volvió más osado en romper los paradigmas de la atención médica. Comenzó a salir del consultorio y a recibir a los pacientes en la propia sala de espera, siempre con elogios y una sonrisa en el rostro, características de su personalidad. Lisonjeados, los pacientes se sentían personas de alto valor y no enfermos. Entraban a la consulta con la autoestima elevada, rompiendo las resistencias conscientes e inconscientes que causaban un bloqueo y les impedía entrar en contacto con su propia realidad. Aunque tuvieran momentos tensos, envueltos en lágrimas, relatos de pérdidas y crisis ansiosas, las consultas eran en general muy agradables.

Para Marco Polo, la sociedad moderna había empobrecido, perdido la amabilidad y la afabilidad. Las personas tenían una cultura como en ninguna otra generación, pero habían perdido el poder de la gentileza y del elogio. La medicina había sido contagiada por esta insensibilidad.

Él era afable no sólo con los pacientes, sino con los empleados más sencillos del hospital. Bromeaba con los porteros y las ayudantes de enfermería. Abrazaba a las de intendencia. Trajo alegría al sombrío ambiente del Hospital Atlántico.

Hasta en las terapias de grupo procuraba conducir las reuniones no sólo con inteligencia, sino con humor. Cierta vez, ocurrió un caso inusitado. Uno de los pacientes del grupo era Ali Ramadan, un palestino que vivió en Irak por muchos años. Había sido torturado por la policía de Saddam Hussein, consiguió escapar, pero perdió a gran parte de su familia. Su padre nunca salió de Abu Ghraib, la prisión-símbolo del régimen.

Ali desarrolló su psicosis después de los 25 años. Durante mucho tiempo se atormentó con la imagen de extraterrestres.

Con la evolución de su enfermedad, aumentó el grado de su per-
turbación. Comenzó a conversar con alienígenas y a hablar ob-
sesivamente sobre ellos con las personas, en particular con sus
compañeros del Hospital Atlántico. En una de las sesiones de
grupo, preguntó a Marco Polo:

—Doctor, ¿usted sabía que existen seres de otros planetas?

—No sé si hay seres en otros planetas, pero dentro de cada
uno de nosotros hay muchos monstruos que nos alteran.

Tomado de sorpresa por la respuesta, Ali Ramadan, por pri-
mera vez, sonrió cuando habló sobre los extraterrestres. Al per-
cibir que su relajamiento era una oportunidad preciosa para
ayudarle a tener consciencia crítica, Marco Polo aprovechó el
momento y corrigió:

—Estimado Ali, no te preocupes por los seres de otros plane-
tas, bastan los monstruos creados diariamente en nuestras men-
tes. Combátelos, critícalos sin miedo. ¡Sé libre!

—Yo estoy llena de pequeños monstruos en mi cabeza. ¿Quie-
res algunos, Ali? —dijo Sara con espontaneidad.

—¡No, me bastan mis extraterrestres! —dijo, pensativo.

Todos se rieron. Marco Polo no perdió tiempo diciendo que el
paciente alucinaba. No era el momento, pero usó el potencial in-
telectual de Ali para que él mismo distinguiera la incoherencia de
sus ideas y comprendiera la fuente real de sus perturbaciones.

El paciente se volvió reflexivo, lo que no era característico de
él. Abrió las ventanas de su inteligencia y comenzó paulatina-
mente a progresar en la terapia de grupo. Comenzó a criticar sus
fantasías y a potencializar el efecto de los medicamentos. El jo-
ven médico y Ali construyeron una larga amistad.

Poco a poco, Marco Polo pasó a ser motivo de conversaciones

en la dirección del hospital. El ambiente perdió su rutina con el irreverente joven. Cierta vez, al contemplar un árbol repleto de flores amarillas en medio del inmenso jardín del hospital, no resistió. Abrazó su tronco, le dio un beso y le dijo algunas palabras. Fue un escándalo para algunos profesionistas que lo vieron.

Observándolo, muchos pacientes comenzaron a imitarlo después de que él se retiró. Se formó una inmensa fila ante ese árbol. Cada paciente lo abrazaba por algunos minutos y después lo besaba. Terminaban aliviados.

A Jaime, un profesor de biología que después de muchas crisis había sido abandonado por la familia, le gustó la experiencia. Hacía años que no abrazaba a nadie, ni siquiera a los responsables de su salud. Al abrazar el árbol y sentir su frescura, salió saltando por los jardines. Abrazaba y besaba a todos los árboles que estaban frente a él, y gritaba:

—¡Eres maravilloso!

El caso llegó al arrogante y autoritario doctor Mario Gutenberg, director general del Hospital Atlántico. Él era un europeo inteligente, perspicaz, radical. Un médico respetado, pero muy poco flexible. Llamado a dar explicaciones, Marco Polo fue cuestionado.

—¿Qué les está enseñando a los pacientes?

—No entiendo, doctor Mario.

—¿No entiende? Decenas de pacientes están besando los árboles en este hospital.

Con un nudo en la garganta, Marco Polo replicó:

—Yo no les pedí que lo hicieran. De vez en cuando, a mí me gusta abrazar un árbol y darle un beso. Es mi forma de agradecer a la naturaleza por la dádiva de la vida.

—¿Dádiva de la vida? ¿Está tratando pacientes o necesita tratamiento?

—Todos lo necesitamos.

—¿Dónde aprendió a ser tan atrevido? Sus comportamientos pueden provocar crisis en los pacientes.

—¿Abrazar los árboles puede desencadenar crisis?

—No sé, pero ellos están eufóricos, diferentes.

—Si los psiquiatras, psicólogos y enfermeros pudieran abrazar a los pacientes y ser más afectuosos con ellos, tal vez los pacientes no necesitarían abrazar los árboles.

—¡Qué petulancia! ¡No es todavía un especialista en psiquiatría y ya quiere poner de cabeza nuestro sistema! Esta institución tiene casi un siglo. No la altere. Lo estaré observando.

Capítulo 15

En otra ocasión, Marco Polo se involucró en un nuevo incidente, esta vez más grave, con el cuerpo de médicos. Había más de cuarenta psiquiatras ejerciendo en el hospital y diez médicos en proceso de especialización.

Marco Polo participaba en una reunión de discusión de casos que contaba con la presencia de diez psiquiatras, incluyendo algunos profesores y cinco alumnos. El doctor Alexandre, un renombrado profesor universitario con una gran reputación, dirigía la discusión. Concluyó la reunión con el siguiente comentario:

—Quien no quiera aprender con seriedad a hacer diagnósticos, será un pésimo psiquiatra.

Cuando cesaron los aplausos, Marco Polo rebatió:

—El diagnóstico puede ser útil para mí, pero ¿es ético decírselo categóricamente a los pacientes?

—Sí, los pacientes tienen derecho a saber la verdad.

—Estoy de acuerdo en que los pacientes deben saber la verdad, pero ¿cuál es la verdad que construimos en la psiquiatría?

¿No es la verdad de nuestras teorías, que está sujeta a innumerables cambios a lo largo de los años?

—¿Estás queriendo cuestionar la psiquiatría? —preguntó impaciente el profesor.

—Necesita ser cuestionada en algunas áreas. Me gustaría que usted me respondiera: ¿debemos colocar a los pacientes dentro de una teoría, o poner la teoría dentro de los pacientes?

El profesor reflexionó y se quedó sin respuestas. Había escrito muchos artículos científicos, pero nunca había pensado en eso. Marco Polo intentó simplificar su pregunta:

—Si las teorías están por encima de los seres humanos, si son irrefutables, entonces debemos poner a los pacientes dentro de ellas y etiquetarlos de acuerdo con esos supuestos. Sin embargo, si los seres humanos están por encima de las teorías y sus personalidades son tan diferentes unas de otras, debemos tener cuidado con los diagnósticos. El diagnóstico que puede servir para dirigir mi conducta también puede servir para controlar la vida de un paciente y cometer atrocidades.

El resto de los colegas se sintió desarmado. El doctor Alexandre estaba sorprendido por el argumento y la osadía de Marco Polo. Nunca había enfrentado una situación como ésa. Intentó salirse por la tangente.

—Es falso que los pacientes sufran por los diagnósticos.

—Hay millones de personas en el mundo que viven bajo la dictadura de las etiquetas y afirman: soy depresivo, soy esquizofrénico, soy bipolar.

—¿No crees que eres demasiado joven para criticar la psiquiatría? —dijo el doctor Alexandre, indignado.

—Profesor, si pierdo mi capacidad de criticar seré un siervo de las teorías y no un siervo de la humanidad.

Marco Polo veía diferencias entre comunicar el diagnóstico de una enfermedad física y de una enfermedad mental. Un paciente que sufrió un infarto o es portador de un cáncer, cuando sabe de su enfermedad, tiene cómo colaborar con el tratamiento para superar el padecimiento, y así mejorar y expandir su calidad de vida. Por eso afinó:

—Los pacientes infartados o portadores de cáncer rara vez son discriminados por tener tales enfermedades. Al contrario, con frecuencia reciben afecto, apoyo y visitas de los amigos y familiares. Mientras que los portadores de psicosis maníaco-depresiva o esquizofrenia son rechazados por algunos familiares y excluidos socialmente. Sus amigos rara vez los visitan. La etiqueta de la psiquiatría genera un aislamiento cruel e injusto.

—Yo no etiqueto a mis pacientes —dijo otro profesor.

—Discúlpeme, pero a veces los etiquetamos sin querer hacerlo. La manera en que les comunicamos nuestros diagnósticos puede generan un desastre emocional. Ellos pierden su identidad como seres humanos e introyectan que son enfermos —enseguida, Marco Polo respiró y agregó—: ¿Y qué del poder de las etiquetas? Einstein dijo cierta vez: "Es más fácil desintegrar un átomo que deshacer un prejuicio".

Los profesores presentes se quedaron intrigados por la cultura e intrepidez del joven médico. Felipe, que también se estaba especializando, aportó:

—Einstein era un genio. Si dijo eso, debemos tener cuidado. Podemos causar más daños que ayudar a los pacientes.

—El propio Einstein fue alcanzado por el prejuicio en dos ocasiones —completó Marco Polo.

—¿Cuándo? —quiso saber otro psiquiatra.

—En la primera fue víctima del prejuicio, en la segunda fue agente. Einstein mostró que el espacio y el tiempo son intercambiables y pertenecen a la misma estructura. Sin embargo, la estructura espacio-tiempo, como un todo, no varía, no es relativa, por eso el propio Einstein quiso cambiar el nombre de la teoría de la relatividad a teoría de la invariancia, pero no pudo hacerlo. ¿Y por qué? —preguntó, mirando al doctor Alexandre.

—Porque la palabra *relatividad* ya se había vuelto popular —respondió el maestro.

—¡Correcto! La teoría más grande de la física fue perpetuada con el nombre equivocado. Triunfó el prejuicio.

Marco Polo guardó silencio. No dijo cuál había sido la segunda ocasión en que Einstein fue alcanzado por el prejuicio. Tenía algo mucho más serio que revelar, algo que tal vez nunca había sido comentado sobre el laureado científico. Esperó a que la curiosidad produjera un estrés saludable en los presentes, capaz de abrir las posibilidades del pensamiento. Ansioso, uno de los psiquiatras no lo soportó y cuestionó:

—¿Cuál fue la segunda situación?

—Uno de los mayores genios de la humanidad también generó a un enfermo mental. Tuvo un hijo esquizofrénico.

Los colegas se miraron curiosos, no lo sabían. Marco Polo completó:

—Aquí hay una gran lección. Exceptuando las causas genéticas, una pregunta nos viene a la mente: si uno de los mayores genios de la humanidad generó un hijo mentalmente enfermo,

¿quién está libre de generarlos? Esta pregunta induce una respuesta angustiante: nadie está libre de ese drama. Sin embargo, es necesario rebatir con un cuestionamiento: Einstein fue el exponente de la ciencia lógica, del mundo de la física y las matemáticas, pero para generar hijos psíquicamente saludables tenemos que ser exponentes en otro mundo, el mundo ilógico de la emoción, de la sensibilidad, de la flexibilidad, del diálogo, del perdón.

Los presentes se quedaron intrigados por el razonamiento de Marco Polo. Miraron su propia historia. Era de esperar que los psiquiatras y los psicólogos rara vez produjeran hijos enfermos. Pero sabían que varios profesionales de la salud mental, incluidos algunos de los psiquiatras en la pequeña audiencia, tenían hijos estresados, deprimidos, fóbicos, tímidos y con otros conflictos.

Todo el conocimiento lógico sobre la mente humana que poseían no era suficiente para garantizarles el éxito en la formación de la personalidad de sus hijos. Entendieron que educar era labrar un suelo ilógico. Todo ser humano, incluso los psiquiatras y psicólogos, tienen dificultad para pisar ese terreno sinuoso.

Otro psiquiatra preguntó:

—¿Cuál fue la reacción de Einstein ante un hijo psicótico?

—¡No podría haber sido peor! Esa vez, Einstein no fue la víctima, sino el agente del prejuicio.

—¿Cómo?

—Einstein visitó solamente una vez a su hijo en el hospital psiquiátrico. Lo abandonó, dejó que la soledad fuera su compañera. Y el rechazo y la soledad, queridos amigos, no son más rápidos que la luz estudiada por la física, pero sí más penetrantes.

La audiencia enmudeció. Después de algunos instantes de profunda reflexión, el doctor Alexandre preguntó humildemente:

—Aunque dentro de las limitaciones de la interpretación, ¿cuáles fueron las causas que has detectado y que condujeron a Einstein a abandonar a su hijo? Si nosotros recomendamos exhaustivamente a las familias que no desamparen a sus pacientes en este hospital, ¿por qué una de las mentes más brillantes de la humanidad fue opaca en esa situación?

Marco Polo respiró profundamente y comentó:

—En mi humilde opinión, hay cuatro causas responsables por la actitud prejuiciosa de Einstein, incompatibles con su inteligencia. Primera, la sacudida emocional por las condiciones inhumanas del hospital en el que su hijo estaba internado. Noten que, hasta hoy, nuestros hospitales son deprimentes. Segunda, la falta de esperanza de que su hijo superara su psicosis. Tercera, la dramática angustia que las alucinaciones y delirios de su hijo le causaban. Cuarta, el miedo de tener que enfrentar su propia impotencia ante un mundo que no conocía.

—Einstein tenía una mente ávida de respuestas, pero debe de haber estado perturbado por la falta de aquellas que explicaran la disgregación de la inteligencia de su hijo —concluyó el doctor Alexandre.

Después de una pausa para respirar, Marco Polo completó:

—Esas cuatro causas revelan que el hombre que más entendió las fuerzas del universo físico no comprendió las fuerzas del más complejo de los universos: el mental. Einstein fue un hombre afectuoso y amante de la paz, pero el prejuicio lo encarceló. En esa área, su Yo fue prisionero de las ventanas *killer*, o zonas de conflictos archivadas en su inconsciente. Su fascinante historia revela que es más fácil lidiar con el átomo y con el espacio inmenso que con nuestras cargas y miserias mentales.

Enseguida, finalizó:

—Señores, cada cabeza es un universo a ser explorado. ¡Bienvenidos al área más compleja de la ciencia!

El doctor Alexander se sintió inspirado con esa última frase. Siempre había sido una persona madura. Como todo el mundo, tenía sus defensas cuando era cuestionado o contrariado. Pero al ser convencido sobre su equivocación, tuvo el valor de estrechar las manos de su alumno.

—Marco Polo tiene razón. Reconozco mi error. La psiquiatría y la psicología, así como la medicina general, no pueden ver la enfermedad como un producto, como en el mundo capitalista. Con el paso del tiempo nos volvemos técnicos de las enfermedades y perdemos la sensibilidad por los enfermos. Vamos a vacunarnos contra la industria del prejuicio. Usen los diagnósticos, pero no sean usados por ellos.

De ese modo, la reunión concluyó. La pequeña audiencia dio un salto en la comprensión del fantástico mundo de la psique humana.

Capítulo 16

En el Hospital Atlántico trabajaban más de doscientos profesionistas, entre médicos, psicólogos, enfermeros, trabajadoras sociales, asistentes, elementos de seguridad y otros. La mayoría de ellos no conocía íntimamente a Marco Polo y desconfiaba de su actuación. Algunos psiquiatras, entre ellos el director del hospital, lo veían más como un alborotador que como un profesional competente. Menos de una décima parte de los pacientes sabía de él, pero quienes lo conocían lo amaban. Lo saludaban de lejos.

Felipe había estrechado los lazos con Marco Polo. Se convirtieron en grandes amigos. Sin embargo, aunque el primero también tenía críticas al sistema de tratamiento del hospital, era contenido, discreto, tenía aversión a los escándalos y se preocupaba por su futuro y su imagen social.

Una tarde de lunes, ambos paseaban por el patio donde los pacientes tomaban el sol e intentaban tener un momento de recreación. Al mirar los rostros cabizbajos, entristecidos, desesperanzados, como prisioneros en la peor de todas las cárceles, la celda psíquica, Marco Polo subió al pequeño quiosco que estaba en el centro del jardín.

Preocupado, Felipe le preguntó:

—¿Qué vas a hacer?

—Buscar oro.

—¿Buscar qué?

Al subirse al quiosco, Marco Polo recordó los discursos que Halcón y él hacían en los parques para incitar a las personas a realizar un viaje interior. Enseguida, se acordó de lo que se había prometido a sí mismo en su pequeño auto después de dejar a Halcón en casa de Lucas: "Haré de mi vida una gran aventura, buscaré un tesoro escondido entre los escombros de las enfermedades mentales".

Al mismo tiempo que traía esas imágenes a la mente, miraba a los pacientes del Hospital Atlántico y se sentía frustrado. Él atendía, como máximo, a unos cuantos pacientes por día; por lo tanto, sabía que jamás tendría oportunidad de conversar y conocer a la mayoría de los ahí presentes. Movido por un fuerte ímpetu, exclamó solemnemente:

—¡Queridos amigos, acérquense! Nosotros podemos mostrar el camino, pero sólo ustedes pueden abrir las puertas de sus mentes y caminar hacia la libertad. Nosotros podemos darles pluma y papel, pero sólo ustedes pueden escribir sus historias. ¡Ustedes no son enfermos! ¡Ustedes están enfermos! ¡Ése no es su hogar! ¡Su hogar es el mundo libre! ¡Sueñen con ser felices!

Los pacientes nunca habían visto una presentación como ésa. Muchos no entendieron lo que decía Marco Polo, pero aplaudieron con entusiasmo. Los que comprendían su mensaje tenían lágrimas en los ojos. Entre ellos, el doctor Vidigal, un médico general víctima de un trastorno bipolar crónico. El doctor Romero, un psiquiatra, víctima hacía más de quince años de una psicosis esquizofrénica, sintió que le temblaban los labios. Y acercándose, besó las manos del joven psiquiatra.

Cientos de personas se aglomeraron en torno al quiosco. Innumerables elementos de seguridad y enfermeros comenzaron a vigilar el lugar. En un primer momento, creyeron que se trataba de otro psicótico delirando, pero después las enfermeras se dieron cuenta de que era el futuro psiquiatra, nuevamente levantando polvo en el ambiente.

El señor Bonny, un ancianito de 80 años, que había sido internado veinte veces en el Hospital Atlántico y conocía bien a algunos psiquiatras, gritó sonriente:

—¡Voto por ese hombre! ¡Fuera el doctor Mario!

Jaime, que se había convertido en un besuqueador de árboles, se sintió animadísimo con el discurso. Acató la sugerencia del señor Bonny y comenzó a gritar:

—¡Marco Polo! ¡Marco Polo!

Todos los pacientes le hicieron coro.

La audiencia burbujeaba de entusiasmo. Era la primera vez, en los cien años de vida de la institución, que los pacientes experimentaban una euforia colectiva. Aplaudían y gritaban unánimemente.

—¡Ya ganó! ¡Ya ganó! ¡Ya ganó!

Ésa era la elección a la que Marco Polo jamás quería presentarse. La jefa de enfermeras, Dora, rechinaba los dientes de rabia al presenciar el alboroto que el joven había causado. Él la vio confabulándose con otros psiquiatras y con elementos de seguridad para intentar contenerlo, pero no se intimidó. Miró prolongadamente a la audiencia herida, observó los aspavientos de los pacientes y exclamó nuevamente:

—Yo no merezco esos aplausos. Ustedes son quienes los merecen. ¿Quiénes son más importantes: nosotros los psiquiatras, o ustedes los pacientes?

Gritaron sin titubear:

—¡Los psiquiatras!

—¡No! Los psiquiatras existimos porque ustedes existen. Ustedes son más importantes que nosotros —y agregó—: Miren a las enfermeras. ¿Ustedes son inferiores a ellas?

Algunos pacientes más cercanos besaban las manos de ellas como divas, diosas de la supervivencia. La atención que ellas les dispensaban era fundamental para que tuvieran un mínimo de consuelo, pero muchas no les tenían paciencia.

Un paciente sencillo fue a besar las manos de Dora, pero asumiendo la postura de jefa, ella no se dejó besar. Quince años antes, Dora era una profesional afectuosa, solidaria, pero los años de trabajo en el Hospital Atlántico habían tornado su afectividad árida como el Sahara. Ese ambiente enfermaba.

El doctor Vidigal, con la voz trémula por los efectos de los medicamentos, y olvidándose de que un día fue un médico respetado, exclamó hacia Marco Polo:

—Doctor... Nosotros no... no... sooomos nada. Nada de nada.

Olvidando que alguna vez había sido psiquiatra, el doctor Romero dijo, con lágrimas en los ojos:

—¡Somos basura, doctor! No tenemos ningún valor para la sociedad.

Marco Polo lo conocía y quedó profundamente sensibilizado.

Había criticado intensamente el prejuicio, pero ahora percibía que sus efectos eran más graves de lo que imaginaba; era un cáncer emocional. "Si los dos médicos se creen basura por ser pacientes del hospital, imagínate cómo está la autoestima del resto de los pacientes, que no tienen la cultura de ellos", pensó.

Con los ojos húmedos y la voz entrecortada, Marco Polo llamó por su nombre a algunos pacientes que conocía y comenzó a animarlos.

—Doctor Romero, usted es una persona de gran valor; el mundo puede despreciarlo, pero jamás se disminuya. ¡Sara, ve el tesoro que escondes dentro de ti! Ali Ramadan, mi amigo, eres inteligente y capaz de vencer tus fantasmas interiores. ¡Tu esposa te espera! Jaime, tú eres un poeta de la naturaleza. Lucha por tus sueños, tus hijos te necesitan —enseguida, respiró profundamente y gritó en voz bien alta para que toda la audiencia lo oyera—: Ustedes son más fuertes que muchos generales. Ustedes han enfrentado sus crisis, soportado el dolor de la discriminación, el rechazo de sus amigos, el alejamiento de sus familiares, pero lograron sobrevivir. Grandes hombres de la Historia no estarían de pie si hubieran sufrido tales pérdidas, pero ustedes siguen en pie. No desistieron de la vida. ¡Ustedes son héroes! ¡Por lo menos, mis héroes!

Estas palabras conmovieron a Felipe. En un impulso, subió al quiosco y gritó:

—¡Ustedes también son mis héroes!

Marco Polo, animado por la actitud de su amigo, recorrió con la vista las caras de los pacientes. Los señaló con las manos y proclamó varias veces junto con Felipe:

—¡Ustedes son héroes! ¡Ustedes son héroes!

Los pacientes, sin ningún valor social, estaban atónitos por ese clamor. Jamás se sintieron tan importantes. Mientras los dos amigos proclamaban esas palabras, algo poético y bellísimo aconteció. La multitud de pacientes comenzó a llorar colectivamente. Fue la primera vez que hubo un llanto colectivo de exultación en un ambiente deprimente.

Los anónimos cobraron visibilidad. Los débiles se sintieron grandes, los abatidos recuperaron fuerza, los rechazados se sintieron amados. Los dos médicos irreverentes escarbaron en las ruinas psíquicas de los pacientes y descubrieron reliquias preciosas escondidas. Ejercieron el bello arte de la antropología psicológica.

La escena, que evocaba una indescriptible emoción, se metió en el inconsciente colectivo de los internos. Comenzaron a abrazarse como soldados que, en una guerra, amparan a los amigos mutilados. Se sintieron comprendidos y amados. Percibieron que eran seres humanos.

De repente, algunos pacientes comenzaron a recoger sus cosas para irse. Las enfermeras, elementos de seguridad y otros psiquiatras se sintieron temerosos. Preguntaron ríspidamente:

—¿Adónde van?

Unos decían:

—A casa. Necesitamos besar a nuestros hijos.

Otros comentaban:

—Necesitamos abrazar a nuestras esposas.

Y otros incluso afirmaban:

—Éste no es nuestro lugar. Queremos ser libres.

Dora intentó detenerlos con la ayuda de los guardias de seguridad.

—¡Ustedes se están volviendo locos!

El doctor Vidigal respondió:

—Ahora, un poco menos. Soy un héroe por estar aquí.

A medida que intentaban salir, se toparon con la barrera de los elementos de seguridad del hospital. Algunos pacientes fueron empujados y cayeron. Estaban debilitados por los efectos de los potentes tranquilizantes. Sensible, Sara entró en pánico y comenzó a llorar inconsolablemente. El ambiente se puso tenso. Marco Polo entró en medio de la confusión, y les habló incisivamente a los guardias y a las enfermeras.

—¡No toquen a esos pacientes! No hay mayor locura que ejercer la agresividad para convencer a las personas. Háblenles con respeto, que ellos los escucharán.

Enseguida, Marco Polo, temiendo por la integridad de los pacientes, les suplicó:

—Queridos amigos, no se vayan todavía. Con ese ardiente deseo de libertad, ustedes acelerarán el tratamiento y pronto recibirán el alta. Serán libres.

Los pacientes lo oyeron y retrocedieron. Posteriormente, otros elementos de seguridad, a pedido del doctor Mario, sujetaron a Marco Polo por el brazo y lo llevaron a la sala de juntas. Con él, estaban reunidos el director clínico; Dora, la jefa de enfermeras; el jefe de seguridad, así como algunos de los psiquiatras con mayor antigüedad en la institución. El doctor Alexandre no estaba presente. Los días de Marco Polo en el Hospital Atlántico parecían estar contados.

El doctor Mario bufaba de rabia. Por el relato distorsionado de Dora y de algunos psiquiatras, Marco Polo había puesto en riesgo tanto la vida de los pacientes como a la propia institución. Nunca alguien había representado tal amenaza para el renombrado hospital. El doctor Mario temía un escándalo en la prensa, lo que podría representar el fin de su carrera.

Antes de comenzar a juzgar a Marco Polo, el doctor Mario envió a un equipo de enfermeros con inyecciones y camisas de fuerza para menguar la euforia y los posibles excesos de algunos pacientes. El doctor Romero, Ali Ramadan y algunos otros pacientes fueron contenidos químicamente. Jaime se resistió. Gritando, rechazó una dosis adicional de tranquilizante, pero no sirvió de nada, porque la recibió a la fuerza. Así, silenciaron la supuesta rebelión.

Felipe estaba presente en la reunión. Marco Polo se adelantó:

—Felipe no tiene la culpa de nada. Los acontecimientos son de mi entera responsabilidad.

—¿Asume usted toda la responsabilidad por sus actos inconsecuentes? —preguntó con ira el director.

—Asumo la responsabilidad, pero no asumo que fueran inconsecuentes —rebatió Marco Polo, que podía perder la guerra, pero no el ánimo para el combate.

—Yo investigué su vida, doctor. Supe de su fama en los tiempos de la facultad de medicina. Alumno rebelde, irreverente, alborotador de la clase, cuestionador del mundo. ¡Su ficha es una bomba! —los presentes sintieron aprensión ante esas palabras. Consideraron a Marco Polo una amenaza. El director continuó—: Eligió el lugar equivocado para batir sus alas, usted... usted es un rebelde.

—Pude haber errado en la acción, pero acerté en la intención. Yo quería...

Antes de completar la frase, el director lo interrumpió:

—No sea cínico. Usted rompió la rutina del servicio, la tranquilidad de los pacientes y puso al hospital en peligro.

Marco Polo sabía que sería expulsado de la institución. En ese momento recordó una frase trascendente de Halcón: "Ustedes pueden aprisionar mi cuerpo, pero no mis ideas". Ante eso, quedó convencido de que podrían excluirlo, pero no traicionaría su consciencia. Miró fijamente a los ojos al doctor Mario y después a los presentes y habló con seguridad:

—Yo quise mostrar a los pacientes que son seres humanos, que deben luchar por su libertad. Les dije que "están enfermos" y que no "son enfermos". Ustedes podrán expulsarme, pero jamás callaré lo que pienso.

La intrepidez de Marco Polo sorprendió al grupo. Alterado y con un sentimiento de rabia y fascinación ante su osadía, el doctor Mario decidió dar el último cáliz de misericordia al joven aventurero:

—Usted está aquí para aprender y no para enseñar. Póngase en el lugar que le corresponde. Su actitud es digna de expulsión. Vamos a darle una única oportunidad. No se olvide, no se le perdonará una segunda actuación como ésta —y así terminó drásticamente la reunión.

Capítulo 17

Desde que Marco Polo comenzó a alborotar el ambiente del Atlántico, el hospital se volvió más alegre. Las personas se comunicaban más, algunos enfermeros se volvieron más afectuosos y mejoró el humor de algunos psiquiatras.

Después de la reunión para su expulsión, el joven psiquiatra se contuvo más, pero no fue menos arrojado. Seguía haciendo pequeñas transformaciones, esta vez con el aval de la dirección. Transformó las paredes de los cuartos de los pacientes con pinturas coloridas y se ensució las manos con ellas. Organizó algunas competencias entre los internos e incluso montó una obra de teatro con ellos. Hacía pruebas para montar un grupo de apoyo, en el cual los pacientes menos graves ayudarían a los más enfermos. Quería que se sintieran útiles.

El doctor Mario se sentía impelido a aprobar algunas sugerencias de Marco Polo, siempre que se mantuviera bajo su control. Tenía miedo de su libertad creativa. Para evitar mayores trastornos, garantizó que estuviera bajo constante vigilancia. Los guardias de seguridad no le quitaban los ojos de encima. Algunos tenían el valor de llamar a la puerta de su consultorio para saber si todo transcurría normalmente.

Marco Polo mostraba señales de abatimiento. Seguía admirando el universo de los pacientes, pero se entristecía por el clima de vigilancia. En ese estado de ánimo, escribió una carta conmovedora a su viejo amigo. En ella, su alma transpiraba y exhalaba su visión sobre la vida y el sufrimiento humano.

Querido amigo Halcón:

Cierta vez me dijiste que tanto tú como el Poeta veían la firma de Dios en las flores, en las nubes y también en las crisis de los que tenían trastornos mentales. En esa época, sinceramente pensé que eso era un delirio, que sería imposible encontrar belleza en el caos. Pues bien, tenías razón. He encontrado una indescriptible riqueza en el interior de los que sufren. No son miserables ni pasivos en las penurias. Necesitan, eso sí, ser comprendidos, apoyados y alentados. He encontrado un patrimonio psíquico de inestimable valor en medio de las lágrimas y la desesperación.

En los portadores de psicosis he descubierto una deslumbrante creatividad. Aunque los delirios y las alucinaciones los perturben, revelan una creatividad excepcional, un ingenio intelectual sin precedentes. Ni los mejores guionistas y directores de Hollywood lograrían tener tanta imaginación. Qué pena que la psiquiatría clásica desprecie el inmenso potencial intelectual de estas personas.

La inteligencia de los que padecen psicosis maníaco-depresiva me asombra. Son verdaderos genios. En la fase maníaca, la excitación, la rapidez de raciocinio y el volumen de pensamientos que producen los transportan a las nubes, en un estado de gracia, lejos de la realidad. En esa fase, tienen una autoestima exacerbada. Se creen invencibles, revestidos de un poder sobrenatural. Y, al contrario, en la fase depresiva aterrizan su euforia, sus pensamientos se vuelven pesimistas y los llevan a atascarse en sentimientos de culpa y a vivir los planos más bajos de la autoestima. Si aprendieran a pilotear sus pensamientos y a gestionar el motor de su inteligencia para no abandonar los parámetros de la realidad, brillarían más que cualquier "normal". Por desgracia, son incomprendidos, tanto por ellos mismos como por la sociedad en la que están insertos.

Entre las personas deprimidas he encontrado una rara sensibilidad. Son tan sensibles que no tienen protección emocional. Cuando alguien los ofende les arruina el día, la semana, el mes y, a veces, la vida. Son tan encantadoras que, sin tener consciencia, viven el principio de la corresponsabilidad inevitable de manera exagerada. Por eso se perturban con el futuro y sufren intensamente por problemas que todavía no suceden. ¡Se preocupan tanto por los demás que viven su dolor! Son excelentes para la sociedad, pero pésimas para sí mismas. Halcón, no tengo duda de que, si los líderes políticos tuvieran una pequeña dosis de la sensibilidad que poseen las personas deprimidas, las sociedades serían más solidarias y menos injustas. Siento que mi emoción es fría y seca comparada con la de ellas.

Entre los que padecen trastorno de pánico, he encontrado un deseo envidiable de vivir. Cuando tienen un ataque de pánico, su cerebro entra en un estado de alerta intentando protegerlos de una grave situación de riesgo, un riesgo virtual. Se ponen taquicárdicos, jadeantes y sudan mucho, procurando huir del síncope o de la muerte, una muerte imaginaria que sólo existe en el teatro de sus mentes. Si aprendieran a rescatar el liderazgo del Yo en sus crisis, estarían libres de la cárcel del miedo. Quién pudiera otorgar a los consumidores de drogas, a los que viven peligrosamente, a los terroristas, a los que promueven guerras, la consciencia de la finitud de la vida y de la grandeza de la existencia que poseen los portadores del trastorno de pánico. A pesar del sufrimiento impuesto por el pánico, son enamorados de la vida. Quisiera amar la vida tal como ellos la aman, vivir cada minuto como si fuera un momento eterno.

Halcón, tienes razón al decirme que la sociedad es estúpida. Realmente valora la estética y no el contenido. Estoy decepcionado hasta con las personas aparentemente cultas. No se dan cuenta de que cada ser humano, y en especial los que sufren trastornos mentales, son joyas únicas en el anfiteatro de la existencia.

Mi desafío como psiquiatra no es sólo medicarlos o hacer sesiones de psicoterapia, sino mostrarles que la flor más exuberante brota en el invierno emocional más riguroso. Los que atravesaron sus desiertos psíquicos y los superaron se vuelven más buenos, lúcidos y ricos de lo que eran.

¿No es eso lo que pasó contigo, mi dilecto amigo? A través del drama de tu psicosis expandiste tu noble inteligencia y te convertiste en un maestro, mi maestro. Ahora, mis pacientes son los que me enseñan. En algunos momentos, aprendo más con ellos que con mis profesores. Espero que mi capacidad de aprender no muera nunca.

Procuré especializarme en psiquiatría para conocer la fascinante personalidad humana y tratar sus enfermedades. Sin embargo, así como tú cuestionaste qué era la locura, me he cuestionado mucho sobre lo que es la salud mental: ¿quién es saludable? ¿Son saludables mis colegas psiquiatras, incapaces de recibir a sus pacientes con un abrazo y una sonrisa? ¿Son saludables los padres que escuchan a los personajes de la televisión, pero que no conocen los temores y las frustraciones de sus hijos, ni tienen paciencia con sus errores? ¿Son saludables los profesores que se esconden detrás de un pizarrón o de una computadora y no consiguen hablar de su propia historia con sus alumnos? ¿Son saludables los jóvenes cuya emoción es incapaz de extraer mucho de poco, cuyos placeres son fugaces? Y los que batallan para ganar dinero, pero no saben luchar por lo que aman, ¿son ricos o pobres?

También he cuestionado mi propia calidad de vida. Pensé que era saludable, pues digo lo que pienso, lucho por lo que amo y procuro proteger mi emoción, pero descubrí que sólo conozco la sala de recepción de mi propio ser. Me falta tolerancia, afectividad, sabiduría, tranquilidad. El día en que deje de admitir lo que me falta, estaré más enfermo que mis pacientes. Gracias por enseñarme que sólo soy un caminante. Hay un largo camino por recorrer...

De tu amigo y admirador,

Marco Polo

Halcón se emocionó al leer la carta. Recordó los momentos difíciles de su historia y los bellos tiempos con su joven compañero. Se alegró con la psiquiatría humanista que él y algunos de sus colegas ejercían. Creía que su amigo podría hacer mucho por la humanidad, pero poco por su propio bolsillo.

Pasados algunos días, Marco Polo tuvo una experiencia en la que el Hospital Atlántico casi se derrumbó sobre él: un paciente con una grave depresión asociada a una psicosis, caracterizada por confusión mental, pérdida de identidad, dificultad para ubicarse en el tiempo y en el espacio, fue el origen de esta revuelta. Se llamaba Isaac.

Isaac era miembro de una familia judía riquísima y políticamente poderosa en la región. Debido a su grave depresión, sus sentimientos estaban embotados. Se rehusaba a tener contacto social, a salir de su cuarto, a dialogar, a tomar un baño y a alimentarse. Así, desarrolló una importante anorexia nerviosa.

Con frecuencia se quedaba postrado en una cama. Tenía un comportamiento extraño y poco común, una proyección psicótica, afirmaba ser algo que no era. Continuamente repetía que era un sapo. Abría y cerraba la boca repetidamente, imitando el comportamiento del anfibio.

Cuando alguien se acercaba y le preguntaba algo, Isaac sólo decía: "Soy un sapo". Eliminaba cualquier posibilidad de interacción interpersonal. Quería quedarse en su claustro y morir en él. Este extraño comportamiento se había repetido desde hacía varias semanas. Poco a poco, el paciente adelgazaba. Simplemente se negaba a vivir.

El tratamiento no surtía efecto. Se intentaron varios medicamentos en diversas dosis. Los psicólogos también trataron de ayudarlo, pero él no salía de su capullo. Entonces, algunos psiquiatras decidieron someterlo a algunas sesiones de la antigua y cuestionable terapia de electrochoque. Tampoco hubo resultado. Isaac corría un serio riesgo de morir.

Llevaron el caso al doctor Mario. Él se preocupó por el drama del paciente y por la imagen de la institución ante la ausencia de alguna mejoría.

El doctor Mario había tratado a Isaac otras veces. A pesar de conocerlo, ignoraba la gravedad actual de su crisis.

—¡No es posible que durante dos meses, con todo el arsenal de medicamentos que tenemos, ustedes no hayan podido aliviar la depresión del paciente, sacarlo del brote psicótico y traerlo a la lucidez! Ya conseguí hacer que ese paciente saliera de varias crisis. Necesitamos profesionales más eficientes en la casa —dijo a su equipo, con arrogancia.

Algunos profesionales de la salud mental son capaces de ayudar a los demás, pero incapaces de ayudarse a sí mismos. Era el caso del doctor Mario. Reconocido como un excelente profesional, tenía un doctorado en psiquiatría, era un elocuente profesor universitario, había publicado innumerables trabajos científicos, pero no sabía lidiar con sus propios conflictos emocionales.

En situaciones de estrés, no lograba pensar antes de actuar, ni ponerse en el lugar de los demás. El mundo tenía que girar en torno a sus verdades. Como muchos líderes bien intencionados, pero autoritarios, su postura bloqueaba la inteligencia de sus subordinados.

Después de cuestionar la eficiencia de los psiquiatras, solicitó que hicieran una relación de los procedimientos y los medicamentos antipsicóticos y antidepresivos utilizados, así como sus respectivas dosificaciones. Terminado el reporte, cayó en la cuenta de que Isaac presentaba una crisis gravísima y diferente a todas las demás.

Sin embargo, para no perder la postura de jefe, invitó a algunos psiquiatras y a algunos jóvenes que se estaban especializando, entre ellos a Marco Polo y a Felipe, a hacer una evaluación del paciente en su cama. Quería darles una clase.

En el cuarto, Isaac, como siempre, se mostró indiferente ante los presentes. El director se presentó y comenzó a hacerle algunas preguntas.

—¿Cuál es su nombre?

Issac permanecía en silencio. El doctor Mario insistió.

—Por favor, ¿cómo se llama?

—Soy un sapo.

—¿Cuántos años tiene y dónde vive?

—Soy un sapo.

Hizo otras preguntas sobre sus parientes, dónde había trabajado, pero la respuesta era la misma. La conversación no evolucionó. Quedó abatido ante sus alumnos. Dio algunas rápidas explicaciones sobre ese tipo de psicosis, habló de la impotencia de la psiquiatría en algunos casos y terminó su visita. Pero, todavía inconforme por no poder dar una clase brillante, reviró cuando estaba por salir del cuarto.

—¿Desde cuándo es un sapo?

El paciente lo miró y le dijo:

—¡Desde que era un renacuajo!

Los alumnos, aunque respetaran al paciente y al director, no se aguantaron. Se llevaron las manos a la cara para sofocar la risa. El director movió la cabeza descontento e insistió:

—Señor Isaac, usted es un ser humano. Tiene la cabeza, los brazos, las piernas de un hombre. No puede ser un sapo.

El paciente lo miró levemente y de nuevo expresó:

—Sapo. Soy un sapo.

Se encerró en su mundo, no había cómo hacerlo cambiar de idea. Todos salieron del cuarto, a excepción de Marco Polo. Observador, percibió que cuando las personas insistían en decir lo que Isaac no era, él mantenía su convicción obsesiva. Sin embargo, cuando el doctor Mario entró en su delirio sin darse cuenta, preguntando desde cuándo era un sapo, él formuló una frase diferente: "¡Desde que era un renacuajo!".

Entonces, Marco Polo decidió no cuestionar el delirio, sino entrar en él. El caso era distinto al de Ali Ramadan, inspiraba más cuidado e imponía más riesgos. Isaac no tenía ningún diálogo lógico.

Marco Polo no se olvidaba que la imaginación es más importante que el conocimiento. Usó su imaginación y dijo:

—Mira qué laguna tan bonita está frente a nosotros. Qué bellas son las estrellas. Mira cuántos sapos están croando.

Paulatinamente, Marco Polo dejó de ser un intruso en el mundo de Isaac. Así, él comenzó a abrirse, a decir otras frases.

—¿Dónde está la laguna? —preguntó.

—¡Mira! Está frente a ti. ¿La ves?

—¡Sí!

—¿Dónde vives tú en esa laguna?

Isaac comenzó a pensar en el espacio.

—En aquel lado.

—¿De qué tamaño eres?

—¿Qué no me estás viendo? —dijo con contundencia.

Después de ese breve diálogo, Isaac volvió a cerrarse. Sólo decía que era un sapo. Marco Polo quedó eufórico con sus palabras. Enseguida se acordó de que en el corredor próximo a la sala del doctor Mario había un sapo de porcelana. Fue al lugar y lo tomó.

Un guardia avisó rápidamente al director. Curioso y aprensivo, éste mandó interceptar al alumno y fue hasta el lugar para verificar él mismo el comportamiento del intrigante aprendiz. Cuestionado sobre sus actitudes, el joven le respondió que quería entrar en el mundo del paciente, en el universo de sus delirios y ganarse su confianza. Después de ganarse su confianza, desearía estimular su capacidad crítica.

—No pierda el tiempo. Profesionales más experimentados que usted lo intentaron sin éxito. Y, además, si ese caso no se resolvió con medicamentos antipsicóticos, no es con palabras que se solucionará.

—Pero ¿por qué entonces nos llevó usted al cuarto de Isaac y conversó con él?

—Bueno, fue para darles una clase a ustedes —se justificó el director, incómodo.

—Profesor, sé de su competencia, pero creo en la fuerza de la psicología y no sólo en la acción de los medicamentos. Vamos a darle una medicación convencional y, a pesar de mi falta de experiencia, permítame intentar ayudarlo.

Renuente, el doctor Mario decidió concederle espacio.

—Siga adelante, pero búsqueme después de la consulta —dijo, incrédulo, intentando mantener todo bajo control.

Enseguida, Marco Polo entró en el cuarto, sacó el sapo de porcelana de su bata blanca y dijo:

—Isaac, esto es un sapo. ¿Tú eres igual a este sapo?

El paciente se llevó un choque. La imagen de porcelana no era la imagen alucinante que había creado en el escenario de su imaginación. A pesar de estar todavía confundido, el impacto lo llevó a abrir un poco más las puertas de su racionalidad.

—Toma el sapo, Isaac.

Isaac lo tomó, lo manipuló, pensó y enseguida dijo:

—No soy un sapo.

Y de ese modo, la conversación comenzó a evolucionar. Posteriormente, Isaac se quedó fijo en otra idea que intrigó a Marco Polo. Como hacía ya más de media hora que estaba conversando con él, decidió dejarlo descansar. Percibió su desgaste. Resolvió regresar al otro día.

Marco Polo fue a la sala de juntas del doctor Mario. Varios psiquiatras estaban reunidos. En una de esas raras ocasiones en que estaba de buen humor, el director preguntó:

—¡Hable, investigador! ¿Qué logró con el hombre-sapo?

—Logré establecer un pequeño diálogo con él.

Los psiquiatras estaban escépticos. Creyeron que estaba fanfarroneando.

—¿Lograste que él hablara de otros pensamientos? —preguntó uno de ellos.

—¿Cómo? —preguntó otro.

—Entré en su delirio y a partir de ahí comencé a llevarlo a dudar de sus fantasías. Ahora él dice que es otra cosa.

Desconfiado, el doctor Mario rápidamente preguntó:

—¿Ahora qué dice que es?

Marco Polo hizo una pausa y dijo, aprensivo:

—Ahora él dice que es algo un poco mejor.

—Vamos, habla —preguntaron, curiosos.

—Isaac dice que es el doctor Mario.

Aunque rara vez exageraban sus comportamientos frente al director, los psiquiatras no se contuvieron. Estallaron en carcajadas. Encontraron la broma graciosísima. Ni siquiera el doctor Alexandre, que estaba presente, se aguantó. Además, alguien soltó en voz baja "un poco mejor".

El doctor Mario, humillado, se levantó rabioso, convocó a los psiquiatras para que lo acompañaran al cuarto del paciente, pero antes dijo a Marco Polo:

—Haga sus maletas para irse de esta institución. Cometió un grave error que podrá manchar su carrera para siempre: falta de ética con su paciente y con su director.

Se dirigieron rápidamente al lugar, y más rápido todavía, el doctor Mario le preguntó a Isaac.

—¿Quién eres?

El paciente levantó la cabeza, miró fijamente al director y replicó:

—Yo soy un sapo.

Los psiquiatras se quedaron helados. Les caía bien Marco Polo. Era la primera vez que un estudiante de psiquiatría sería expulsado del Hospital Atlántico. Marco Polo estaba tenso. Tenía ganas de abrir la boca y extraer otras palabras de Isaac, pero si lo bombardeaba con preguntas intentando sacar las palabras que él no quería responder, ahí sí estaría sellando su falta de ética.

El doctor Alexandre, desde la discusión sobre algunos rasgos de la personalidad de Einstein y el prejuicio, se había hecho su amigo. Intentando salir en su defensa, insistió ansiosamente:

—¿Cuál es tu nombre? ¿Dónde vives?

El doctor Mario estaba con un pie en el pasillo, pero escuchó decir a Isaac:

—Soy el doctor Mario.

Esta vez fue el propio doctor Mario quien sintió una onda fría que recorría su espina dorsal, circulando por la cabeza y alojándose en su garganta. Además de haberse quedado profundamente avergonzado delante de sus colegas, estaba siendo intensamente injusto con su joven aprendiz.

Él sabía que Marco Polo, aunque fuera irreverente, era arrojado, sensible e inteligente. No se trataba de un profesional "más", sino de un constructor de conocimiento, que amaba lo que hacía. Sin embargo, no soportaba su audacia. Desde que entró a la institución hacía un año, el doctor Mario se sintió inquieto por su comportamiento y venía cuestionando silenciosamente su propia práctica y rigidez.

Algunas veces tuvo noches de insomnio tratando de espantar a Marco Polo de sus pesadillas. Tener que expulsarlo del hospital sería doloroso para él; por eso, en vez de sentirse avergonzado, se puso feliz por su alumno y por la pequeña evolución del paciente.

Humildemente, Marco Polo le dijo al doctor Mario:

—Como lo conoce hace mucho y lo admira, Isaac se identificó con usted.

—No intente justificar mi error. Discúlpeme. Y tome el caso.

Con esas palabras, salió rápido de ahí. Fue la primera vez que el doctor Mario reconoció un error públicamente y pidió disculpas. El hombre invencible comenzó a vislumbrar lo que siempre había sido, sólo un ser humano y, como tal, sujeto a fallas y errores. A partir de ese momento, comenzó a ser más flexible. Bajarse de su trono no lo hizo menos líder ni menos admirable, al contrario.

Encargarse del tratamiento de Isaac, portador de una de las enfermedades más difíciles del Atlántico, era una tarea dantesca, pero como Marco Polo detestaba el mercado de la rutina, aceptó con placer el desafío. Cualquier reacción de mejoría del paciente era recibida con grandes elogios por el joven psiquiatra.

—¿Quién soy? ¿Dónde estoy? —decía Isaac, agitado y caminando.

—¡Felicidades, Isaac, estás mejorando! ¡No tengas miedo de pensar! ¡No le tengas miedo a la vida!

El paciente no comprendía bien el cumplido, pero entendía la aceptación y el afecto. La acción de los medicamentos comenzó a potencializarse cuando él empezó a colaborar con el tratamiento.

A lo largo de las semanas, Isaac fue comiendo mejor. Poco a poco decía frases completas y regresaba a su consciencia. Lentamente se fue enfrentando con su dura historia, que le había hecho romper con la realidad y perder su identidad. Cierto día, al tener plena consciencia de sí mismo, estalló en llanto.

—Yo no tuve infancia, doctor... —hizo una pausa.

—Habla sin miedo, Isaac, aquí estoy para escucharte.

—Mi madre siempre tuvo problemas mentales. Mi padre, aunque rico, bebía grandes dosis de whisky. Era un judío practicante, pero abandonó la religión.

De nuevo hizo una pausa.

—Me casé enamorado. Elisa era la mujer más bella y amable. Enseguida tuvimos un hijo maravilloso. Mi familia era mi oasis. Quince años después, mi matrimonio se volvió un suelo estéril. Descubrí a mi esposa en la cama con mi mejor amigo, el gerente de mi empresa. Era un hombre rico, pero me sentía un miserable.

Isaac sollozó.

—Mi esposa me suplicó que la perdonara. Dudoso, no la abandoné, pero tampoco la perdoné.

Marco Polo se solidarizaba con él a través de su silencio. Enseguida preguntó:

—¿Y tu hijo?

—Posteriormente, mi querido hijo, Gedeón, se volvió dependiente de la heroína. Tenía fiebre, vómitos, dolores de cuerpo cuando dejaba de usar la droga por un solo día. Era horrible ver a mi hijo de 15 años en tal estado de desesperación. Buscaba la heroína como un hombre sin aliento busca el aire. Tenía miedo de que muriera. Afligido, intenté ayudarle de todas las formas, pero él era agresivo, cerrado, alienado, parecía impenetrable. Me acusaba de nunca haber sido su amigo. Ahora tiene 19 años, vive solo, su dependencia se agravó y es seropositivo. Hace un año que se niega a hablar conmigo. Ya no tengo nada.

Al fin, Marco Polo entendió las causas de la depresión psicótica de Isaac. Su Yo, que representa su voluntad consciente, prefería sumergirse en un estado de inconsciencia a soportar el peso de sus pérdidas y frustraciones.

—¿Te gustaban las lagunas?

—Pescar era mi pasatiempo preferido. Siempre me gustó la calma de una laguna.

Intentando relajarlo, Marco Polo abundó:

—Eres experto, Isaac. Una laguna es uno de los mejores lugares para huir de la realidad.

Isaac sonrió. Marco Polo agregó:

—Pero ¿crees que ese mecanismo es saludable?

—¡No!

—Todos pasan por sufrimientos en la vida, unos más, otros menos. Huir de nosotros mismos produce un falso alivio y, además, lacera nuestra salud psíquica.

Isaac miró las paredes del hospital, recordó su proceso de enfermedad en esos últimos cuatro años y expresó:

—El precio fue muy caro.

—No es fácil entender nuestras ruinas, pero es la única manera de ser autores de nuestra historia y no víctimas de ella.

—Pero ¿qué voy a hacer de la vida? Perdí lo que más amo.

—Todos pierden algo en la vida. Unos necesitan asumir las pérdidas, otros recoger los pedazos que quedaron. ¿Qué actitud debes tomar? Ningún psiquiatra o psicólogo puede tomar esa decisión por ti.

Isaac estaba impresionado por la manera en que Marco Polo conducía las sesiones de psicoterapia. El joven médico provocaba su inteligencia y no lo trataba como a un pobre diablo, digno de lástima. A cada momento lo estimulaba a tomar sus propias decisiones.

—Hay pedazos que quedaron. Necesito recogerlos.

—Recógelos con valor. No importa que algunas personas te hayan decepcionado, tú las amas, no puedes eliminarlas de tu vida. Si las eliminas de tu consciente, no las eliminarás de tu inconsciente.

Además de usar esas técnicas, Marco Polo recordó cómo se liberaba Halcón de sus crisis. Le pidió a Isaac que hiciera un ejercicio intelectual diariamente en el silencio de su mente.

—Todo aquello en lo que crees te controla. Si lo que crees te encarcela, entonces serás un prisionero; si lo que crees te libera, entonces serás libre.

Isaac se había convertido en un caso crónico. Nadie esperaba ya nada de él, ni él mismo.

—¿Cómo me libero de las cadenas que me transformaron en un enfermo mental?

—Duda de tus pensamientos perturbadores. Cuestiona tu sentimiento de incapacidad y por qué estás programado para ser infeliz. Grita en tu interior. Critica tu fuga y tus fantasías. Decide estratégicamente conquistar a las personas que te rodean. Retírate de la audiencia. Entra en el escenario de tu mente y entrénate para ser líder de ti mismo. Haz eso diariamente y en silencio.

Isaac aprendió a manipular el arte de la duda, de la crítica y de la determinación, y experimentó una mejoría sustancial, a pesar de sufrir pequeñas recaídas. Todos los profesionales estaban entusiasmados con él. Un mes después, estaba tan bien que disminuyeron la dosis del medicamento. Pronto lo dieron de alta. Seguiría con el tratamiento sólo en el consultorio. Antes de salir, Marco Polo le dio algunas recomendaciones:

—Isaac, los débiles condenan, pero los fuertes perdonan. Tú acusas a tu esposa, y tu hijo te acusa a ti. Todos nos equivocamos. Perdónala, y si sintieras la necesidad, pide disculpas a tu hijo y descubre quién es. Pero principalmente, perdónate a ti mismo, no cargues contigo el monstruo de la culpa. Sorpréndelos y permite que ellos te sorprendan.

Isaac abrazó a Marco Polo y simplemente le dijo:

—¡Gracias por hacerme creer en mí y en la vida! Gracias por hacerme creer que es posible sobrevivir cuando se pierde todo.

Isaac trazó conscientemente sus caminos. Tomó sus decisiones. Volvió a los brazos de su esposa. Permitió dejarse amar por ella y se entregó al amor.

Comenzó a ver a su hijo desde otros ángulos. Descubrió que el mayor problema de Gedeón tal vez no era la droga, sino el sentirse huérfano de un padre vivo. Comenzó a encantarlo, a cautivarlo, a hablar menos de la droga y más de sí mismo. Se volvió un contador de historias. Gedeón conoció la historia de Moisés, de Abraham, del rey David, de Salomón. Después de unas semanas, sintió que era más importante para su padre, a pesar de su dependencia. Tuvo más fuerzas para luchar contra la droga. Más tarde, Marco Polo lo trató y lo ayudó.

El joven psiquiatra rompió las barreras y las distancias y se volvió amigo de la familia de Isaac. De igual forma, se convirtió en amigo de la familia de Ali Ramadan cuando éste dejó el hospital, un mes después de Isaac.

Aunque no tuviera mucho tiempo, frecuentaba sus casas. Le gustaban muchísimo las gastronomías árabe y judía. En realidad, tenía un aprecio por esas fascinantes culturas.

Seis meses después, Marco Polo acercó a Ali Ramadan y a Isaac. Ali quería vivir en otro planeta, pues la Tierra había sido un escenario de pérdidas. A su vez, Isaac quería vivir en una laguna, porque la Tierra también había sido un escenario de pérdidas, un desierto seco. Las pérdidas y el dolor habían sido tantos que los hicieron entablar una bellísima relación. Se convirtieron en grandes amigos.

Comenzaron a frecuentar uno la casa del otro. Organizaban buenas cenas, tenían largas conversaciones sobre el Medio Oriente. Ambos eran descendientes de Abraham. Tenían más cosas en común que diferencias.

Comentaban entre sí, y con el mayor respeto, los bellos pasajes del Pentateuco de Moisés, los salmos y los suras del Corán.

Invitaban a Marco Polo, que los escuchaba con gran placer. Además de aprender de ellos, le gustaba hablar sobre la inteligencia del Maestro de la sensibilidad, Jesús, de lo que había aprendido con el filósofo mendigo. Todos se respetaban, todos enseñaban, todos aprendían, todos comían sin parar. El encuentro de los tres amigos era una fiesta. Sólo faltaba Halcón.

El joven médico asistió de nuevo a un fenómeno que excitaba los ojos del corazón: una flor exuberante que surgía en el caos del invierno psíquico.

Capítulo 18

El doctor Mario acompañó la brillante actuación de Marco Polo con Isaac y quedó deslumbrado. Desarrolló un cariño especial por el joven profesionista. El resto de los psiquiatras también comenzaron a respetarlo y a ser más creativos. Cada cabeza es un planeta, y cada planeta tiene una ruta peculiar y exige un plan de vuelo distinto para ser alcanzado.

Los psiquiatras y los psicólogos perdieron el miedo de tocar, de relacionarse y de bromear saludablemente con sus pacientes. Así se expandió el grado de confiabilidad y de empatía entre ellos.

Su humor mejoró, se volvieron más sociables y sensibles. En ese ambiente, la psiquiatría y la psicología dieron un salto cualitativo. Rompieron el modelo superficial y enfermizo extraído de las relaciones empresariales, en las que los jefes y los empleados no pueden acercarse y donde la jerarquía tiene que ser mantenida por el bien del orden y del progreso. Ese modelo servía para disciplinar a un ejército, pero no para formar pensadores, personas libres y creativas.

A pesar de que el clima del Hospital Atlántico había mejorado,

Marco Polo no estaba satisfecho. Creía que los pacientes permanecían mucho tiempo sumergidos en sus ideas negativas y en sus pensamientos mórbidos. Algo faltaba.

A través de su observación clínica, descubrió que los niños hiperactivos, con trastorno de déficit de atención, en quienes las madres desarrollaron el placer por la música clásica en la infancia, desaceleraban su agitación, expandían su concentración, disminuían su ansiedad y se volvían más productivos.

Pasado un mes, trajo un aparato de sonido y pidió que lo instalaran en el patio central. Compró varios CD de Mozart, Chopin y Bach y pidió que los pusieran durante el recreo de los pacientes. Quince días después, los pacientes estaban más serenos, motivados, alegres y menos pensativos. Hasta las crisis disminuyeron.

Marco Polo y otros psiquiatras sospechaban que la música generaba una abstracción sublime que exaltaba el universo de los afectos, que rompía el ciclo de la construcción ansiosa y exacerbada de los pensamientos, que liberaba endorfinas y potencializaba el efecto de la medicación en el metabolismo cerebral. Pero ésta era sólo una hipótesis que debía ser comprobada. Del patio, la música ambiental comenzó a utilizarse en los cuartos y enfermerías del hospital.

Claudia, una paciente que con frecuencia andaba desanimada y encorvada, se animó con la música. Tenía 60 años, pero aparentaba 80. El sonido musical la revigorizó. Nadie lo sabía, pero ella había sido una consumada bailarina y profesora de danza en su juventud. Era una especialista en vals. Motivada, Claudia encontró a Marco Polo y le contó su pasado.

—¡Yo brillé en las pistas de baile, doctor Marco Polo!

El joven psiquiatra quedó encantado con su historia.

—Todavía puedes brillar, Claudia.

—No sé. Cuando un vendaval pasa por nuestras mentes, el arte se disipa.

—No tanto. Muchos artistas produjeron sus obras maestras en los peores momentos de dolor y frustración. El sufrimiento pulió el arte.

Claudia se fue pensativa. Marco Polo guardó su relato. Cierto día, cuando muchos pacientes estaban aglomerados en el patio, él apareció y quitó un CD de música clásica. Algunos pacientes empezaron a murmurar, manifestando su desaprobación. Enseguida, el joven médico puso un bellísimo vals.

Al oírlo, Claudia quedó arrebatada. Estaba en un costado del patio. Marco Polo se dirigió a ella y, frente a todos, la sacó a bailar. Ella estaba extasiada y, al mismo tiempo, indecisa. Él la tomó de las manos y la llevó al centro del patio. Hacía veinticinco años que no bailaba, por lo menos en público. Sus amigos hicieron una gran ronda a su alrededor y clamaron:

—¡Qué baile! ¡Qué baile!

Ella no se resistió. Marco Polo puso sus manos equivocadamente sobre la espalda. Con delicadeza, ella lo corrigió. Él no era un buen bailarín, y el cuerpo de Claudia estaba rígido. En los primeros treinta segundos, ella no acertaba el paso y él fallaba aún más. Enseguida, se soltó y comenzó a corregir sus movimientos. Los pacientes quedaron encantados. Aplaudieron calurosamente. Desconocían a la artista que vivía con ellos. Claudia se sintió una princesa. Su mente le trajo dulces imágenes del glorioso pasado.

Poco a poco, los pacientes formaron parejas y también comenzaron a bailar. Como no había pareja para todos, algunos formaron pareja con otros del mismo sexo. Dora entró en el patio con la cara congestionada. "Esta vez Marco Polo fue demasiado lejos", pensó.

Al ver su irritación, el joven pidió que Claudia hiciera pareja con el doctor Vidigal, que se había aislado en un rincón. El doctor Vidigal estaba a punto de recibir el alta y nunca había bailado un vals, pero se animó a aprender.

Marco Polo fue hasta donde estaba Dora y la invitó a bailar. Ella se negó. De pronto, las personas comenzaron a quedarse quietas y a prestar atención a los dos. Él insistió:

—La vida es tan efímera, pasa tan rápido, permítete relajarte.

Ella le dio la espalda, preparándose para retirarse. Con todo, la audiencia gritó nuevamente:

—¡Qué baile! ¡Qué baile!

Ella respiró y súbitamente se volteó hacia Marco Polo. Todos se espantaron. Pensaron que le iba a dar una bofetada. Con increíble seguridad, tomó la mano del joven, la colocó con fuerza en su cintura y comenzó a bailar con impresionante agilidad.

Dora había practicado el ballet clásico durante toda su adolescencia y realizaba los bailes de salón con una destreza sin igual, aunque había perdido la habilidad de bailar el vals de la vida. Asombrado, Marco Polo se dejó conducir por ella. Después de los aplausos, todos comenzaron de nuevo a bailar.

El doctor Mario y otros psiquiatras se enteraron del desorden en el patio. Al entrar al lugar, el doctor Mario se quedó perplejo. "Hasta Claudia, que es tan recatada, se contagió", pensó.

Aunque le cayera bien Marco Polo, el clima era insoportable para él. A final de cuentas, sabía que en ningún hospital psiquiátrico del mundo había música en el ambiente. Una rueda de vals era demasiado para su cabeza.

Estaba por apagar el aparato cuando sintió una mano tocándole el hombro. Era Dora, que delicadamente se lo impidió. Los pacientes se quedaron quietos de nuevo.

—Dora, usted siempre fue tan seria, tan razonable. ¿Qué está pasando aquí? ¿Se volvieron locos ustedes?

Sonriendo, Dora le dijo:

—Ahora, un poco menos.

Enseguida, Claudia se puso frente a él y dijo:

—¡Doctor Mario, por favor, baile conmigo!

Él se resistió, se rascó la cabeza y pensó que la invitación era absurda. Sin embargo, en un instante, se puso reflexivo y ansioso. Él ya había atendido a Claudia en un brote psicótico y ahora ella quería llevarlo al centro del escenario. Ella estaba segura y él, inseguro. Los papeles se habían invertido. "¿Qué está pasando, por Dios?", pensó. Los cráteres de su inconsciente rápidamente se abrieron y lo inquietaron más todavía. Percibió que, aunque fuera el psiquiatra más respetado de la grandiosa institución, él también estaba enfermo. Tenía miedo de ir al escenario, ser observado, fallar, hacer el ridículo, ser blanco de burlas: los mismos síntomas de muchos de sus pacientes.

En aquellos breves instantes de intensa reflexión, el doctor Mario paseó la mirada por la multitud de pacientes y descubrió que ellos poseían algo valiosísimo que él había perdido: la espontaneidad. Una característica de la personalidad fundamental para la salud psíquica, que escaseaba en las sociedades modernas. En ese momento, el doctor Mario percibió que esa palabra ya no formaba parte del diccionario de su vida.

La audiencia, eufórica, clamó una vez más en coro, pero ahora citando su nombre:

—¡Doctor Mario, baile! ¡Doctor Mario, baile!

Bajo la mira de aquellas personas mutiladas por la vida, él se despidió de su posición inalcanzable. Decidió participar también en el baile. Aparentemente torpe, tomó una de las manos de Claudia y puso la otra mano en su cintura. Ella no hizo ninguna corrección.

Al principio, el doctor Mario tropezó. Pero para sorpresa de todos, transformó su tropiezo en un paso de baile. A la audiencia le gustó. Rápidamente se soltó y giró con gracia. Sabía bailar muy bien, pero se había convertido en una máquina de trabajar. Como Claudia, hacía más de veinte años que no bailaba.

Trataba a grandes empresarios y a celebridades en su clínica particular, era un especialista en resolver problemas, pero había desaprendido el arte de vivir, o seguía sus propias orientaciones. En los primeros años después de su graduación como médico, era suelto, ligero, feliz. Con el paso de los años se volvió circunspecto, cerrado, había perdido la simplicidad. Ni él se soportaba.

Marco Polo, observando la habilidad y la gracia de su director, pensó: "¡Ojalá no escondiéramos nuestras identidades detrás de nuestros títulos! ¡Ojalá que la psiquiatría, sin perder su base científica, tuviera más romanticismo y generosidad!".

El doctor Mario y Claudia formaban una pareja maravillosa. No eran un psiquiatra y una paciente bailando, sino dos seres humanos que debían rescatar el placer de las pequeñas cosas. Cuando Claudia se cansó, él tomó a Dora en brazos y comenzaron a bailar.

Dos psiquiatras abandonaron el lugar meneando la cabeza con indignación. Comentaron uno con el otro:

—¡El doctor Mario enloqueció!

Sin embargo, otros psiquiatras, incluso algunos elementos de seguridad, aprovecharon la oportunidad y se soltaron en la pista improvisada. Dora se acercó a Marco Polo y le pidió disculpas por la arrogancia con que lo trataba. Amable, él simplemente dijo:

—Lo entiendo.

—Trabajamos en uno de los ambientes más tristes del mundo. Necesitamos ser más relajados —agregó Dora.

—Ése es un gran desafío. La mayor paradoja de la psiquiatría moderna es que usa antidepresivos para tratar el estado de ánimo triste, pero no sabe cómo producir alegría. Pero ve lo que conseguimos. Con tan poco, las personas están muy felices.

—Necesito cambiar mi estilo de vida —reflexionó ella.

—Todos lo necesitamos. Creo que el ambiente tenso y triste del Hospital Atlántico es sólo un reflejo de la sociedad que estamos construyendo.

Sin que ellos se dieran cuenta, el doctor Mario escuchaba atentamente la conversación. Interrumpiéndola, expresó:

—Por desgracia, parece que desaprendemos y ya no sabemos cómo vivir. La sociedad allá afuera no es menos enferma que este ambiente.

Aliviado, puso las manos en los hombros de su joven amigo y expresó:

—¡Muchas gracias, Marco Polo! Gracias por enseñarme que siempre es posible volver a comenzar.

Sonriendo, el doctor Mario hizo un comentario que jamás había hecho:

—Tenemos que agradecer a nuestros pacientes por enseñarnos el camino de las cosas simples.

Se despidió y salió. Mientras se iba, el director abrazaba a varios pacientes que encontraba en el camino. Dio más abrazos en pocos minutos que en treinta años de profesión.

Después de esos acontecimientos, el Hospital Atlántico cambió para siempre. Había brillo en los ojos de las personas. Se aprovecharon las habilidades de los pacientes.

Claudia abrió una "escuela de baile" en el hospital. Brilló como nunca. Su escuela gratuita se convirtió en su obra maestra. Quien sabía pintar, actuar, escribir y hacer trabajos manuales enseñaba a los que querían aprender. El índice de mejoría y el tiempo de hospitalización disminuyeron significativamente.

Algunos pacientes se sintieron tan útiles que, después de ser dados de alta, regresaban como voluntarios. El arte del placer irrigó sus vidas. Fue la primera vez que se tuvo noticia de que los pacientes amaran un hospital psiquiátrico.

Capítulo 19

Marco Polo terminó su especialización en psiquiatría. De vez en cuando visitaba a sus amigos del Hospital Atlántico. Al mismo tiempo que se destacaba como profesionista, escribía sus ideas sobre el mundo intangible de la mente humana. Su inquietud por los nuevos descubrimientos y su incapacidad de aceptar pasivamente lo que contrariaba su consciencia, no menguaron cuando se graduó; al contrario, se intensificaron.

Él estaba de acuerdo con el pensamiento de Aristóteles: "El hombre es un animal político". Para él, el ser humano era un actor social. Los psiquiatras y psicólogos deberían salir del microcosmos de sus consultorios para actuar socialmente. Deberían contribuir para prevenir los trastornos psíquicos y no vivir a expensas de un sistema que produce personas enfermas.

Poco a poco, se convirtió en un psiquiatra influyente en su ciudad y región. Y debido a la osadía de sus ideas, con frecuencia lo invitaban a dar conferencias en las facultades.

Cierta ocasión fue invitado para dar una conferencia a dos grupos de alumnos del último año de la facultad de psicología. La audiencia estaba compuesta de más de cien personas. El tema era "Depresión, la enfermedad del siglo". Después de su exposición, Marco Polo conmovió a sus alumnos. Terminó su plática con estas palabras:

—Futuros psicólogos y psicólogas, la depresión es la experiencia más dramática del sufrimiento humano. Sólo sabe la dimensión de ese dolor quien ha atravesado sus valles. Las palabras no bastan para describirla. Debemos aprender a respetar a esos pacientes, escucharlos abiertamente y hacer que dejen de ser espectadores pasivos de su propio caos emocional. Tenemos que llevar a los pacientes a gestionar sus pensamientos, a proteger sus emociones y a reeditar la película de sus historias. Ésa es la gran tarea de la psicología. Los que ejercen la psicología deben ser personas enamoradas de la vida y, por sobre todo, deben desarrollar habilidades para descubrir los tesoros enterrados en los escombros de los que sufren. El mapa de ese tesoro no está en nuestras teorías, sino en los comportamientos expresados sutilmente por los propios pacientes. Dejen que ellos les enseñen. Jamás se olviden de que nosotros tratamos a los enfermos no porque no estemos enfermos, sino porque sabemos que lo estamos...

Fue ovacionado entusiastamente por los alumnos. Quedaron pensativos e incluso impactados positivamente por sus ideas. Ante el entusiasmo del público, él comunicó que al mes siguiente habría un congreso internacional de psiquiatría, cuyo tema principal sería justamente la depresión. Si querían saber más sobre el asunto, podrían participar.

Enseguida, abrió la conferencia para el debate. Como el asunto era de interés general, varios alumnos de derecho, ingeniería, pedagogía, que pasaban por los corredores del auditorio y escucharon las elocuentes palabras finales de Marco Polo, pidieron permiso para presenciar el debate. Se sentaron en el corredor. Poco después de iniciar, una alumna tocó con osadía un asunto serio:

—Profesor, algunos psiquiatras no envían sus pacientes a los psicólogos. Ellos confían en el poder de la medicación y dan poca importancia a la acción de la psicoterapia. Algunos incluso creen que ésta es una pérdida de tiempo. ¿Por qué la psiquiatría se considera superior a la psicología?

El asunto era polémico, pero real y grave. Aunque la psiquiatría y la psicología debieran caminar juntas, no pocas veces iban separadas, disputándose a los pacientes y perjudicando así su evolución. Faltaba ética y conocimiento en ese delicado terreno. Recordando y concordando con las sabias palabras de Halcón, Marco Polo dijo:

—Los psiquiatras poseen un poder que jamás tuvieron reyes y dictadores. A través de los antidepresivos y los tranquilizantes, penetran en el mundo donde nacen los pensamientos, donde brotan las emociones. Ese poder puede ser muy útil, pero si se usa mal, es capaz de controlar y no de liberar a los pacientes. En teoría, los medicamentos producen efectos más inmediatos que la psicoterapia, más duraderos. Sin embargo, no por eso la psiquiatría es superior a la psicología. Ambas ciencias son complementarias.

—¿Y por qué están separadas? —cuestionó una intrépida estudiante.

Esa pregunta era corta, pero sus implicaciones eran grandiosas, ya que tocaba la evolución de la ciencia, la formación de decenas de miles de profesionales (psiquiatras y psicólogos) y afectaba la vida de millones de seres humanos que anualmente se enferman psíquicamente. Como Marco Polo no tenía miedo de opinar, dijo en forma contundente lo que pensaba:

—Para mí, la psiquiatría y la psicología están separadas porque la ciencia está enferma. La psiquiatría y la psicología se desarrollaron por separado en el siglo XX. La psicología se convirtió en una carrera separada y la psiquiatría, en una especialidad médica. Ambas deberían unirse, pues la mente humana no está dividida, el ser humano es indivisible. En mi opinión, la psiquiatría debería ser una especialidad de la psicología y no de la medicina.

Los alumnos deliraban. Rompieron en aplausos por la elevación del estatus de la psicología ante la poderosísima psiquiatría. Jamás imaginaron que escucharían esa opinión de la boca de un psiquiatra. Marco Polo completó:

—Los psiquiatras salen bien formados en la comprensión del metabolismo cerebral y en la acción de los medicamentos, pero mal formados en la comprensión de la personalidad. Los psicólogos, al contrario, salen bien formados en la comprensión de la personalidad, pero mal formados en la comprensión del cerebro y en la acción de los psicotrópicos. Los psiquiatras pueden actuar como psicoterapeutas, pero los psicoterapeutas no pueden actuar como psiquiatras, no pueden prescribir medicamentos. Ésta es una injusticia científica.

—¿Hay daños para los pacientes por el hecho de que la psiquiatría está separada de la psicología? —gritó, con curiosidad, un joven estudiante de derecho, sentado en medio del corredor.

Marco Polo se puso feliz por su interés.

—En ciertos casos los hay, y muchos. Cuando un psicólogo atiende un caso grave que requiere de la rápida intervención de la medicación, y lo refiere a un psiquiatra, puede haber un intervalo de tiempo peligroso hasta que se realice la atención psiquiátrica. Por ejemplo, en ese intervalo, los pacientes pueden cometer suicidio, tener brotes psicóticos o ataques de pánico. Si los psicólogos tuvieran dos años más de especialización en psiquiatría, podrían estudiar mejor el cuerpo humano, la biología del cerebro, la acción de los medicamentos, y así serían capaces de prescribirlos. Pero por desgracia existe una disputa de mercado en los bastidores de la ciencia. No siempre el ser humano está en primer lugar.

Enseguida, una alumna tocó otro asunto importante y con frecuencia mal entendido.

—A veces los psicólogos, por falta de conocimiento o por miedo de perder a sus pacientes, tampoco los envían a los psiquiatras. ¿Cuándo deberíamos enviarlos para que sean medicados?

—No hay reglas rígidas, pero daré algunos principios. Cada vez que hay un cuadro de confusión mental, riesgo de suicidio, estado de ánimo intensamente depresivo, ansiedad grave o insomnio, el paciente debe ser medicado. Por favor, no olviden que ustedes están tratando con vidas. Cada paciente es más importante que todo el oro del mundo. Usen siempre un buen sentido común.

Los alumnos se quedaron pensativos. Hacía años que estudiaban psicología, pero no tenían esos parámetros claros en sus mentes. Algunos psicólogos ponían en riesgo la salud de los pacientes por no referirlos a los psiquiatras. Tenían recelo de trabajar juntos.

—¿Por qué debe medicarse el insomnio, profesor?

—Porque el sueño es el motor de la vida. Repone toda la energía que gastamos. Su falta desencadena o intensifica muchas enfermedades psíquicas y psicosomáticas. Tú puedes tratar de retirar o trabajar las causas de un insomnio, pero no lo intentes por muchos días. Refiere a tu paciente a un psiquiatra o incluso a un neurólogo, si el caso fuera simple. Y no te olvides de que puedes pelear con el mundo y sobrevivir, pero si peleas con tu cama, vas a perder. ¡Ah! Y no te lleves a tus enemigos a la cama. Perdónalos, es más barato.

El grupo sonrió.

—¿Cuál es la prevalencia de pacientes deprimidos en la población?

—Existen diferentes estadísticas. En el pasado se decía que era 10 por ciento de la población. Actualmente nos estamos aproximando a 20 por ciento de las personas, lo que indica que más de mil millones de seres humanos tendrán un episodio depresivo más tarde o más temprano. Y, por desgracia, debido al prejuicio o a la falta de política de salud pública, la mayoría de las personas no se tratará, lo que traerá serias consecuencias psíquicas, sociales y profesionales.

La audiencia se agitó. La situación era gravísima. Por la proyección, de diez a veinte alumnos del auditorio desarrollarían depresión. En realidad, algunos ya estaban deprimidos. Como en esa facultad 60 por ciento de los alumnos eran mujeres, una alumna sentada a un lado de la sala cuestionó:

—¿Quién tiene más trastornos emocionales, las mujeres o los hombres?

—Las mujeres tienen una incidencia mayor.

Hubo un alboroto en la sala. Los alumnos se burlaban de sus compañeras. Marco Polo los miró fijamente y dijo:

—Las mujeres no se enferman más fácilmente en el territorio de la emoción porque sean más frágiles que los hombres, como siempre creyó el machismo que reinó por milenios. Exceptuando las causas metabólicas, ellas se enferman más porque aman, se dan, se entregan y se preocupan más por los otros que los hombres. Además, con frecuencia son más éticas, sensibles y solidarias que ellos. Ellas están a la vanguardia de la batalla de la vida, por eso están más desprotegidas. Los soldados en el frente de la batalla tienen más probabilidades de ser abatidos —Marco Polo suspiró y pidió—: Por favor, aplaudan a las mujeres de este auditorio. ¡Sin ellas nuestras mañanas no tendrían rocío, nuestros cielos no tendrían golondrinas!

Los futuros psicólogos se sonrojaron, las futuras psicólogas se fueron a las nubes. Luego, Marco Polo les dio a ellas otra pequeña pero preciosa orientación terapéutica. Les dijo:

—Queridas mujeres, ustedes pueden vivir con miles de animales y no frustrarse, pero si vivieran con un ser humano, por muy buena que sea la relación, habrá decepciones. Entréguense, pero no esperen mucho de vuelta de los demás. Ésta es una de las más excelentes herramientas para proteger sus emociones.

A partir de ahí, por usar esa herramienta, algunas mujeres evitaron trastornos psíquicos. Y pasaron a aplicar también ese principio con sus futuros pacientes.

Una alumna del área de las ciencias exactas, que estaba reclinada contra la pared derecha de la sala, no se aguantó:

—Profesor, yo estoy aquí por curiosidad. Soy estudiante de ingeniería, pero estoy tan impresionada con el nivel de las ideas que pienso que los alumnos de todas las facultades deberían oír esas palabras. Nosotros aprendemos a lidiar con números y datos, pero salimos completamente faltos de preparación para la vida. ¿Por qué existe ese vacío en las universidades?

Marco Polo agradeció y dijo:

—El sistema académico no necesita un concierto, sino una revolución. Genera gigantes de la lógica, pero niños en la emoción. Los alumnos no aprenden a liberar su creatividad, a ser emprendedores, a lidiar con riesgos y desafíos. Las facultades enseñan a amar el podio, pero no a usar las derrotas —y, recordando las historias de los debilitados del Hospital Atlántico, agregó—: Por más cuidadosos que sean, ustedes podrán sufrir algunas derrotas, a veces difíciles de soportar. Pero recuerden esta frase: nadie es digno de la cima si no usa sus derrotas para conquistarla.

Los alumnos le aplaudieron con entusiasmo. Enseguida, otra alumna preguntó, un poco temblorosa:

—¿Cuál es la prevalencia de personas estresadas en la sociedad?

Como muchos, ella era una persona tímida. Cada vez que hablaba en público sudaba frío, tenía taquicardia, en fin, sufría un desgaste enorme. De hecho, la mayoría de las personas de la audiencia tenía algún nivel de timidez. No estaban acostumbradas a debatir, pero Marco Polo había creado un clima tan motivante que no podían quedarse calladas.

Como crítico del sistema social, Marco Polo paseó la mirada por la audiencia y habló con convencimiento:

—El sistema nos ha transformado en máquinas de consumir, en una cuenta bancaria a ser explotada. Hemos sido esclavos viviendo en sociedades democráticas. ¿Ustedes son libres de pensar y sentir lo que desean? ¿Cuántas veces se atormentan por cosas que todavía no ocurrieron, o por pseudonecesidades?

Los alumnos sintieron un nudo en la garganta. Entonces, Marco Polo suavizó su tono de voz.

—Aunque exista un estrés saludable que nos estimula a soñar, a planear, a enfrentar desafíos, las sociedades modernas se convirtieron en fábricas de estrés enfermizo, que bloquea la inteligencia, obstruye el placer, genera ansiedad, dolores musculares, dolores de cabeza, fatiga excesiva. De acuerdo con algunas estadísticas, más de dos terceras partes de las personas están estresadas en las sociedades actuales.

Un estudiante bromista señaló a un amigo inquieto en la clase y dijo:

—¡Profesor, aquí hay un estresado!

Marco Polo también bromeó con la audiencia.

—Actualmente, lo normal es estar estresado y lo anormal es ser saludable. Si ustedes están estresados, son normales.

El grupo sonrió aliviado. Otra alumna preguntó:

—Pero ¿quién puede estar libre de estrés en este mundo loco y agitado?

Marco Polo realizó un paseo a su pasado.

—Aquel que abraza los árboles, conversa con las flores y ve el mundo con los ojos del halcón.

Los alumnos silbaron. Se rieron a carcajadas, pensando que el profesor había contado un chiste.

Había una joven llamada Anna, sentada en la primera fila del lado izquierdo de la sala. Era la única que no reaccionaba cuando Marco Polo respondía a las preguntas. Él había notado su aire de tristeza. Sólo cuando él habló de abrazar los árboles y conversar con las flores esbozó una sonrisa. Marco Polo agregó:

—Eso no es una locura. No estoy bromeando. Abracen los árboles, contemplen la anatomía de las nubes, abracen al portero del edificio, saluden a los elementos de seguridad de la escuela, no oculten sus sentimientos a quien aman, hablen de sus sueños. Si me permiten filosofar diré: la existencia es un libro bellísimo. Nadie puede hacer una excelente lectura de ese libro si no aprende a leer las pequeñas palabras...

Diciendo esto, Marco Polo concluyó el debate. Los alumnos estaban impresionados por lo que habían escuchado. Había hablado con poesía en una conferencia sobre la depresión. Jamás habían visto la psique humana desde esa perspectiva. Vislumbraron a la psicología enamorando a la filosofía.

Marco Polo salió entre aplausos. En el corredor, intentó acercarse a Anna y saludarla. Tímida, ella extendió fríamente la mano y pidió permiso para irse. Luego, se fue a conversar con una amiga. Él encontró extraña su actitud, pero como los alumnos lo rodearon, no logró abordarla. Cuando el círculo se deshizo, fue al patio a buscarla.

La vio nuevamente. Se acercó y preguntó:

—Discúlpame, ¿cómo te llamas?

—Anna, pero por favor, déjeme ir que tengo un compromiso.

Marco Polo se sentía molesto. Sólo Anna no le había aplaudido. No era la falta de reconocimiento lo que le incomodaba, sino la emoción contenida de la joven. Dentro de pocos meses sería una psicóloga. "¿En qué condiciones está para ejercer su profesión?", pensó él. Por eso insistió:

—¿Puedo conversar en otro momento contigo?

—¡No!

—No existe un "no" sin una explicación. ¿Tienes novio?

—¡No! Discúlpame, pero no quiero hablar —dijo, tuteándolo.

—Entonces, mi conferencia fue pésima para ti —argumentó él.

—El problema no eres tú, el problema soy yo —dijo Anna, con dificultad debido a su inseguridad.

—¿Tienes miedo de conversar conmigo?

Ella lo miró fijamente y le dijo, sin titubear:

—¡Tú eres quien tendrá miedo de conversar conmigo! —y se fue sin despedirse.

Marco Polo se sorprendió por la reacción de la joven. De nuevo confirmó que cada ser humano es una caja de secretos. Había atendido a tantas personas, conocía tantos tipos de personalidad, pero Anna lo intrigaba.

Capítulo 20

El insaciable apetito por explorar los suelos del alma humana llevó a Marco Polo a ansiar conocer los misterios que rodeaban las reacciones de Anna. Sin embargo, algo sutil e inesperado lo atrapó. Se trataba de una joven alta, morena, de cabellos largos y ensortijados. Se sintió atraído.

Hizo otro intento de ir a la facultad para encontrarla. Avistándolo, los alumnos nuevamente lo rodearon. Él se los agradecía, pero sus ojos buscaban a otra persona. Al verlo de lejos, Anna se desvaneció entre una multitud de estudiantes.

La actitud de ella lo incomodaba. Al mismo tiempo que buscaba un distanciamiento para interpretar sus reacciones, los comportamientos de la joven tocaban su orgullo. El psiquiatra no fue el único golpeado, sino también el hombre Marco Polo. Lo invadió un sentimiento ambiguo.

Quería saber al menos las causas de su resistencia. Prefería que ella lo criticara, lo considerara un tonto, pero que no lo rechazara. Había aprendido a protegerse de las frustraciones, pero como la emoción no sigue las reglas de las matemáticas, en ese momento se sintió frágil.

La semana siguiente hizo un nuevo intento de encontrarse con ella, pero no estaba presente. Al preguntarle a una de sus amigas, ella sólo dijo:

—Anna es una persona espectacular, pero de vez en cuando sus comportamientos son extraños. Se aísla de todos. Pasan días sin que asista a clases. Parece que tiene miedo de enfrentar algo.

Marco Polo pensó si su insistencia había provocado o agravado su aislamiento. Creyó que había sobrepasado los límites. Criticó su tonta actitud de querer respuestas para todo. Lo alcanzó un sentimiento de culpa. "Debería haberle dado el derecho de no conversar conmigo, sin pedir explicaciones. A fin de cuentas, nadie está obligado a que yo le agrade", reflexionó.

En realidad, Anna tenía un pasado mutilado, no revelado ni a sus amigas. Disimulaba sus reacciones. Sonreía por fuera, lloraba por dentro. Era portadora de una depresión crónica que venía arrastrando desde la infancia. Las amigas intentaban conocerla, pero Anna era una piedra de granito, difícil de penetrar. Aunque fuera cerrada, era cariñosa, sensible, fiel a sus amigos. Amaba leer. Goethe era su escritor preferido, y *Fausto* su obra predilecta.

A pesar de sus periodos de ausencia, era considerada una alumna ejemplar, por lo menos en los exámenes. Sacaba las mejores notas del grupo. Procuraba esconder en las altas calificaciones su baja autoestima.

Como muchos alumnos, había elegido conscientemente la carrera de psicología para ser una psicoterapeuta, pero inconscientemente para comprenderse y superar sus propios conflictos; sin embargo, se frustró, pues su enfermedad emocional persistía, se había perpetuado durante los años en la facultad. Percibió que será más fácil ayudar a otros que a sí misma.

Era prisionera del único lugar en el que debería ser libre: dentro de sí misma. Bellísima por fuera, triste por dentro, no soportaba las críticas, las ofensas, los desafíos. Era tolerante con los demás, pero autopunitiva. Se cobraba de más a sí misma. Su perfeccionismo le robaba el encanto por la vida y le imponía una grave ansiedad.

Sus antiguos novios no habían conseguido entender sus crisis y sus aislamientos. Ella no se entregaba en la relación por miedo de perder a quien amaba. Cuando la relación exigía complicidad, retrocedía y la terminaba.

Desde la infancia se había tratado con varios psiquiatras y psicólogos. Los resultados no fueron consistentes. Alternaba periodos de mejoría con crisis. Su emoción era un barco sin ancla, incapaz de navegar con seguridad en el bello y tumultuoso océano de las emociones.

Algunos psiquiatras de renombre hicieron un diagnóstico sombrío e inadecuado de su enfermedad psíquica. Dijeron que ella tendría que convivir con su depresión el resto de su vida, pues tenía una deficiencia de serotonina en el cerebro.

Para una futura psicóloga que soñaba con ayudar a las personas a ser saludables, era difícil aceptar la depresión como huésped *ad aeternum* de su personalidad. El sueño de la libertad que inspiró a seres humanos a escribir poemas, escalar montañas, romper rejas de hierro, casi no existía para Anna, pues se diluía al calor de sus crisis.

Marco Polo amaba el desafío. Ella amaba la rutina. Él decidió respetar su espacio. No la buscó más.

Al mes siguiente, asistió al famoso Congreso Internacional de Psiquiatría. Miles de psiquiatras de todo el mundo participaban en el magno evento. Se anunciarían destellos de esperanza para el tratamiento de las enfermedades mentales, en especial la depresión.

Marco Polo había discurrido en la facultad de psicología sobre los tesoros ocultos en los destrozos de los que sufren. Su forma sensible de hablar sobre la psique llevó a decenas de futuros psicólogos a participar en el congreso. Estaban entusiasmados. No sabían que sus expectativas se convertirían en una pesadilla.

Anna también se atrevió a participar. Evitaba a Marco Polo, pero sus ideas la atraían. Los alumnos esperaban enriquecer su formación. A fin de cuentas, pronto conquistarían un diploma y tendrían que tratar las más complejas enfermedades, las que atacan al mundo invisible de la psique. Pensaban: "Pronto, la vida de un ser humano estará en nuestras manos". Algunos sentían escalofríos ante esa gigantesca responsabilidad.

La mayoría de las conferencias de ese congreso versaban sobre farmacología (estudio de los medicamentos), lanzamiento de antidepresivos de última generación y causas metabólicas de las enfermedades mentales. Se exaltaría el poder de los medicamentos. El poder de la interacción social, el de las técnicas para proteger la emoción y el de la expansión de la sabiduría para sobrevivir en las estresantes sociedades modernas se valorarían poco.

Marco Polo se alegró de encontrar a los estudiantes en el inmenso vestíbulo del hotel donde se realizaba el congreso. Los abrazó. Vio a Anna y se puso feliz, pero la saludó discretamente.

Pasada la relajación, se sintió aprensivo. Miró a su alrededor y observó, incómodo, a los laboratorios farmacéuticos instalados en lujosos módulos seduciendo a los presentes. Él había estimulado a los alumnos a venir al templo de la psiquiatría, pero comenzó a preocuparse por los hechos imprevistos que podrían ocurrir.

Las compañías farmacéuticas —sobre todo las que estaban lanzando un nuevo medicamento— patrocinaban el evento, las investigaciones de unos cuantos conferencistas y los cocteles. Además, pagaban la inscripción, los pasajes y el hospedaje de algunos destacados psiquiatras para que participaran en el congreso.

Hasta la década de 1970, en Estados Unidos, la mayor parte de las investigaciones clínicas para producir nuevos medicamentos era financiada con dinero público. Con el descenso de la economía norteamericana en la década de 1980, los recursos escasearon y los investigadores académicos comenzaron a recibir patrocinio de las empresas.

En la década de 1990, la situación se agravó. Cerca de 70 por ciento de las investigaciones eran ahora financiadas por las empresas farmacéuticas, pero la situación seguía siendo positiva, pues gran parte de ellas se realizaba en el santuario de las universidades, donde la comprobación de datos era más detallada, más comprometida con la salud del ser humano y menos con el lucro.

Marco Polo era consciente de esos cambios en la producción científica, cosa rara entre psiquiatras y científicos. Analizando los datos, percibió que esos cambios se habían intensificado en el siglo XXI. La mayoría de las investigaciones, además de ser financiada por las farmacéuticas, pasó a realizarse dentro de sus propias dependencias y ya no en las universidades. Los objetivos eran recortar gastos, reducir la burocracia y mejorar la rapidez de los resultados.

Tal cambio no fue un proceso antiético en sí mismo, incluso porque esas empresas contribuyeron con mucho a la salud mundial. Marco Polo lo sabía. Sin embargo, para él, así como los tribunales y el aparato policial son útiles para la sociedad, pero a veces cometen graves errores, las compañías farmacéuticas no estaban exentas de cometerlos, principalmente porque manejaban cantidades inimaginables de dinero.

Las investigaciones de nuevos fármacos en las dependencias de las propias farmacéuticas eran el objeto de su inquietud. Se preocupaba por tres tipos de control que, ejercidos inadecuadamente, podrían perjudicar la salud de una parte significativa de la humanidad: el proceso de investigación, los resultados de la investigación y la manipulación de esos resultados y su divulgación a la comunidad médica.

El tercer tipo de control era el que más le molestaba. En el campo de la psiquiatría, así como en otras especialidades médicas, era muy fácil manipular de forma inadecuada los resultados de las investigaciones y propagarlos de manera perjudicial.

Todo medicamento tiene efectos colaterales. Omitir tales efectos era una forma perniciosa de dar a conocer un nuevo fármaco. Pero lo que más le preocupaba a Marco Polo era la manera en que las empresas farmacéuticas producían los materiales gráficos y los distribuían entre los médicos del mundo. En estos finísimos materiales, confeccionados con papeles carísimos, los efectos positivos de las drogas eran súper destacados y los efectos colaterales puestos al pie de página, a veces casi imperceptibles.

Como los médicos trabajan en exceso para sobrevivir, viven estresados y no tienen tiempo de asimilar el universo de información transmitido en los congresos y en las revistas científicas, acaban confiando en las informaciones sintéticas divulgadas en los materiales didácticos producidos por las farmacéuticas.

Con base en esa información, algunos médicos prescribían medicamentos sin necesidad, sin una eficacia adecuada o, incluso, con efectos colaterales que comprometían la salud de los pacientes. En la medicina, los datos son fundamentales; su manipulación, por menor que sea, lacera la ética y maximiza los riesgos.

La poderosa industria de los medicamentos se convirtió en un negocio cualquiera, donde el lucro ocupa un lugar primordial. La vida de millones de personas estaba en juego en una disputa donde el juez no siempre era imparcial.

Marco Polo estaba particularmente preocupado por los grandes laboratorios que sintetizaban medicamentos que actúan en el delicado e indescifrable cerebro humano, como los tranquilizantes, los inductores de sueño y los antidepresivos. Desde su estrecho contacto con Halcón, había comenzado a cuestionar la presión y la seducción de esas empresas para que los médicos prescribieran sus medicamentos.

Se sumaba a esa presión el permiso de propaganda en los medios de medicamentos que exigían una receta médica. Ese permiso se daba sólo en Estados Unidos y en el pequeño y bello país de Nueva Zelanda. Los comerciales de antidepresivos eran divulgados en las televisiones por actores profesionales que simulaban ser pacientes depresivos, pero que después de tomar tal medicamento daban un salto emocional y brindaban por la felicidad.

Las imágenes de esos comerciales penetraban en el inconsciente colectivo de la población, generando la creencia en los poderes milagrosos de esos fármacos, sin tomar en consideración la necesidad de aprender a navegar en las turbulentas aguas de la emoción, a reevaluar el estilo de vida, a trabajar en los conflictos psíquicos y a superar las decepciones.

Muchos pacientes llegaban con sus psiquiatras dictando los medicamentos que les gustaría tomar. El paciente quería controlar al médico, y el clima se ponía pésimo. Al rehusarse los médicos, los pacientes cambiaban de profesional y siempre encontraban a alguno que prescribiera los medicamentos de su preferencia.

De ese modo, la medicina y en particular la psiquiatría, que deberían ser el ejercicio pleno de un espíritu libre y de un intelecto consciente, acabaron siendo presionadas por el poder del marketing. La medicina fue contagiada por las leyes del mercado.

Además, surgió otro problema en el horizonte. El acceso vía internet a información sobre enfermedades y tratamientos condujo a muchos pacientes a ser sus propios médicos, médicos virtuales. La democratización de la información también generó efectos colaterales.

Algunos internautas realizaban sus diagnósticos, hacían sus prescripciones y se automedicaban. Se olvidaban de las particularidades de cada organismo, de cada enfermedad y de cada medicamento, análisis que solamente los verdaderos médicos estaban entrenados a hacer.

El mundo moderno estaba en conflicto, vivía en franco proceso de transformación. Médicos virtuales, manipulación de los datos de los medicamentos, presiones del mercado, todo eso generaba una inquietud en Marco Polo. Debería preocuparse sólo por ganar su dinero, cuidar de su futuro, disfrutar de sus vacaciones, como cualquier otro profesional. Sin embargo, no lograba escapar de su pasión por la humanidad.

Algunos de sus amigos no entendían ese sentimiento por el ser humano, querían sentir un poco de lo que Marco Polo experimentaba, pero les costaba trabajo. Esa pasión había sido iniciada por las historias que su padre le contaba, y expandida al enfrentarse con los cuerpos sin historia de la sala de anatomía.

Después, fue forjada en la relación con Halcón y esculpida cuando comenzó a descubrir el fascinante mundo de los "miserables" de la sociedad. Por lo tanto, su pasión por la humanidad no era movida por un mesianismo. Desde que desarrolló el principio de corresponsabilidad inevitable, ya no podía ser individualista, vivir únicamente para sí.

Para él, ningún enfermo mental tenía menos grandeza que cualquier celebridad política o artística. Unos son artistas para escenificar dramas en Hollywood, otros lo son para producir sus propios dramas en el escenario de sus mentes. Pensaba que la fama era una estupidez intelectual y criticaba la propagación que hacían los medios de los gurúes, pues creía que todos deberían construir su propia historia. Estaba convencido de que cada ser humano merecía toda la dignidad, incluso los anónimos o los niños especiales.

Como un observador experto, analizaba algunas paradojas de las sociedades modernas que lo inquietaban. Para él, la industria del entretenimiento —la televisión, los videojuegos, el internet, los deportes, la música, el cine— nunca estuvo tan expandida y, sin embargo, el ser humano nunca tuvo un estado de ánimo tan triste y ansioso. Nunca las personas vivieron tan hacinadas en las oficinas, en los elevadores, en los salones de clase, y nunca fueron tan solitarias y calladas sobre sí mismas. Nunca el conocimiento se multiplicó tanto en su época, pero nunca tampoco se destruyó de tal manera la formación de pensadores. Jamás la tecnología dio saltos tan grandes y, contradictoriamente, jamás el *Homo sapiens* desarrolló tantos trastornos psíquicos y tuvo tanta dificultad para convertirse en el autor de su propia historia.

El drama de esas paradojas llevó a Marco Polo a pensar que si la ciencia no cambiaba su foco y no se gastaban importantes cantidades de dinero público y privado en investigaciones que evitaran la enfermedad en el ser humano, la humanidad implosionaría.

Creía completamente injusto, e incluso un crimen social, esperar a que las personas desarrollaran ansiedad, enfermedades psicosomáticas o depresión, para después tratarlas. Consideraba que eso hería de frente su principio psicosocial.

Lo que más sofocaba su alma era este pensamiento: "Si las poderosísimas compañías farmacéuticas dependen de la existencia de enfermos para vender sus productos, ¿cuál es el interés que ellas tienen en desaparecerlos?".

En el congreso en que Marco Polo y el grupo de alumnos de psicología estaban presentes se veía un batallón de ejecutivos y profesionistas vestidos con elegancia, contratados por los laboratorios para abordar a los psiquiatras y médicos de otras especialidades. Varios psiquiatras seguían su consciencia y no se dejaban seducir, pero era una tarea ardua escapar a cualquier involucramiento.

Para encantarlos, rifaban viajes, entregaban ricos regalos y distribuían exquisitos folletos. Los futuros psicólogos no estaban acostumbrados a tanto lujo. Ellos no sabían que detrás de esa intensa propaganda de medicamentos estaban en juego miles de millones de dólares. Los congresos de psicología eran muy humildes, sin alardes ni pompa. Las ideas se sobreponían a la estética.

Había varias conferencias simultáneas en el evento. Sintiéndose incómodo con las miradas tensas de los estudiantes, Marco Polo les recomendó que asistieran al auditorio principal a la conferencia de un renombrado profesor de psiquiatría, un prestigioso investigador en neurociencias, el doctor Paulo Mello, quien discurriría sobre las causas y tratamientos de la más insidiosa y angustiante enfermedad mental.

Después de la conferencia habría una mesa redonda, compuesta de ilustres psiquiatras, y un debate abierto a los participantes. Entre los miembros de la mesa estaba el doctor Mario Gutenberg, director general del Hospital Atlántico.

Anna, ansiosa por saber más sobre los valles de su dolor, aceptó la sugerencia de Marco Polo. Él no lo sabía, pero había hecho una pésima elección para los futuros psicólogos. Pues en la conferencia el complejo funcionamiento de la mente sería tratado como el fruto de una computadora cerebral. El intangible ser humano sería confinado dentro de los límites de la lógica. Los abordajes causarían náuseas en los jóvenes que alimentaban bellos sueños con la psicología.

Sin embargo, Marco Polo estaba presente y su presencia, como en muchos lugares que frecuentaba, era una invitación para destrozar los paradigmas y agitar el ambiente. Ocurriría una conmoción en aquellos recintos.

Capítulo 21

E l doctor Paulo Mello no sólo era un científico de renombre internacional, sino también un elocuente conferencista. No tenía miedo de presentar sus ideas. Durante su exposición, comentó sobre las bases biológicas de los trastornos mentales. Dijo que la deficiencia de neurotransmisores, en especial de serotonina, era la causa fundamental de la depresión y otras enfermedades mentales.

Explicó que los neurotransmisores eran como carteros del cerebro que transmiten los mensajes en las sinapsis nerviosas, o sea, en el espacio de comunicación entre las neuronas o células cerebrales. Su deficiencia generaba falta de comunicación en la red neuronal, disminuyendo las respuestas emocionales y causando crisis depresivas. El papel de los antidepresivos, dijo, era preservar a esos carteros en dosis aceptables en el metabolismo cerebral.

La audiencia de psiquiatras estaba atenta a sus ideas, pero a los alumnos de psicología no les gustaron. No dijo nada sobre los conflictos en la relación padres e hijos, el estrés social, las crisis

familiares y la malformación del Yo como causas de las enferme-
dades mentales.

Sintieron que estaban en un mundo distinto del que vivieran
en esos arduos años de formación psicológica. Parecía que el ilus-
tre profesor hablaba de otra especie, otro ser humano que ellos
no habían estudiado en la facultad. Percibieron lo que ya sospe-
chaban: en algunas áreas, la psiquiatría estaba tan distante de
la psicología como el Sol de la Tierra. Se sentían frustrados con la
invitación de Marco Polo.

Incómodo, él hizo un gesto con ambas manos, queriendo ex-
presar: "¡Paciencia! Cálmense. La conferencia todavía no ha ter-
minado". Mejor que se acabara.

Pasados algunos momentos, la decepción se fue a las alturas.
El doctor Paulo Mello radicalizó su discurso, afirmando:

—El alma o psique es química, fruto del metabolismo cere-
bral. Por lo tanto, toda enfermedad psíquica proviene de un error
químico y, en consecuencia, necesita corrección química para
resolverse, es decir, necesita medicamentos.

Los futuros psicólogos vieron que el mundo se derrumbaba
sobre sus cabezas. Se sintieron heridos y humillados. "Si la psi-
que es química y los trastornos psíquicos son errores químicos,
¿qué espacio queda para la psicología? ¿Cuál es el papel, en esa
situación, de las técnicas psicoterapéuticas?", pensaron. Algunos
tuvieron ganas de salirse. No soportaban la afrenta.

Marco Polo nunca había asistido a una conferencia del doctor
Paulo, pero conocía su fama. Sabía que muchos neurocientíficos
tenían una visión estrictamente biológica y química de la psique.
También sabía que la portentosa industria farmacéutica de los
psicotrópicos era condescendiente con esa visión, la utilizaba y

ayudaba a diseminarla en los medios de fácil consumo mundial: periódicos, revistas y televisión.

Varios periodistas, desconociendo los fundamentos de la ciencia, informaban con seguridad que el déficit de serotonina y otros neurotransmisores era la causa de enfermedades mentales, y que este déficit necesitaba ser corregido a través de los medicamentos. No sabían que esos datos eran simples suposiciones y no verdades científicas irrefutables. Divulgaban, sin darse cuenta, la seria y restringida tesis de que la psique era química y, sin ser conscientes de ello, contribuían a las elevadísimas ganancias de la industria farmacéutica.

Marco Polo sintió que había sido el mayor ingenuo del mundo al invitar a los estudiantes de psicología a ese evento. Podrían sentirse frágiles para iniciar su profesión. Podrían ocurrir secuelas inconscientes. Visiblemente preocupado, pidió otra vez con gestos que no se fueran.

Para rematar, el renombrado conferencista dio el golpe fatal a la psicología. Él no sabía que había una audiencia de profesionales formándose en esta área, pensaba que su público estaba constituido por médicos, en especial psiquiatras.

—Necesitamos medicamentos cada vez más eficientes, como los que presenté en mi conferencia. Los psicólogos serán sustituidos por fármacos de última generación. Las neurociencias triunfarán sobre la psicología. Nadie puede oponerse a sus avances. El progreso de las neurociencias anuncia un futuro saludable para la humanidad.

Los alumnos se quedaron paralizados, incrédulos ante lo que escuchaban. Ellos, al igual que la mayoría de los presentes, no sabían que detrás del escenario estaba en la agenda mucho más que la opinión de un científico en un congreso de psiquiatría. La conferencia del doctor Paulo era el reflejo del peligroso camino que la ciencia moderna estaba labrando.

En los bastidores de la ciencia estaba en juego una disputa intelectual muy seria sobre la naturaleza del *Homo sapiens*. Muchos de los actores que participaban en ese juego, incluyendo científicos y profesionales, por saber cada vez más de cada vez menos, o sea, por ser especialistas en sus áreas, no tenían consciencia del propio juego y mucho menos de sus consecuencias para la humanidad. Hacía algunos años que Marco Polo pensaba y se preocupaba muchísimo por esas consecuencias.

Lo que estaba en cuestión era si la psique humana sería o no meramente una computadora biológica, un aparato químico. Si pensar, producir ideas, sentir miedo, amar, odiar, soñar, atreverse, retroceder eran o no simples frutos del metabolismo cerebral. Si poseía o no un espíritu, un mundo psicológico que sobrepasaba los límites de la lógica y de las reacciones bioquímicas. Estaba en juego la eterna controversia sobre quiénes somos y qué somos. Estaba en entredicho la última frontera de la ciencia.

A juzgar por la visión de la industria de los psicotrópicos y el pensamiento de muchos neurocientíficos, ese juego ya estaba ganado. Si las neurociencias realmente vencían en ese juego de manos, como ya estaba ocurriendo, las consecuencias para el futuro de la humanidad podrían ser impactantes. La psicología desaparecería, o por lo menos perdería su importancia. Los medicamentos serían usados en masa. Los psicotrópicos podían ser puestos en el agua para tratar colectivamente ciertas enfermedades mentales. Las vidas serían controladas.

Además, si la mente humana fuera meramente una compleja computadora biológica, podría ser alimentada por las computadoras electrónicas. Los profesores desaparecerían, serían sustituidos por sofisticados programas más baratos, y que no se quejaban. El internet se convertiría en una niñera electrónica, como ya estaba ocurriendo en esos tiempos.

Los videojuegos, los programas multimedia y las transmisiones de televisión podrían convertirse en la fuente más idónea de placer y formación de la personalidad. No habría necesidad de contemplar lo bello, abrazar los árboles, cultivar flores ni extraer alegría de las cosas simples. Marco Polo sentía escalofríos de sólo pensarlo.

Presentía que la juventud estaba entristeciéndose en todo el mundo. En su época, los jóvenes ya habían perdido la capacidad de refutar las locuras de los adultos, como en el periodo de la contracultura. Ya no criticaban el veneno del capitalismo salvaje, al contrario, se esforzaban por beberlo en dosis cada vez más altas. Explotaban a sus padres. Eran ávidos consumidores, víctimas de una insatisfacción crónica e insaciable.

Además, la victoria de las neurociencias podría anunciar también el triunfo de los transhumanistas, el creciente grupo de personas que enfatizaba la mejoría de la especie humana a través de la manipulación genética y del uso de la clonación. Algunos transhumanistas congelaban sus cuerpos después de la muerte para ser revividos en el futuro, cuando las ciencias estuvieran más avanzadas. Soñaban con acelerar el proceso de la evolución humana. En este afán científico, los que no se adhirieran a ese proceso evolutivo o no fuesen adecuados para sus normas de calidad podrían ser excluidos. Los riesgos serían altísimos.

Las religiones también desaparecerían en caso de que prevaleciera la idea de que el alma humana fuera sólo una fantástica máquina biológica, pues el vacío existencial, las inquietudes del espíritu, la búsqueda del Creador y de la trascendencia de la muerte serían meros desarreglos bioquímicos. Una vez corregidos esos desarreglos, los conflictos existenciales se disiparían, poniendo fin a la religiosidad humana.

Durante milenios, las religiones intentaron comprender la naturaleza intrínseca del ser humano y se dieron cuenta de que era indescifrable. Ahora era el turno de la ciencia de hacer esta fascinante tentativa, pero había un riesgo en el aire. La ciencia podía volverse más cerrada y peligrosa que las religiones si vendiera sus postulados e hipótesis como verdades incuestionables.

Al analizar esos factores, Marco Polo presentía que el mundo científico estaba dentro de un inmenso Coliseo. Aunque hubiera diversas interconexiones entre las partes, de un lado estaban las neurociencias, en las cuales participaban la medicina biológica, la farmacología, la neurología, una parte de la psiquiatría clásica y las ciencias de la computación. Debatían sobre neurotransmisores, el sistema límbico, las amígdalas, el cuerpo calloso, el lóbulo frontal, en fin, estructuras anatómicas y metabólicas cerebrales como la grandiosa fuente de la indescifrable personalidad.

Del otro lado estaban las ciencias humanistas, que incluían otra parte de la psiquiatría, la antropología, la sociología, el derecho, la filosofía y en especial una parte significativa de la psicología.

Aunque no formularan un pensamiento claro sobre la naturaleza humana, las ciencias humanas veían los fenómenos de la psique de manera más compleja, capaz de sobrepasar los límites de las leyes físico-químicas. Para ellas, la solidaridad y la tolerancia no podrían ser conquistadas con programas de computación, el espíritu humano tendría que ser educado, la sabiduría debería ser pulida, la sensibilidad necesitaría de las experiencias existenciales, el papel de los maestros sería insustituible en el desarrollo de las funciones más importantes de la inteligencia, como pensar antes de actuar y ponerse en el lugar de los demás.

Después de discurrir sobre el dominio de las neurociencias, el doctor Paulo Mello dio por terminada su conferencia. Fue ovacionado, algunos le aplaudieron de pie. Luego, se sentó, satisfecho con la acogida.

Había más de quinientos participantes en la audiencia. Además de los cuarenta y dos que se estaban formando en psicología, estaban presentes profesores de psiquiatría de diversas universidades internacionales, psiquiatras privados, neurólogos, farmacólogos y directores de laboratorios farmacéuticos.

Los estudiantes percibieron también la aprensión de Marco Polo ante el pensamiento radical del conferencista, pero pensaban que él no podía hacer nada, pues era un "pez pequeño" ante el "tiburón" que se movía en el escenario. No lo conocían.

Inició el debate. Algunos miembros de la mesa hicieron rápidas consideraciones y elogios al conferencista. En seguida, abrieron el debate para que participara el público. Hubo un silencio helado.

De repente, Marco Polo se levantó, salió del centro del auditorio y se dirigió apresuradamente al micrófono que estaba en el lado derecho del escenario, más o menos a ocho metros de la mesa. La audacia era su característica principal. Agradeció rápidamente la oportunidad de hablar y, sin rodeos, se lanzó a confrontar al conferencista, mirándolo fijamente.

—Estimado doctor Paulo, ¿usted sabe qué es la dictadura de la hipótesis?

Nadie entendió el término. Ese término no existía en la literatura científica. Había sido acuñado por la habilidad de Marco Polo para sintetizar ideas. Intentando mostrar seguridad, el doctor Paulo respondió:

—No, joven amigo, nunca oí hablar de esa dictadura. Explíquese.

—No necesito explicarla. Usted acaba de cometerla en su conferencia.

La audiencia de psiquiatras estalló en murmullos: "¿Será que ese joven está cuestionando al ilustre conferencista? ¡No es posible!", murmuraban. Los estudiantes tampoco tenían la menor idea de adónde llegaría Marco Polo, pero comenzaron a animarse. El doctor Mario que estaba recargado en su silla, se puso las manos en la cabeza, pues sabía que habría truenos y relámpagos. Incómodo e irritado, el doctor Paulo cuestionó:

—¿Qué quiere decir con eso?

Marco Polo enseñaba preguntando. No transmitía el conocimiento digerido. Llevaba a sus opositores a pensar y a sacar sus propias conclusiones, incluso en un momento en que parecía un gladiador en un Coliseo. Había aprendido la técnica con el maestro de las calles. En vez de responder, hizo otro cuestionamiento:

—¿Qué es una hipótesis, y cuál es la distancia entre ella y una verdad científica?

El doctor Paulo, quien comenzaba a preocuparse por la osadía del joven, respondió:

—Una hipótesis es algo en lo que se cree, que se supone, mientras que una verdad científica es un hecho de aceptación unánime por la comunidad científica. La distancia entre ellas puede ser grande o pequeña, dependiendo de la calidad de la hipótesis.

Entonces, Marco Polo le propinó el primer golpe intelectual:

—¿La deficiencia de la serotonina como causante de enfermedades psíquicas es una hipótesis o una verdad científica?

—Una hipótesis.

—¡Felicidades, doctor! Entonces, usted acaba de confirmar que cometió la dictadura de la hipótesis, pues vendió a la audiencia su hipótesis por el precio de una verdad científica.

Los alumnos de psicología intercambiaron miradas y aplaudieron. Irritado, el conferencista reviró agresivamente:

—¡Eso es una afrenta! Sólo expuse mi pensamiento.

—No, doctor. Usted impuso su pensamiento. Debería haber dicho que la deficiencia de serotonina era una hipótesis. Además, tuvo el coraje de sentenciar a la psicología a la desaparición. Usted sobrevaloró el metabolismo cerebral y la acción de los fármacos y despreció el complejo mundo emocional e intelectual que nos convierte en una especie inteligente.

—¡Muchacho, déjese de argumentos vacíos y presente sus ideas para realizar un verdadero debate! —rebatió agresivamente el profesor, intentando ocultar su error.

Marco Polo no se intimidó. Respiraba el desafío.

—Dígame, ilustre profesor, ¿es posible entrar en la ciudad de Nueva York con los ojos vendados y encontrar la residencia de una persona sin saber su barrio, su calle, su número?

Creyendo que Marco Polo estaba perdido en sus ideas, el doctor Paulo le dijo con aire desdeñoso:

—No, a no ser que tarde décadas por el método de prueba y error.

—Entonces, ¿cómo es que usted encuentra con los ojos vendados y en milésimas de segundo la dirección de los verbos y sustantivos en su memoria, que es miles de veces más compleja que Nueva York, y los inserta en cadenas de pensamiento?

Incómodo, el doctor dijo:

—No lo sé. ¿Quién sabe cómo ocurre eso?

—Otras dos preguntas, maestro. ¿Sabe usted cómo se construye nuestra consciencia existencial, que nos hace percibir que somos seres únicos en el escenario de la vida? ¿Sabe cómo esa consciencia reconstruye el pasado o anticipa los hechos sobre el futuro, siendo que el pasado es no retornable y el futuro inexistente?

La audiencia se quedó consternada. La mente del doctor Paulo se confundió con las preguntas, pero dijo honestamente:

—La fase actual de la ciencia está apenas arañando los fenómenos que construyen los pensamientos y desarrollan la consciencia.

Cambiando de tema súbitamente, Marco Polo preguntó:

—¡Felicidades, maestro! Una pregunta más: ¿usted cree en Dios?

—Esa pregunta es de naturaleza íntima. Estamos en una arena científica. No quiero hablar de esas tonterías.

Levantando el tono de voz y abriendo los brazos, Marco Polo gritó hacia la audiencia:

—¡Dios está aquí, gente! Está presente en carne y hueso. Les presento a Dios —y apuntó las dos manos en dirección al doctor Paulo, como Halcón hiciera con él.

—¡Usted está teniendo un delirio religioso, un brote psicótico! —dijo el conferencista con sarcasmo, intentando relajar al público.

La audiencia se rio de Marco Polo.

—¡No es un delirio! Si el doctor desconoce los secretos insondables que tejen la inteligencia humana, si no sabe cómo piensa y se desarrolla la consciencia existencial, pero tiene la osadía de afirmar que la psique es el cerebro, que el alma es química, entonces el señor es Dios. Pues sólo Dios es capaz de tener tamaña convicción. Millones de personas han intentado descubrir ese secreto y se fueron a la tumba con sus dudas, pero usted lo consiguió. Usted tiene que ser Dios.

La audiencia estalló en carcajadas, y hasta los neurocientíficos presentes se dejaron llevar. Pero el doctor Paulo intentó esquivarlos:

—Usted me está ofendiendo.

—Discúlpeme. Acepto que usted exprese su opinión, pero no concuerdo con que imponga su pensamiento. Mi crítica es que muchos profesionales, confiando en las tesis de ilustres científicos como usted, las toman como verdades absolutas, y así cometen errores crasos. Si usted y el resto de los neurocientíficos expusieran esas tesis con estatus de hipótesis, se podría ejercer una democracia de las ideas. Los que leyeran o escucharan sus ideas podrían criticarlas y filtrarlas.

La audiencia enmudeció. Los futuros psicólogos se estrecharon las manos unos a otros en señal de aprobación. Y Marco Polo parafraseó a Shakespeare:

—¡Hay más misterios entre el cerebro y el alma humana de lo que nuestra ciencia imagina!

El público sonrió nuevamente.

—Tengo un posdoctorado en psiquiatría y psicofarmacología. Y usted, ¿qué tesis defendió? —preguntó el doctor Paulo con altivez.

Un miembro de la mesa, queriendo ayudar, agregó:

—El doctor Paulo ha publicado más de cincuenta artículos en revistas científicas en todo el mundo.

El conferencista corrigió:

—No, son ciento cincuenta artículos.

—Eso. Ciento cincuenta artículos. ¿Cuántos artículos ha publicado usted? ¿Cuáles son sus credenciales como científico?

Algunos psiquiatras entre la audiencia silbaron. Pensaban que el joven colega perdería la voz.

—Soy Marco Polo, un explorador de mundos —respondió sin titubear.

Esta vez, la audiencia se rio a carcajadas. Los estudiantes aplaudieron.

—Vamos, muchacho, revélese.

Ante la insistencia, Marco Polo abundó:

—He explorado los desfiladeros donde surgen las ideas perturbadoras y los archipiélagos donde se levantan las defensas emocionales, incluso las defensas aquí presentes, pero todavía no defendí ninguna tesis ni publiqué ningún artículo. Reconozco que soy un joven psiquiatra comparado con su currículo. Pero reconozco también que la ciencia más lúcida debate las ideas de un pensador por su contenido y no por los títulos que el autor presenta. Creo que los verdaderos científicos aman el debate y no la sumisión.

La audiencia se alborozó y estalló en aplausos, solidaria con Marco Polo. Las universidades habían sido seducidas por los títulos y la fama del presentador. Dejaron de ser un templo de debates en busca de la exención de prejuicios, como en la Antigua Grecia.

Los congresos de psiquiatría e incluso de psicología con frecuencia eran aburridos. Hacía mucho tiempo que los presentes no veían una discusión tan rica, con tantas implicaciones científicas. Varios profesores universitarios de psiquiatría vibraban con ese caldero de ideas. Tomaban notas con ánimo.

—¿Me está diciendo que no soy un verdadero científico? El clima aquí es insoportable —dijo el doctor Paulo, sudando frío y amenazando con dejar la mesa.

El doctor Mario no permitió que el conferencista saliera del escenario. Tomó el micrófono y comentó:

—Muy interesantes sus ideas, doctor Marco Polo. Si tiene algo más que agregar, por favor, continúe.

El doctor Paulo sudó frío y se sentó. No sabía que esos dos se conocían. Marco Polo procuró ser más suave, elogió al conferencista, buscando abrir las ventanas de su inteligencia. Tenía que declararle a él y a la audiencia las cosas atoradas en su garganta.

—Sé que usted es uno de los más renombrados psiquiatras del mundo. Tengo mucho que aprender de su impecable conocimiento.

El doctor Paulo se sintió halagado.

—Pero, para mí, la medicación, cuando es necesaria, es el actor coadyuvante, y la psicoterapia es el actor principal de un tratamiento psiquiátrico.

—¡Qué ingenuidad! Usted ama la poesía, y yo la ciencia. ¿Desconoce usted, en pleno siglo xxi, los espectaculares avances de las neurociencias? ¿Nunca usó tranquilizantes y antidepresivos en las enfermedades mentales? Usted debe ser un psicólogo para tener ese tipo de pensamiento.

Algunos psiquiatras consideraron que la broma era malintencionada.

—Soy psiquiatra, doctor, y uso esos medicamentos con cierta frecuencia. Sé, aunque no completamente, sus ventajas y sus límites. Pero mi tesis es que, si no nutrimos el Yo de los pacientes, que representa la capacidad de decidir, para que sean los actores principales del teatro de sus mentes, no generaremos personas libres, capaces de gestionar sus pensamientos, tomar decisiones y construir su propia historia.

Los futuros psicólogos se entusiasmaron con ese abordaje. En una actitud inusitada, Anna se levantó y aplaudió. Marco Polo la observó, admirado. El doctor Paulo se sintió profundamente irritado.

—Usted está valiéndose de una filosofía barata.

—Respeto su posición, pero para mí es importante defender lo que pienso.

Otro miembro de la mesa, el doctor Antony, un psiquiatra de 65 años, sereno, de voz pausada, un icono en el medio académico, estaba disfrutando el calor del debate. Mostrándose extremadamente interesado, preguntó a Marco Polo:

—¿Difiere usted de la hipótesis del papel de los neurotransmisores en la producción de las enfermedades mentales, doctor?

—Doctor Antony, para mí esa tesis es pobre si se le considera en forma aislada. Hay otras hipótesis tan o más importantes, tales como los conflictos en la infancia, el estrés social, las pérdidas existenciales, las frustraciones interpersonales, la incapacidad de liberar la creatividad, de preservar la emoción. Pero, para mí, la verdad es un fin inalcanzable. Lo que debe ocurrir es una conjunción de las hipótesis de las neurociencias con las de la psicología.

—¿Qué es el alma para usted, joven colega? —preguntó el doctor Antony.

Marco Polo respiró pausadamente. Tendría que entrar en un asunto delicado, un asunto que la ciencia se sentía casi prohibida de discutir. Pero no tuvo miedo de expresar su pensamiento. Usó la poesía.

—Cuando veo a una madre perdonar a su hijo aunque él no lo merezca, cuando veo a alguien apostarle a un amigo cuando nadie más cree en él, cuando veo a un paciente con cáncer creer en la vida a pesar de estar muriendo, o cuando contemplo a un mendigo compartir su pan a pesar de no tener ningún valor para la sociedad, quedo encantado, embelesado. Y pienso para mí: "Qué mundo maravilloso es la mente humana" —en ese momento, se dejó llevar por los recuerdos. Pero prosiguió—: Percibo que amar, cantar, tolerar, retroceder son reacciones que sobrepasan los límites lineales de las leyes físico-químicas del cerebro. Nuestra alma es más que una máquina cerebral lógica. Las computadoras jamás tendrán reacciones, nunca tendrán consciencia de sí mismas, siempre serán esclavas de estímulos programados.

La audiencia se sintió alborozada.

—Sus ideas chocan con la ciencia. Si somos más que un cerebro organizado, entonces ¿qué o quiénes somos? —preguntó el doctor Antony.

—No sé quiénes somos, pero puedo hablar un poco sobre lo que somos. Para mí, la psique es un campo complejo e indescifrable de energía que cohabita, coexiste y co-interfiere con el cerebro, sobrepasando sus límites.

Ahora, la audiencia quedó perpleja. Nunca habían esuchado un postulado con esa dimensión. Introspectivo, el doctor Antony comentó:

—Felicidades por sus ideas innovadoras. Usted ha tocado la última frontera de la ciencia. Si nuestra especie comprueba su tesis, dará un salto sin precedentes en el futuro. Sin embargo, a pesar de la profundidad de esta tesis, no hay manera de probarla. El único argumento de que disponemos es la fe. Y la fe es una incertidumbre científica.

—Tengo algunos argumentos que pueden sustentar esa tesis, pero todavía están siendo elaborados.

—¿Lo ven? ¡Ya dije que sus ideas eran filosofías baratas! —exclamó con entusiasmo el doctor Paulo. El doctor Antony lo corrigió rápidamente:

—Las ideas de quien debate son de gran alcance, se trata de la tesis de las tesis de la ciencia. Nuestros congresos de neurociencias han sido secos, mórbidos, unifocales. No discutimos los preceptos del espíritu humano. Tenemos miedo de entrar en un terreno que no conocemos, pero que es esencial para la vida. Somos recelosos de penetrar en la delicada frontera entre la psiquiatría y la filosofía, entre la ciencia y la religión. A veces pienso que esa frontera no existe, nosotros la creamos. Sería muy bueno que en nuestros áridos congresos habláramos más sobre las emociones, la educación, la espiritualidad, las crisis existenciales, el conflicto social, y menos sobre el metabolismo cerebral.

Varias psiquiatras se pusieron de pie y le aplaudieron al doctor Antony, concordando con su pensamiento. La discusión se hubiera terminado ahí si el doctor Paulo no se hubiera mostrado irrespetuoso con el sereno doctor Antony.

—Discúlpeme, doctor Antony, pero estamos en el tercer milenio, y mezclar la fe con la ciencia y la psiquiatría con la filosofía es una ingenuidad científica, un atraso cultural. Es retroceder mil años en el tiempo. Usted ya dejó de producir ciencia. Hoy es sólo un profesor jubilado, apartado de las grandes investigaciones. Las neurociencias están cada vez más cerca de probar que el alma es un aparato químico.

Para Marco Polo no había vencedores en este debate, sino tesis distintas, que deberían ser discutidas con respeto para bien de la humanidad, no para el beneficio de grupos. Ante la arrogancia del doctor Paulo, se adelantó y elevó el nivel del debate. Puso sobre la mesa algunos cuestionamientos que comenzaron a ser elaborados desde los tiempos de su amistad con Halcón. Al principio, pocos entendieron su razonamiento.

—Doctor Paulo, sabemos que un grupo de pacientes tiene nuevas crisis depresivas después de interrumpir los antidepresivos, aunque hayan sido utilizados por un buen tiempo, como seis meses o un año. Pero otro grupo, después de suspender esos fármacos, deja de tener crisis. ¿Esta información es correcta o no?

El profesor hizo una señal con las manos para que continuara.

—Así pues, le pregunto: ¿por qué entonces el último grupo de pacientes ya no tuvo más crisis?

Sin titubear, el profesor inmediatamente respondió.

—Los pacientes se superaron. Vencieron sus dificultades, reorganizaron sus conflictos, aprendieron a enfrentar sus estímulos estresantes.

—¿El déficit de serotonina o error químico permaneció en ese grupo de pacientes que tuvo pleno éxito en el tratamiento?

El profesor sintió un nudo en la garganta. Marco Polo lo había derrotado con sus propios argumentos. Algunos profesores de psiquiatría percibieron la trampa en la que el doctor Paulo había caído. Pensaron: "Qué argumento fatal". Sin embargo, otros psiquiatras no entendieron adónde quería llegar Marco Polo. Un tanto temeroso, el doctor Paulo respondió:

—Sí, probablemente el déficit continuó.

—¡Felicidades, profesor! Acaba de cuestionar el futuro de las neurociencias. Después de suspender el antidepresivo, el déficit de serotonina continuó, pues la medicación no solucionó el defecto metabólico producido por el déficit. Si el déficit persistió y el paciente ya no tuvo crisis eso indica que superar las dificultades, reorganizarse, resolver conflictos, son procesos psicológicos, cognitivos, que están mucho más allá de la tesis importante, pero simplista, de la serotonina.

Algunos psiquiatras se rascaron la cabeza. Nunca habían pensado en ese asunto. El doctor Antony y el doctor Mario dejaron a un lado el formalismo y le aplaudieron a Marco Polo.

El doctor Paulo estaba en un callejón sin salida. Siempre había sido un destacado investigador, pero por desgracia se había dejado seducir por el dinero. Durante su conferencia, había divulgado un nuevo medicamento antidepresivo, cuyo nombre comercial era Venthax. Comentó que había participado en ensayos clínicos para averiguar su eficiencia y que estaba mucho muy entusiasmado con los resultados. Nadie lo sabía, pero el ilustre profesor había recibido secretamente un millón de dólares del poderoso laboratorio que había sintetizado el fármaco para que lo divulgara en ese congreso, así como en sus respetados artículos científicos, publicados en las principales revistas especializadas.

En la industria farmacéutica, cuando es aceptado por la comunidad médica, un solo fármaco es capaz de generar ganancias altísimas, más que la gran mayoría de los productos del mundo capitalista.

El Venthax realmente tenía eficiencia terapéutica, pero sus importantes efectos adversos fueron minimizados por el doctor Paulo. Podía afectar el hígado, aumentar los riesgos de infarto y, en algunos pacientes, inducir a la agresividad y elevar el riesgo de suicidio.

En la audiencia estaba presente el doctor Wilson, director comercial del laboratorio de ese nuevo antidepresivo. Odiaba las ideas de Marco Polo. El debate había desviado la atención de los oyentes del nuevo fármaco. El doctor Wilson esperaba, a partir de ese congreso, impulsar el lanzamiento internacional del Venthax. Podría vender más de cinco mil millones de dólares anuales. Pero estaba decepcionado por el rumbo que había tomado la conferencia.

Viendo al doctor Wilson completamente insatisfecho en la primera fila del auditorio, el doctor Paulo dijo:

—Vamos a concluir este debate.

Pero Marco Polo necesitaba decir algunas cosas más:

—Somos niños jugando a la ciencia en el teatro de la existencia. Yo también soy una persona orgullosa, a veces estúpida, pero estoy aprendiendo que, en ese teatro, el orgullo es la fuerza de los débiles y la humildad, la de los fuertes.

El doctor Paulo se quedó paralizado y la audiencia, enmudecida. Percibieron que todos son capaces de equivocarse en ese delicado campo. Marco Polo no imponía las ideas. Se limitaba a presentarlas.

—¡Yo no soy orgulloso, soy realista! —afirmó el doctor Paulo.

—Entonces dígame, profesor, ese nuevo fármaco sobre el cual discurrió usted, el Venthax, ¿se comparó su eficacia clínica con placebos, que son falsos remedios o engaños químicos?

Al doctor Paulo le tembló la voz. No quería entrar en ese terreno.

—¡Claro! Hicimos un estudio doble ciego. Tomamos dos grupos de pacientes deprimidos. A uno le administramos el nuevo fármaco, y al otro le dimos placebo. Ninguno de los dos grupos sabía qué sustancia estaba tomando. Pero ya hablé de todo eso en mi conferencia.

—Pero no nos proporcionó algunos datos. ¿Cuál es el porcentaje de eficacia de uno y de otro?

—El Venthax tuvo 62 por ciento de eficacia, y el placebo, 46 por ciento.

Los estudiantes de psicología intercambiaron miradas. No sabían que un engaño químico, el placebo, había tenido una eficacia no muy distante del fármaco psicoactivo. Nunca discutieron ese asunto fundamental en la facultad.

Ante eso, Marco Polo asestó el golpe fatal al absolutismo y arrogancia del gran maestro:

—¿Por qué los placebos tuvieron la increíble eficacia de mejorar 46 por ciento de los pacientes deprimidos?

Cayendo nuevamente en la cuenta, e intuyendo a dónde quería llegar Marco Polo, el doctor Paulo firmó su inscripción como alumno menor en la escuela de la existencia. Con un nudo en la garganta, se vio forzado a responder para no pasar una vergüenza mayor:

—Porque esos pacientes creyeron en el tratamiento, se sintieron amparados, confiaron en los médicos que los atendieron.

—Muy bien, doctor Paulo. El fabuloso resultado de los placebos es el efecto espectacular de la mente humana, que tiene una increíble capacidad de soñar, de trascender su caos, de enfrentar sus pérdidas, recoger sus pedazos, reconstruir su historia, reeditar la película del inconsciente. Los fármacos pueden ayudar mucho, pero todos esos procesos son conquistados por el diálogo, por la intervención del Yo, por el autoconocimiento, por el intercambio, por la interacción social. Por lo tanto, ¡gracias por concluir que la psicología jamás morirá!

Los futuros psicólogos se levantaron y ovacionaron con euforia a su amigo. Algunos vertieron lágrimas. Volvió a encenderse en ellos la esperanza de encontrar un tesoro en los escombros de los que sufren.

Marco Polo miró fijamente a la audiencia y terminó el debate con estas palabras:

—Las compañías farmacéuticas invierten miles de millones de dólares en investigaciones de nuevos fármacos que actúan en el cerebro humano para tratar las enfermedades mentales, pero no invierten nada en medidas preventivas, en mejorar la educación, en desarrollar en los niños el arte de pensar, en educar la autoestima, en disminuir el estrés social y en combatir la miseria física y psíquica. La sociedad necesita saber que, en la estela de la enfermedad mental de la humanidad, la industria farmacéutica se prepara silenciosamente para convertirse en la más poderosa del mundo, más robusta que la industria de las armas y del petróleo. Esta industria necesita una sociedad enferma para seguir vendiendo sus productos. ¡De hecho, nunca se vendieron tantos tranquilizantes y antidepresivos! Necesitamos repensar el futuro de la ciencia y reflexionar hacia dónde se dirige la humanidad.

Marco Polo miró el reloj y calculó que llevaban casi una hora debatiendo. En vista de eso, completó:

—De acuerdo con las estadísticas, durante el corto periodo en el que hemos estado discutiendo nuestras ideas, más de mil personas en todo el mundo tuvieron crisis depresivas, ataques de pánico, brotes psicóticos y enfermedades psicosomáticas. Más de veinte personas se suicidaron. Personas maravillosas desistieron de vivir y dejaron un rastro de dolor en los miembros de sus familias, que se perpetuará por décadas. Estamos construyendo una sociedad de miserables. ¿Eso no les atormenta, señoras y señores?

—¡Soñador! —fue la última palabra del renombrado conferencista.

Marco Polo, con los ojos húmedos, dijo todavía la última frase:

—¡Si dejo de soñar, moriré!

En ese momento le vinieron a la mente imágenes de niños con depresión y con anorexia nerviosa que él trataba, enfermedades que antes rara vez se veían. Los niños con anorexia estaban famélicos, en la piel y los huesos. Las lágrimas de Marco Polo se hicieron más visibles.

El doctor Mario y el doctor Antony se levantaron de sus sillas y fueron a felicitarlo. Varios psiquiatras quedaron entusiasmados por el pensamiento de Marco Polo. Ellos eran sinceros y afectuosos. Estaban plenamente de acuerdo en que la psiquiatría no podía ser estrictamente curativa, debería ser redireccionada hacia la prevención. Mientras el joven psiquiatra recorría el auditorio, muchos lo felicitaron.

Anna lo esperaba afuera. Tenía un sentimiento encontrado de alegría y angustia. Alegría, porque las ideas de Marco Polo ventilaron los entresijos de su emoción, llevándola a percibir que no estaba programada para ser depresiva. Angustia, porque sus últimas palabras la llevaron a sumergirse en su infancia, en los secretos que hicieron de ella una joven crónicamente triste.

Al encontrarlo, le dio un delicado beso en la cara. Sorprendido, él no entendió su reacción ni se esforzó por entenderla. El psiquiatra creador del debate retrocedió y el ser humano emergió. Sólo deseaba sentir ese momento. Dejó que la emoción se sobrepusiera a la razón.

Salieron juntos del auditorio. Caminaron sin rumbo. Se buscaban uno al otro.

Capítulo 22

Anna y Marco Polo encontraron un lugar apacible para cruzar sus mundos: un bello parque, espacioso y florido. Las hojas bailaban con la orquesta del viento. Los cabellos de Anna se movían suavemente y tapaban sus ojos.

Marco Polo conocía bien aquel lugar. En ese parque había repensado su vida, había hecho discursos, había escrito poemas con Halcón y había dado los primeros pasos para ser un pensador. Se acordó de un árbol al que le gustaba abrazar.

Anna, sin medias palabras, lo sorprendió diciendo:

—¡Yo soy depresiva!

Él desconocía ese hecho.

—¡Anna! Tú no eres depresiva. Eres un ser humano que está pasando por una depresión.

—¿Ser humano? ¡Cuántas veces me he sentido la escoria de la sociedad!

Marco Polo se sintió impresionado. "¿Qué causas llevaron a una persona tan bella y, además futura psicóloga, a sentirse tan ínfima?", pensó. Su enfermedad había devastado su historia.

Bajo el clima de las palabras que oyera de Marco Polo en el intenso debate, Anna añadió:

—Creo que voy a dejar de tomar mi antidepresivo.

Serenamente, él le dijo:

—No, Anna. ¡No dejes de tomar tu medicina hasta que aprendas a lidiar con tu miedo en el bello y turbulento océano de las emociones!

—Pero necesito asumir una actitud. Tus ideas y tu valor en el debate me motivaron para eso.

—Excelente. Toma actitudes, pero entiende que en el territorio de la emoción no existen héroes, sino personas que entrenan su fuerza día a día. Recuerda lo que comenté: equipa a tu Yo para ser la actriz principal de tu tratamiento, trabaja las causas que cimentan tu ánimo depresivo, confronta tus pensamientos perturbadores. Así serás la directora del guion de tu vida.

Anna estaba fascinada con el lenguaje de Marco Polo. Él lograba hablar de fenómenos complejos contando historias, usando una inspiración creativa y un lenguaje poético.

—Aprecio tus palabras, pero estoy cansada. Mi vida se volvió un peso insoportable. Fueron muchos años de sufrimiento.

—¿Te puedo hacer tres preguntas? —dijo Marco Polo, que ya había reflexionado sobre algunos de sus comportamientos.

—Las que quieras —aceptó ella, delicadamente.

—¿Eres hipersensible? ¿Cuando alguien te ofende, te sientes muy lastimada, se te arruina el ánimo por ese día?

Admirada por la pregunta, ella respondió:

—No sólo ese día. Una crítica o un rechazo me perturban durante una semana y, a veces, un mes o hasta un año entero. Soy muy sensible.

—¿Te preocupa excesivamente la opinión de los demás, cómo piensan y hablan de ti?

—Sí. Tengo miedo de no ser aceptada. Mi autoestima es pésima. Cualquier rechazo, aunque sea una mirada, me hiere. Pero ¿cómo lo sabes?

—¿Eres hiperpensante, tu mente está muy agitada, no para de pensar? ¿Sufres por problemas que todavía no ocurrieron, o rumias frecuentemente situaciones angustiantes del pasado?

Impresionada por el sentido de observación de Marco Polo, ella respiró y respondió:

—No paro de pensar un minuto, mi mente es inquieta. Sufro mucho por anticipación. Sufro por los exámenes, por lo imprevisible, por los errores del pasado, por los errores que todavía no cometí. El pasado me perturba y el mañana me atormenta —sus ojos estaban inundados de lágrimas.

—Anna, tienes el síndrome tri-híper.

—¿Tri-qué? Nunca oí hablar de ese síndrome en la facultad.

—Tuve la felicidad de descubrir ese síndrome y la infelicidad de saber que ataca a millones de personas, y está en la base de la mayoría de los trastornos emocionales. Analizando innumerables pacientes, observé que muchos tienen tres importantísimas características de personalidad que en ellos están desarrolladas exageradamente, de ahí el nombre tri-híper. Quien es hipersensible, hiperpreocupado con la imagen social e hiperpensante, tiene más propensión para desarrollar depresión, síndrome de pánico, enfermedades psicosomáticas. Pero hay dos buenas noticias: la primera es que ese síndrome puede resolverse, y la segunda es que ataca a las mejores personas de la sociedad, las que son emocionalmente ricas y excesivamente dadoras.

—Emocionalmente ricas y excesivamente dadoras... ¿cómo es eso? —preguntó Anna, preocupada—. Yo siempre estudié en los libros que las personas deprimidas eran problemáticas, ¡y ahora me dices que ellas poseen una personalidad rica!

—Es lo que pienso. Por el hecho de que esas tres nobles características están hiperdesarrolladas, se genera una enorme desprotección emocional. Por eso tales personas se ofenden fácilmente, exigen mucho de sí mismas y gravitan en torno a hechos que no han ocurrido.

Anna se quedó extasiada. Desde su infancia frecuentaba consultorios de psiquiatría y psicología, pero por primera vez se sintió orgullosa de sí misma. Ella era muy sensible, incapaz de matar ni a un insecto. Se daba a todo el mundo, vivía el dolor ajeno. Los empleados de su casa estaban enamorados de ella. Entendió que no era una persona frágil, inferior, despreciable, sino un ser humano de valor que no sabía defenderse. Por ser muy inteligente, ella misma concluyó:

—Por eso, esas personas no se adaptan al mundo social, competitivo, inhumano e insensible. Ellas poseen un tesoro abierto, que la agresividad de las personas y los problemas de la vida pueden fácilmente asaltar.

Marco Polo admiró su refinada capacidad analítica.

—¡Felicidades, Anna! Las personas que tienen el síndrome tri-híper son excelentes para los demás, pero verdugos de sí mismas. Son éticas, sencillas, afectuosas, pero no tienen piel emocional. Excepto en los casos en que alguien nos hiere físicamente, cualquier ofensa, crítica, rechazo o decepción sólo puede herirnos si lo permitimos. Como dije en la clase que les di: entréguense, pero no esperen mucho de los demás.

Enseguida, Marco Polo comenzó a explicar que no es necesario que los tres pilares de ese síndrome estén presentes para que las personas desarrollen trastornos emocionales. En algunos casos, basta un pilar. Comentó que la prevención de ese síndrome, a través de la educación de la emoción, podría evitar que millones de personas enfermaran.

Mirando los dulces y húmedos ojos de Anna, agregó:

—No te sientas discriminada ni inferior a nadie. Tú eres mejor que yo en muchos aspectos.

Anna se sintió conmovida. Siempre se había sentido pequeña ante las personas y, principalmente, ante los psiquiatras que la trataron. En algunos momentos, pensaba en desistir de su profesión; en otros, de la propia vida.

La poesía era una de las pocas cosas que la entusiasmaban. Intentando disfrazar sus lágrimas, cuestionó:

—¿Has leído a Goethe?

—Admiro su aguda inteligencia y sensibilidad —dijo Marco Polo y completó, bromeando—: Pero él fue el hijo preferido de su madre.

—¿Cómo? —quiso saber Anna.

—Según Freud, el brillantísimo intelecto de Goethe comenzó con su madre. Freud decía que los hijos que fueron preferidos y valorados por sus madres se vuelven más optimistas, triunfadores, enfrentan con más coraje los accidentes de la vida.

Marco Polo no se dio cuenta de que esas palabras hirieron las entrañas de Anna. La relación con su madre había sido pautada por el dolor. Al percibir algo extraño en el aire, intentó enmendarlo:

—Pero no estoy de acuerdo con Freud. Él también fue el preferido de Amalie, su madre, pero, aunque fue un pensador inteligente, su ánimo no fue irrigado con el optimismo. Por eso vivía atormentado por la idea de morir antes que ella. Mi opinión es que las madres aman a todos sus hijos y no prefieren a uno sobre el otro, sólo distribuyen su atención de manera diferente, porque distintas son sus preocupaciones por cada uno de ellos.

Anna no lo soportó. Derramó lágrimas. Intentó esconder la cara sentándose en la banca.

Marco Polo estaba confundido. Percibió que había algo grave en la relación de Anna con su madre. No quería invadir su intimidad. Simplemente pasó suavemente su brazo derecho sobre los hombros de ella y respetó su angustia.

Comenzaba a atardecer. Los rayos solares penetraban en los macizos de flores y revelaban la bella primavera. El ambiente externo contrastaba con el mundo de Anna. Después de algunos momentos de silencio, él dijo:

—Perdón si te lastimé.

Ella se levantó y anunció súbitamente:

—Me tengo que ir.

En realidad, dudaba entre apartarse y el deseo de quedarse cerca de él.

—¿Nos podemos ver mañana? —preguntó él, inseguro.

—Creo que no.

—¿Por qué no?

Bloqueando temporalmente las palabras de Marco Polo que la animaban a rescatar su autoestima y a luchar contra la enfermedad, se volvió hacia el epicentro de su conflicto y dijo:

—No te gustará conocerme. Soy una persona muy difícil. Ni yo me entiendo.

—Somos iguales. Yo tampoco me entiendo a veces —dijo él, con una sonrisa.

Entonces, en una de las rarísimas ocasiones, ella abrió el mapa de su dramática historia y, entre sollozos, exclamó en voz relativamente alta:

—¡Me robaron la alegría! Destruyeron mi infancia sin pedir permiso. ¿No puedes percibir que soy una fuente de tristeza? ¿Qué esperas de mí?

El súbito rescate del pasado generó un volumen de tensión que obstruyó el flujo de las ideas de Anna. Marco Polo se sumió en el silencio. Esperó a que ella se recuperara y continuara.

—Era hija única y pensaba que mi madre me amaba y me valoraba más que todo en la vida. Pero cuando tenía ocho años, escuché un sonido que jamás salió de mi cabeza. Escuché el estampido de un revólver en su cuarto. Corrí a su habitación y vi la imagen de mi madre cubierta de sangre encima de la cama. Intenté socorrerla, agarrarla, pero era muy pequeña. Sólo gritaba: "¡Mamá! ¡Mamá! ¡No me dejes...!". Ella murió físicamente y yo, emocionalmente. Ambas fallecimos.

Rara vez alguien sufrió tanto como la pequeña Anna. Antonieta, su madre, tenía graves crisis depresivas, pero, a pesar de ellas, procuraba dar a su hija el máximo de atención y cariño que podía. En el periodo entre las crisis, jugaba con Anna y le decía que ella era la mejor hija del mundo. Sin embargo, las crisis aumentaron y la madre, hipersensible, tenía periodos de alejamiento. A veces, Antonieta les decía a sus empleados, y delante de la pequeña Anna, que ya no soportaba más vivir. La niña lloraba y vivía atormentada.

Su padre, Lucio Fernández, era un rico industrial que nunca

comprendió ni apoyó a su esposa. La pareja tenía frecuentes conflictos, a veces en presencia de la niña. Él entendía mucho de matemáticas financieras y absolutamente nada de la aritmética de la emoción.

Distinto de Anna y Antonieta, que eran hipersensibles, el padre era un hombre frío, calculador, colérico, que no sabía ponerse en el lugar de los demás. No maduraba a la misma medida que sus cabellos encanecían. Siempre repetía los mismos errores. Era incapaz de percibir la angustia de su esposa. Para él, la depresión era pereza, una actitud de quien no tiene nada que hacer.

Tenía aversión a los psiquiatras, los consideraba los mayores charlatanes de la sociedad. En realidad, tenía miedo de observar su propio ser. Sólo una vez entró en un consultorio de psiquiatría acompañado de su esposa. Salió de ahí diciendo que el médico estaba loco.

Lucio Fernández era un hombre de muchas mujeres. Su infidelidad, aunada a su postura agresiva y egocéntrica, contribuyó a irrigar la baja autoestima de su esposa y a agudizar su depresión. No volvió a casarse después de la muerte de Antonieta. El millonario tenía miedo de compartir su dinero.

Su hija alimentaba un profundo resentimiento por su padre, no sólo por su falta de afecto, sino porque, a medida que fue creciendo, comenzó a entender que él había hecho muy poco para prevenir el suicidio de su madre. Un pensamiento perturbador la sofocaba: que su padre había facilitado el suicidio. Antonieta se había quitado la vida con un arma que estaba en el buró al lado de la cama de la pareja. Anna sabía que su padre tenía un arma en el buró y otra en el auto. En el fondo, él era desconfiado e inseguro. Tenía una personalidad paranoica.

—Cierta vez le dije a mi padre que mamá hablaba de morir. Con un aire prepotente, afirmó categóricamente que podía estar tranquila, pues quien amenaza no lo hace. Era incapaz de escuchar los clamores de mi madre por detrás de su estado de ánimo triste.

Marco Polo, a través de su fina capacidad de observar lo que una imagen no muestra, y escuchar aquello que los comportamientos visibles no revelan, hizo una pregunta que llevó a Anna a penetrar en el centro de su caos emocional.

—¿Sientes rabia hacia tu madre?

Anna estaba resentida con su padre, pero el resentimiento que abrigaba por su madre era mucho más grande. Sin embargo, negaba esas emociones. El rencor se alojaba clandestinamente en los rincones de su inconsciente y nunca había sido superado en las sesiones de psicoterapia. Sus terapeutas no detectaban este dramático sentimiento, sea por la resistencia de Anna de hablar sobre el suicidio de su madre, o porque tenían recelo de entrar en ese terreno árido y no poder controlar su crisis. A fin de cuentas, la paciente hablaba de dormir y no volver a despertar, de desistir de todo.

Además del resentimiento oculto por su madre, ella se sentía envuelta en una neblina de culpa. Su madre había enviado señales de que quería morir y ella sentía que no había podido protegerla. Nada es tan asfixiante para la emoción de una niña frágil que sentirse culpable por los actos de sus padres. Esos conflictos marcaron el desarrollo de su personalidad. Se volvió insegura, frágil, con un temperamento crónicamente triste, temerosa de enfrentar la vida y asumir sus propios sentimientos. Era autopunitiva, toleraba los errores ajenos, pero era implacable con los propios.

Frente a los terapeutas, Anna siempre había demostrado compasión por su madre. Por primera vez, tuvo el coraje de decir que sentía rabia por ella, y no dolor. En realidad, sus sentimientos se mezclaban.

—Sí. A veces siento rabia hacia ella. ¿Por qué me abandonó? El amor que ella sentía por mí era menor que el deseo de desistir de la vida. Me quedé sola. Lo perdí todo. Perdí el placer de vivir —dijo, molesta. Y agregó—: ¿No dijiste en tu debate que quienes se suicidan dejan un rastro de dolor que se perpetúa por décadas? Yo soy un ejemplo vivo de tus argumentos. Para mí, quien se quita la vida es un gran egoísta. Termina su problema y comienza el de los demás. ¿Alguna vez has sentido una soledad semejante?

Siguió derramando lágrimas. Anna había perdido lo que más amaba, no quedaban pedazos de su pérdida. No tenía nada que recoger. Marco Polo se sintió profundamente sensibilizado con su historia. En la infancia, ella debería haber corrido detrás de los pájaros, jugado con sus muñecas, y la imagen de la madre inerte en una cama era una representación vil que se repetía sin cesar en el escenario de su mente, contagiando a toda la estructura de su inconsciente.

Él sabía que en algunos casos el desarrollo del síndrome tri-híper tenía una influencia genética. Creía que los padres deprimidos no transmiten genéticamente la depresión a sus hijos. En realidad, lo que transmiten es una tendencia a desarrollar este síndrome, que, en algunos casos, si no es corregido por la educación y por la actuación del Yo como autor de su propia historia, puede propiciar la aparición de la depresión y de otras enfermedades.

Creía que las causas sociales y psíquicas, como las pérdidas y las frustraciones, eran mucho más importantes que la genética en el desarrollo de ese síndrome, y que no siempre tenían que ser intensas. En el caso de Anna, las causas fueron determinantes. Un vendaval había destruido la fase más importante de su vida.

A partir del suicidio, ella nunca más creyó que las personas podrían amarla verdaderamente, y por eso tenía una enorme dificultad para entregarse. El miedo a la pérdida era un fantasma siempre presente. Se sentía la persona más solitaria del mundo. Marco Polo reaccionó a su pregunta:

—Nunca sentí el tipo de soledad por el que pasaste, pero de una cosa estoy convencido: cuando el mundo nos abandona, la soledad es soportable, pero cuando nosotros mismos nos abandonamos, la soledad es intolerable. Tú te abandonaste.

Anna se sorprendió con esa frase. Esperaba que Marco Polo le tuviera compasión, que se quedara paralizado ante su miseria emocional.

Sin embargo, aunque se apiadara profundamente de su dolor, él instigó su inteligencia, llevándola a concluir que realmente se había abandonado a sí misma. Se había dejado de amar. Su soledad se volvió insoportable. Y, además, ella levantó una barrera, como si no pudiera superar su pasado:

—¿Cómo apostar a la vida y amarla, si quien me trajo al mundo se suicidó?

Entonces llegó el momento de que Marco Polo ayudara a Anna más profundamente. Su concepto del suicidio se confrontaba con el pensamiento común en la psiquiatría y la psicología.

Levantó suavemente la barbilla de la joven, penetró en sus ojos y habló con solemnidad:

—¡Anna, el suicidio no existe!

Perpleja, ella inmediatamente argumentó:

—¿Qué estás diciendo? Durante años, procuré entender por qué mi madre había muerto y por qué las personas desisten de vivir. ¡Y ahora me dices que no existe el suicidio! No juegues con mis sentimientos.

—Estoy hablando en serio. Las personas deprimidas tienen hambre y sed de vivir —afirmó el joven psiquiatra, con contundencia.

Entonces, ella tocó un asunto que era un tabú:

—No digas eso. Yo también intenté quitarme la vida una vez. Tomé un montón de medicamentos. ¿Qué fue lo que hice? ¿No me quise matar? —preguntó, confundida.

—¡No! Quisiste matar tu dolor, y no tu vida. Del mismo modo, tu madre no quiso morir. En realidad, su deseo era destruir el estado de ánimo triste, la angustia que la sofocaba.

—¡Ningún psiquiatra me dijo eso jamás! —exclamó Anna.

—El concepto de suicidio tiene que ser corregido en la psiquiatría y en la sociedad en general. La consciencia del fin de la existencia es siempre una manifestación de la propia existencia. Toda idea de muerte es un homenaje a la vida, pues sólo la vida piensa. La idea de la muerte no es la actitud omnipotente del ser humano trazando su destino, sino una actitud desesperada de intentar destruir el drama emocional que no se pudo superar. Así, la idea pura del suicidio no existe. Cada vez que una persona piensa en matarse, no tiene en cuenta la consciencia de la nada existencial. Su pensamiento es una reacción, no para eliminar su vida, sino para disipar su dolor. Por lo tanto, un intento de suicidio revela no un deseo de morir, sino un hambre desesperada de vivir.

Anna no comprendía plenamente la dimensión psicológica de las ideas de Marco Polo, pero lo poco que entendió fue suficiente para impactarla, aliviarla y hacerla sumergirse en su interior. Nuevamente se manifestó su inteligencia:

—Cuando pensé en quitarme la vida, un sentimiento estrangulaba mi ser. Me sentía en un cubículo sin aire. Una idea tentadora pasaba por mi mente, mostrando que era mucho más fácil acabar con todo aquello. Pero en realidad, yo luchaba dentro de mí para romper las cadenas de esa prisión. Quería ser libre, respirar, amar, no quería morir.

Después de esta conclusión, la muchacha se sumergió más profundamente en lo más recóndito de su ser y abrió las compuertas de su pasado remoto. Como si saliera de un ambiente oscuro y entrara en una sala completamente iluminada, recordó imágenes que hacía años estaban escondidas entre sus ruinas.

Rememoró momentos agradables en los que su madre se ocultaba detrás de los sillones y las cortinas, jugando a las escondidas. Se acordó de cuando su madre tocaba el piano y ella se sentaba a sus pies, encantada. Recordó que, por influencia de su madre, había aprendido a amar la poesía y que la primera vez que oyó hablar de Goethe había sido por boca de ella. Incluso vino a su mente una frase que nunca antes había rescatado: "Hija, yo te amo, nunca te abandonaré". Por primera vez, percibió que su madre no había sido egoísta, sino una prisionera de su propio dolor. Ella no quería matarse, sino eliminar su miseria emocional. La rabia que sentía por su madre se disipó. El sentimiento de abandono se vino abajo en ese momento. Rescató el amor que su madre sentía por ella. Y entonces algo sublime aconteció.

Llorando, Anna exclamó:

—Madre, te comprendo y te perdono... ¡Madre, yo te amo! Fuiste maravillosa.

Enseguida expresó:

—¡Gracias, Marco Polo! Me quitaste un peso del alma.

Ella lo abrazó suave y profundamente. Lo apretaba en sus brazos. Enseguida, en un arrebato de serenidad, comentó:

—Si las personas que piensan en el suicidio supieran cuánta hambre y sed tienen de vivir, no se quitarían la vida, sino que usarían esa hambre y esa sed para combatir tenazmente sus pérdidas, decepciones y angustias. La idea del suicidio revela un hambre desesperada de vivir y no un deseo de morir. Estas palabras tienen que ser gritadas y subrayadas en el mundo entero.

—La peor cárcel del mundo es la cárcel de la emoción, pero nadie es esclavo cuando decide ser libre. Al contemplar el suicidio desde ese ángulo, varios de mis pacientes salieron de esa prisión, sacaron valor de sus fragilidades y volvieron a creer en la vida.

Rara vez dos personas hablaron con tanta suavidad de un punto que estrangula la tranquilidad. Como el clima estaba ligero y agradable, Marco Polo decidió mostrar otra cara de su personalidad, la cara irreverente. Elevando el tono de voz, expresó:

—No tengas miedo del dolor, mi princesa, vive la vida con intensidad.

—Soy muy complicada —dijo ella, más relajada.

—Las mujeres más complicadas son las más interesantes —dijo él, bromeando.

Ella le revolvió los cabellos y le hizo cosquillas. Sonriendo, él corrigió:

—¡Cuidado! Eres tú la que corre un riesgo a mi lado.

—¿Cómo es eso? —preguntó Anna, sorprendida.

—Tengo la sangre de un aventurero, la irreverencia de un filósofo y el desprendimiento de un poeta. Recuerda: soy Marco

Polo, un andariego por los caminos de la vida. Soy explorador de mundos y, ahora, de tu bello mundo.

—¡No te entiendo!

En vez de darle una respuesta, Marco Polo se subió en la banca del parque y, sin importarle los transeúntes apresurados, declamó una poesía con los brazos abiertos y la voz vibrante. Recordó los buenos tiempos.

¡Mi dulce doncella!
Enfrenta la tempestad nocturna, como los pájaros.
Que, al amanecer, aun con sus nidos derrumbados,
¡ellos cantan sin teatro ni audiencia!
¡Para ellos, la vida es una gran fiesta!

¡Mi querida princesa!
No tengas miedo de la vida,
ten miedo de no vivir;
No tengas miedo de caer,
ten miedo de no caminar.
Arriesga tu corazón, entrégate,
¡permite que este aventurero te descubra!

Una pequeña multitud se paró para oír al poeta. Anna se puso roja, pues siempre había evitado cualquier exposición ante los ojos de los demás. Al terminar el poema, Marco Polo descendió y le dio un beso prolongado. Trémula, ella se entregó. Después de que la besó, varias personas aplaudieron.

Algunas señoras de edad quedaron eufóricas ante la romántica escena. Una de ellas, de más de ochenta años, clamó con ternura:

—No dejes ir a este príncipe, hija mía. ¡Faltan hombres en el mercado!

Ella entendió el mensaje y esta vez ella misma tomó la iniciativa. Lo besó ardientemente.

Capítulo 23

$\mathcal{E}$n la semana siguiente, Anna se reunió dos veces más con Marco Polo. Su amor por él crecía. Días después, participó en un seminario sobre el trastorno del pánico en la universidad. No conocía a la mayoría de los participantes en el seminario.

Un profesor hizo un abordaje que a ella no le gustó. Comentó que los portadores del trastorno del pánico son emocionalmente frágiles, no tienen autocontrol, desconfían de la opinión de sus médicos, giran en la órbita de su propia inseguridad. Y por ser frágiles, cuando tienen un ataque de pánico, sienten que el mundo se derrumba sobre ellos.

El contacto con Marco Polo había hecho que tuviera una percepción más profunda de los trastornos mentales. Estaba en desacuerdo con la visión pesimista y determinista del profesor. Había sido incapaz de exaltar las buenas cualidades de esos pacientes y de mostrar el drama emocional que viven durante la crisis.

Ante esto, tuvo el valor de levantar la mano y cuestionarlo. Los pocos amigos que la conocían admiraron su atrevimiento. Nunca la habían visto manifestarse en clase.

—¿No será que esos pacientes son hipersensibles, y al poseer una consciencia por arriba de la media de las limitaciones de la vida y del fin de la existencia, son más propensos a los ataques de pánico? Cuando esos pacientes desconfían de los médicos que afirman que su salud es excelente, ¿es esto una señal de fragilidad o un grito desesperado de alguien que tiene sed de vivir y quiere espantar el fantasma de la muerte?

Después de este cuestionamiento, Anna se sintió aliviada. Quería al menos ser respetada por sus argumentos. Su pensamiento dejó a los presentes pensativos, pero el profesor no soportó que lo contradijeran. En vez de debatir sus argumentos, prefirió salirse por la tangente. Fue irónico.

—Tú estás aquí para estudiar psicología y no filosofía.

La clase se divertía. Marco Polo sabía defenderse cuando era víctima de la crítica y la ironía. La burla ajena aguzaba su raciocinio. Anna todavía no tenía esa defensa, no había editado la película de su inconsciente, todavía era una persona hipersensible e hiperpreocupada con su imagen social. Siempre había hecho un esfuerzo enorme para no equivocarse ante una persona, ya no digamos ante un público. Ahora, la primera vez que se manifestaba ante una audiencia, había sido humillada.

Todos esperaban que ella reaccionara a la burla del profesor. Pero su voz quedó ahogada, no pudo contraargumentar. Impactada, se paralizó. Las risas de los presentes reverberaron en su mente. Se levantó y salió de la clase. El clima se enrareció. Ella salió derrotada.

Al otro día, como era de esperarse, no asistió a clases. No salió de su casa ni de la cama. Se castigaba mucho. No podía dejar de pensar en la humillación pública. Recordaba continuamente la escena, sentía rabia por el profesor y más rabia todavía por sí misma por no haber logrado reaccionar a tiempo. Se entregó a una nueva crisis.

Marco Polo fue a buscarla a la facultad, pero no la encontró. Ella se ausentó por varios días. Intentó llamarla por teléfono, pero Anna estaba inaccesible, no quería hablar con nadie. Los empleados, conociendo sus crisis, tenían órdenes de su padre de no importunarla. Marco Polo estaba intrigado: "¿Qué está pasando? ¿Por qué se niega a hablar conmigo? ¿Será que debo desaparecer de su vida?".

Mientras tanto, le escribió una carta a Halcón. Le contó sobre su relación con Anna y sus dificultades.

Halcón envió una carta con unas muy breves pero significativas palabras:

Querido amigo Marco Polo:

Si amas a una mujer, lucha por ella. Pero sé consciente de que las mujeres son maravillosamente incomprensibles. El día que comprendas un alma femenina, desconfía de tu sexo...

Al leer la misiva, él meneó la cabeza con alegría.

Al día siguiente, Marco Polo reunió el valor para visitar a Anna. Al llegar a su casa, se quedó asombrado por el palacete de tres mil metros cuadrados de arquitectura colonial. Ella era tan simple, apacible, desinteresada. No imaginaba que fuera tan rica. Había diez suites, salón de fiestas, sala de cine y otras innumerables instalaciones. La propiedad ocupaba toda una manzana.

Los portones eran altos, de hierro fundido, con rejas tornea-
das y remates puntiagudos; las ventanas, todas en arco, tenían
vidrios verdes y opacos. El jardín era inmenso. Había muchas
flores para esconder a una joven tan triste.

Dos empleadas domésticas, dos cocineras, dos jardineros y
una empleada de limpieza cuidaban de la casa, y dos choferes
servían a Anna y a su padre. Había elementos de seguridad den-
tro y fuera de la casa. La mayoría de sus amigas lo ignoraban,
pero la seguridad de la joven estaba garantizada por un profesio-
nal disfrazado en las instalaciones de la facultad.

Después de contactar a un guardia, apareció Carlos, el ma-
yordomo. Alto, calvo y vestido siempre con una chaqueta blan-
ca, aquel hombre era el comandante del equipo. Su mirada era
solemne, distante y desconfiada. El mayordomo parecía un ice-
berg, duro, frío, impenetrable.

—Quisiera hablar con Anna.

Carlos gritó, desde la escalinata principal:

—¿Tiene cita?

—No, pero soy un amigo de ella.

—Anna sólo recibe a las personas que tienen cita.

—Por favor, hable con ella. Probablemente me recibirá.

El mayordomo obedeció a regañadientes. Anunció la visita al
señor Lucio Fernández.

El padre, que no respetaba a las mujeres y consideraba que
todo hombre quería aprovecharse de su hija, mandó decir que ella
había salido. Marco Polo sospechó que el mayordomo estaba min-
tiendo, que ni siquiera le había avisado.

—Señor, dígale que mi conversación será rápida, sólo le ha-
blaré unos minutos.

—¡Retírese, señor!

Percibiendo la insistencia del joven por la ventana, Lucio abrió la puerta central, se acercó a Carlos y desde ahí exclamó:

—¡Deje a mi hija en paz!

—Disculpe, señor, pero tal vez su hija me necesita.

—¡Qué arrogancia! ¿Quién es usted para hacer tal afirmación?

—Soy un amigo.

—Anna tiene compañeros, no amigos.

—Pero insisto, soy su amigo.

—¿Cómo se llama?

—Marco Polo.

—¿Cuál es su profesión?

Marco Polo dudó en decirla, pero fue honesto:

—Soy psiquiatra.

—¡¿Psiquiatra?! Sólo eso me faltaba. Un psiquiatra intentando seducir a mi hija. Nadie le pidió que viniera.

—Estoy aquí como amigo y no como psiquiatra —dijo Marco Polo, irritado.

—Está siendo antiético. ¡Retírese!

—Su hija está en un capullo. Necesita volverse sociable, liberarse, ser feliz.

Esto no le gustó al prepotente empresario.

—Un mísero doctorcito queriendo darme una lección de moral. ¡Fuera de mi casa, o llamo a la policía! —dijo contundente el empresario, y entró a la casa sin despedirse.

—¡Y no vuelva a aparecerse por aquí! —añadió el mayordomo Carlos. Dos elementos de seguridad se aproximaron, amenazando al joven.

Parecía que ahí todo el mundo, a excepción de Anna, pertenecía a un ejército.

Marco Polo se fue molesto. Comenzó a pensar que Anna no podía estar sana viviendo en semejante cuartel. Era casi imposible no enfermarse en ese ambiente. También comenzó a ponderar si valía la pena invertir en ese romance.

Él había tenido otras novias. La última era extremadamente controladora, celosa. No podía respirar sin que ella lo notara. Anna, al contrario, vivía alienada, lo cambiaba por sus conflictos. Marco Polo vivía el viejo dilema de la existencia: su razón le pedía que se alejara, su emoción le pedía que se acercara. Antes de desistir, necesitaba verla por última vez.

Al otro día volvió a la lujosa residencia después de cerciorarse por teléfono de que su padre estaba ausente. Por otro lado, necesitaba vencer al mayordomo Carlos. Se acordó del pasado. Usó un disfraz, no tan ridículo como en los tiempos de Halcón, pero no menos bizarro. Cabellos alborotados, una barba de chivo negra, anteojos oscuros. Parecía un roquero loco. Carlos apareció a insistencia del elemento de seguridad.

Antes de que el mayordomo pudiera abrir la boca, Marco Polo habló con voz aguda y alta:

—Carlos, ¿cómo está?

—¿Cómo sabe mi nombre?

—¿Cómo lo sé? Me lo dijo Lucio. Creo que me conoce usted —gritó.

—¡No, señor! —dijo inseguro el mayordomo ante la potencia de la voz del extraño.

—¿No ha visto esta bella imagen en los periódicos?

—No.

—¡Qué absurdo! Los mayordomos no leen los periódicos. Llame a Lucio. ¡Con urgencia!

—El doctor Lucio no está, señor.

—¿Cómo que no está? Ya no se hacen padres como antes. Vamos, necesito hacer una consulta urgente.

—¿Qué consulta, señor?

—¡La consulta de su hija! Lucio me suplicó que viniera. Soy un especialista en trastornos intestinales.

—Discúlpeme, pero él no me avisó.

—¡Así que necesita avisar! ¡El gran Lucio no manda en esta casa! Si no abre esa puerta ahora, me voy. Y si la hija empeora, usted será responsable.

Carlos estaba inseguro, y Marco Polo corrigió:

—De hecho, usted está muy pálido. Mire nada más esas manchas en su rostro. Déjeme verlo de cerca.

A pesar de ser autoritario, Carlos era un hipocondriaco, vivía con la manía de estar enfermo. Se puso rojo. Se pasó la mano por el rostro, la cabeza calva comenzó a sudar.

—El caso parece grave. Usted debe de estar en un tratamiento serio, ¿no?

—No, señor, no estoy en tratamiento. Pero ¿qué cree usted que tengo? —preguntó el hombre, con timidez.

Marco Polo sacó el estetoscopio, lo puso sobre el vientre de Carlos y, para jugar un poco, también sobre su cabeza, diciendo:

—¡Mmmm! ¡Mmmm! No se preocupe, porque esa enfermedad no mata. Tome este pequeño remedio ahora. Conversaremos después de la consulta con Anna.

Le dio un laxante al mayordomo. Marco Polo fue al cuarto de Anna, y aquel tirano al "trono" del cuarto de baño.

La habitación era enorme, pero gélida y oscura. Tenía cerca de sesenta metros cuadrados. Ana estaba acostada, pero despierta. Marco Polo se quitó el disfraz y se acercó despacio a la cama, se sentó a su lado. Al escuchar la voz del muchacho, ella se asustó, pero no se levantó ni lo saludó. Él intentó animarla.

—Ana, ¿qué está pasando contigo?

Ella permaneció muda.

—Soy tu amigo. ¡Habla conmigo! —ella se puso la almohada sobre la cabeza.

—Está bien, Anna, tienes derecho de no hablar conmigo. Si ésa es tu decisión, voy a desaparecer de tu vida.

Se levantó y comenzó a retirarse. Cuando estaba en el centro del cuarto, ella gritó:

—¿No te dije que soy complicada?

En vez de disculparla, él comentó:

—Anna, el problema no es ser complicado, el problema es complicarse la vida.

—¡Olvídame! Es mejor para ti.

Indignado, él disparó una frase cortante:

—El problema no es la enfermedad del enfermo, sino el enfermo de la enfermedad.

Ella se quitó la almohada del rostro y preguntó:

—¿Qué quieres decir con eso?

—El problema es tu Yo, tu capacidad de decidir, y no tu enfermedad. Tienes motivos para estar deprimida. Pero insistes en estar enferma.

—¡Yo no deseo estar enferma!

—No lo deseas de modo consciente, pero inconscientemente deseas quedarte en la audiencia, no tienes el coraje de subir al escenario y dirigir la obra de tu vida. Anna, tú eres fuerte y magnífica, ¡sal del victimismo!

—¡Yo no soy así!

Marco Polo mezclaba elogios con críticas positivas, pues tenía plena consciencia de que no era fácil vencer los trastornos mentales. Sabía que los consejos vacíos no servían de nada, era necesario ser un artesano de la psique.

—¿Entonces por qué vives esperando a que las personas te aprueben o tengan compasión de ti? Supe que brillaste en el seminario, pero no soportaste que te confrontaran.

Anna permaneció muda, y él continuó:

—Eres inteligente, pero te autocastigas; no te permites fallar, que se burlen de ti o te critiquen. Schopenhauer dijo que no deberíamos basar nuestra felicidad en lo que piensen los demás. ¡Te olvidaste de que no debes esperar los aplausos de los otros para ser libre!

Anna se impactó con esas palabras. No podía huir de ellas.

—¡Soy una estúpida!

—Yo también lo soy, a veces. ¡Pero lucha por tu salud psíquica! ¡Recuerda! ¡Tienes hambre de vivir! No te rindas.

—Hay algo que me amordaza, que sofoca mi alma. Sé que debo luchar, pero no lo consigo.

Ante esto, Marco Polo citó a un famoso escritor:

—"No basta con saber, también es necesario aplicar; no basta con querer, también es necesario actuar."

—¡Goethe! —reconoció ella, con alegría.

—Sí, Goethe. No basta con leerlo, es preciso aplicar sus ideas.

Anna se sintió desconcertada. Cada vez que tenía una crisis, su padre, en vez de alentarla a enfrentar sus problemas, la instigaba a huir de ellos. Le pedía que no fuera a clases cuando estaba aburrida, le aconsejaba cambiar de amistades cuando ella se decepcionaba, a cambiar de ambiente cuando se perturbaba. Intentaba sobreprotegerla. Quería compensar la ausencia de la madre, pero su protección era enfermiza, alimentaba la fragilidad de la joven, destruía su autoestima.

Las palabras de Marco Polo le hicieron percibir que siempre había tomado la peor decisión: esconderse. Al darse cuenta de su interiorización, él agregó:

—Dale la espalda a tus problemas, y ellos se convertirán en depredadores y tú, en la presa. Invierte esa relación. Recuerda el poema: "No tengas miedo de la vida, ten miedo de no vivir. No tengas miedo de caer, ten miedo de no caminar...". Eres una persona valiente, ya hasta comenzaste a pelear en clase —dijo bromeando, y terminó sus argumentos con estas palabras—: Nadie es digno de la seguridad si no usa sus fragilidades para alcanzarla.

Anna se levantó súbitamente. En un sobresalto, dijo:

—Espérame allá afuera.

Sorprendido, él salió.

Ella se peinó, se pintó, puso base de maquillaje en sus ojeras, se atavió con un bellísimo vestido azul claro con escote en V. Después de una larguísima media hora, salió. Marco Polo no creyó lo que veía. Quedó asombrado. Ella estaba linda, encantadora, sensual. Curioso, preguntó:

—¿Vas a alguna fiesta?

—¡La vida es una fiesta! —afirmó ella, alegremente.

A partir de ese momento, Anna dio un gran salto hacia su libertad. Nunca más fue la misma. Pasó por momentos difíciles, lloró no pocas veces, se deprimió en ciertas ocasiones, pero ya no se sometió a su cárcel interior. Aprendió a hacer de sus caídas y de sus fallas una oportunidad para crecer. Decidió salir con el corazón abierto a la vida.

Marco Polo la tomó del brazo y salieron. Cuando estaban por abrir la puerta, Carlos gritó:

—¡Doctor! ¡Doctor!

Para asombro de Anna, Marco Polo rápidamente se puso la barba postiza y los anteojos oscuros y se desarregló el cabello.

—¡Dígame, señor Carlos!

—¡No se me para la diarrea, doctor! —dijo, pálido.

—¡Excelente noticia! Usted está sacando todas sus lombrices.

—¿Qué lombrices son ésas?

—*Orgullus lumbricoides*. Su cabeza, es decir, su barriga, está llena de *Orgullus lumbricoides*.

Anna se moría de risa.

—¿Es grave, doctor? —preguntó el mayordomo, restregándose el vientre, con ganas de ir nuevamente al baño.

—¡No! Tome muchos líquidos. Siéntese con bastante humildad en la tasa del baño, concéntrese y verá que en breve sus lombrices lo abandonarán.

Y se fueron. Carlos quedó muy contento.

Cuando se alejaban de la casa, Marco Polo dijo:

—Un día tendré que retractarme con él y pedirle disculpas.

—No te preocupes. Los empleados no lo soportan. Ojalá el *orgullus* de Carlos fuera eliminado.

La noche estaba comenzando y prometía ser una de las más encantadoras. Reprimiendo siempre sus sentimientos, Anna nunca había corrido por las calles ni jugado a las escondidas en público.

Marco Polo decidió romper su rutina. Quería liberar su espontaneidad, liberar a la niña que se escondía dentro de ella y que nunca había podido respirar. Los dos corrían persiguiéndose y jugaban como adolescentes en medio de la multitud. Ella se dejó envolver por el clima y dejó de preocuparse por las miradas de los transeúntes. Era su historia, sólo suya, tenía que vivirla intensamente.

Marco Polo no tenía una cámara fotográfica, pero simulando una con las manos, le pedía a ella que posara. Hacía clic sin parar a la cámara imaginaria. Las personas se tropezaban mientras los contemplaban, embriagados de alegría. Ella corría a sus brazos y él le daba vueltas. Anna comenzó a entender que la verdadera libertad comienza de dentro hacia fuera...

Capítulo 24

L a proximidad entre Marco Polo y Lucio Fernández era sólo tolerable. El millonario evitaba cualquier acercamiento. Rogaba para que el noviazgo no evolucionara. Algunas veces tomó actitudes para que Anna rompiera la relación. Gritó, presionó, chantajeó, pero de nada sirvió. El noviazgo proseguía. Sin embargo, Lucio Fernández no se dio por vencido.

La relación entre ambos, construida poco a poco, se volvió demasiado sólida como para ser abatida por manipulaciones. Fue tejida con alegría, relajamiento, diálogos prolongados y comportamientos que huían de lo trivial.

Pasados algunos meses, Anna había reeditado una parte significativa de los conflictos archivados en su inconsciente. Poco a poco dejó de vivir el dolor ajeno y de esperar excesivamente un retorno de la otra parte. Su estado de ánimo mejoró, se sentía estable, protegida, decidida, capaz de luchar por sus sueños. La convivencia social ya no era una fuente de miedo y frustraciones. Así, tuvo la seguridad para interrumpir el uso de antidepresivos.

Anna se graduó en psicología y comenzó a hacer una pasantía en un inmenso hospital de cardiología, cuyo director era amigo de su padre. Ella y otras psicólogas atendían a los pacientes sometidos a cirugías cardiacas, sobre todo a los candidatos a trasplantes.

Con frecuencia, Marco Polo la sorprendía con un gesto, un elogio o una actitud inesperada. A veces llegaba súbitamente con un ramo de flores y se lo entregaba en el corredor del hospital. La besaba, le decía algunas palabras y se iba. Hacía de un minuto un eterno afecto. Para ella, las pequeñas acciones tenían un gran impacto.

En cierta ocasión, al comienzo de la pasantía, algunas colegas de Anna vieron a Marco Polo hacer una pequeña declaración de amor, dándole un botón de rosa roja.

Se sorprendieron por su actitud. Para ellas, ese romanticismo se había eliminado en los tiempos modernos. Una de las colegas, invadida por un sentimiento de envidia, comentó ásperamente:

—Tu novio es un poco extraño. No me parece muy normal.

—No es posible ser normal cuando se ama —rebatió Anna.

Una enfermera que no tenía bien resueltas sus relaciones afectivas, y que siempre se involucraba con novios autoritarios y dominadores preguntó:

—¿Dar flores al comenzar el día no es cosa de neuróticos?

—No lo sé. Pero sí sé que él trata a muchos...

Ellas no entendieron.

—¿Ustedes no conocen al novio de Anna? —dijo una psicóloga que lo conocía.

—¡No!

—Él es el famoso Marco Polo. Una de las personas más inteligentes que he conocido.

Calladas, entraron al inmenso edificio. No entendían que la inteligencia y el éxito profesional podían y debían ser combinados con la sensibilidad y la levedad del ser.

Anna se volvió muy querida desde las primeras semanas en el hospital de cardiología. Aprendió con Marco Polo a saludar alegremente a los empleados, en especial a los más sencillos, a bromear con los pacientes y a entrar sin recelo en el epicentro de su inseguridad. Aprendió a ser vendedora de sueños y de esperanza en un entorno en donde la expectativa de muerte contagiaba a las personas.

La pareja salía con frecuencia, y cada encuentro era especial, pero uno de ellos fue inolvidable. Cierta noche, Marco Polo le dijo que quería darle un regalo trascendente. Salieron del perímetro urbano y la llevó al campo. Detuvo el auto y la invitó a salir de él.

Se tomaron de la mano y fueron andando por la carretera. Mientras caminaban, él llamó la atención de Anna hacia la armonía de la naturaleza.

—Todos los días, las flores exhalan su perfume, la brisa toca las hojas, las nubes pasean oscuras, pero no les ponemos atención. ¡Oye la serenata de los grillos! Es un magnífico espectáculo incesante.

Viendo su manera simple de encarar la vida, ella preguntó:

—¿Qué es la felicidad para ti?

Sorprendiéndola, la sobresaltó diciendo:

—Anna, la felicidad no existe...

Aprensiva, ella inquirió súbitamente:

—¡Me asustas! ¿Cuál es la esperanza para los que viven en la miseria emocional? ¿Qué puedo esperar de la vida, si tuve tanta riqueza exterior y tan poca dentro de mí?

Marco Polo terminó su frase:

—...la felicidad no existe ya hecha, no es una herencia genética, no es privilegio de una casta o estrato social. La felicidad es una eterna construcción.

—¿Cómo construirla? —preguntó ella, respirando aliviada.

Como un contador de historias que pasea por la psicología, él la miró a los ojos y discurrió:

—Los reyes procuraron aprisionar a la felicidad con su poder, pero ella no se dejó atrapar. Los millonarios intentaron comprarla, pero ella no se dejó vender. Los famosos trataron de seducirla, pero ella se resistió al estrellato. Sonriendo, ella susurró al oído de cada ser humano: "¡Oye! Búscame en las decepciones y dificultades, y principalmente, encuéntrame en las cosas simples de la existencia". Pero la mayoría no escuchaba su voz, y los que la oyeron no le creyeron.

—¡Qué lindo! Háblame más sobre qué es ser feliz, mi impredecible poeta.

—Ser feliz es ser capaz de decir "me equivoqué", tener la sensibilidad para expresar "te necesito" y la osadía de decir "te amo".

Recordando a su padre, ella expresó condolida:

—Muchos padres mueren sin tener jamás el valor de decir esas palabras a sus hijos. Se olvidan de las cosas simples.

—Es verdad. Tropezamos con las pequeñas piedras y no con las grandes montañas.

Mirándolo en un clima de tierno amor, ella habló de algunos temores reales y no fruto de su enfermedad. Como amaba la poesía, también usó la inspiración.

—Gracias por existir. Pero tengo miedo de que nuestro amor se evapore como el rocío al calor del sol.

—En algunos momentos yo te decepcionaré, en otros tú me frustrarás, pero si tenemos el valor de reconocer nuestros errores, la habilidad para soñar juntos y la capacidad para llorar y volver a comenzar todo de nuevo tantas veces como sea necesario, entonces nuestro amor será inmortal.

—¡Te amo como nunca amé a nadie! —dijo ella, intentando acercarse para besarlo. De pronto, Marco Polo dio un paso atrás y elevó el tono de voz:

—¡Espera un poco, jovencita! Entraste sutilmente en mi vida, fuiste ocupando espacios y sin pedirme permiso, invadiste mi corazón. Por lo tanto... —hizo una pausa prolongada.

—¡Habla! Estoy ansiosa.

—¿Aceptas casarte conmigo, princesa? —dijo, sonriente, inclinando la cabeza en un gesto de reverencia.

Se besaron. Dos mundos, dos historias, se cruzaron. Amoroso, él cubrió sus ojos, su frente y su barbilla con pequeños y delicados besos.

Enseguida quiso darle algo poderoso, único, inolvidable, que marcara aquel momento y fuera capaz de simbolizar todo lo que él sentía por ella y revelara el tipo de hombre que ella encontraría. Un hombre poco común tenía que dar un presente poco común.

La luna estaba menguante y el cielo despejado. Abriendo los brazos, él preguntó:

—Anna, mira hacia lo alto. Observa el teatro incomprensible del universo. ¿Qué ves?

Curiosa, ella respondió:

—Veo lindas estrellas.

—Escoge una.

Ella sonrió. Había miles de estrellas invadiendo sus pupilas. Anna escogió una estrella brillante del lado izquierdo del firmamento.

—Elijo aquélla —dijo, señalando.

—De hoy en adelante, esa estrella será tuya. Incluso cuando el cielo se cubra de tempestades, aquella estrella estará brillando dentro de ti, mostrando los caminos que debes seguir y revelando mi amor.

Ella flotaba. Le habían dado regalos carísimos, collares de esmeraldas, anillos de diamantes, carros último modelo, acciones en la bolsa de valores, departamentos, pero jamás se olvidó de que le habían regalado una estrella. Percibió claramente que las cosas más importantes de la vida no pueden ser compradas. Era riquísima, pero siempre había vivido en la miseria.

Ella guardó en lo más recóndito de su ser el significado de la estrella que Marco Polo le dio. Quien tiene una estrella en su interior no necesita de la luz del sol para guiarse.

Marco Polo tenía la profundidad de un pensador y la sensibilidad de un niño. No lo sabía, pero también necesitaría una estrella interior. Sus ideas tendrían alcance mundial. Lucharía por los derechos humanos, alborotaría ambientes y sociedades, atravesaría valles y mesetas y el cielo se derrumbaría sobre él. Para sobrevivir, tendría que mirar con los ojos del corazón.

Capítulo 25

Anna anunció a su padre la intención de casarse con Marco Polo. Lucio intentó impedirlo de todas las formas posibles. Hizo de todo para que ella se enamorara de alguien de su clase social y poder financiero, pero no tuvo éxito. "Imagínate, un psiquiatra en mi familia, vigilando mis pasos. No lo soportaré", pensaba. "Necesito a alguien que multiplique mis bienes, no que me señale mis problemas", reflexionaba.

De nuevo intentó seducirla:

—Hija, no es por el dinero, pero hay hijos de banqueros y de industriales fascinados contigo. Son personas de tu ambiente y de tu medio. Te sentirás menos desubicada. Dales una oportunidad.

—Ya anduve con algunos de ellos, y mi vacío aumentó.

—¿Qué vacío? ¿Qué tiene de especial ese muchacho?

—Marco Polo me ama intensamente. Además, ama al ser humano y se preocupa por la humanidad.

—¡No seas ingenua, hija mía! Las personas sólo se preocupan por su propio bolsillo.

—Es una pena que pienses así, papá. Quien vive para sí mismo sólo ve segundas intenciones en los demás.

Él protestó, pero antes de que él pudiera contestar, ella preguntó:

—¿Alguna vez te enamoraste de alguien?

Lucio flaqueó. Nunca había tenido una explosión afectiva, ni por la madre de Anna. En los últimos años, sólo andaba con mujeres mucho más jóvenes, algunas famosas, pero no amaba a ninguna. Lo único que movía su emoción era aumentar su gran fortuna. Titubeando, respondió:

—Bueno, no sé. Creo que sí.

—Quien ama no tropieza con el "creo". El amor es la única certeza de la existencia, papá. Si nunca amaste a alguien, ni a mi madre, jamás entenderás lo que siento.

Lucio se quedó desconcertado. Anna realmente estaba diferente. Había perdido el dominio sobre ella.

Molesto, días después hizo un nuevo intento. Le dijo que estaba comprando una casa en Inglaterra, que le conseguiría un trabajo en un excelente hospital y una beca para hacer un doctorado en Cambridge.

—No necesitas terminar tu noviazgo con Marco Polo —dijo, con astucia—. Será bueno para su futuro juntos que continúes tus estudios y te prepares mejor profesionalmente.

Ella no aceptó.

—Padre, toda la vida esperé que te preocuparas realmente por mí, que habláramos sobre nuestras vidas.

—Yo trabajo para ti, hija mía. He hecho todo lo que está a mi alcance para hacerte feliz. Te doy la mejor ropa de marca. Viajas dos veces al año, en primera clase, al extranjero. El límite de tu tarjeta de crédito internacional es de 100 mil dólares. ¿Y qué joven de tu edad tiene un Mercedes convertible en el garaje y un chofer a su disposición?

—Me diste muchas cosas, papá, pero olvidaste la más importante.

—¿Cuál? —preguntó él, indignado.

—Te olvidaste de darte a ti mismo. No conozco tus sueños, tus temores, tus lágrimas. Somos dos desconocidos viviendo en la misma casa —dijo, comenzando a llorar.

Incómodo, él intentó evitar el clima emocional.

—Hija, eres la reina de esta casa.

—¿De qué sirve ser una reina presa en un palacio, vigilada por elementos de seguridad, con un padre que sólo vive para el trabajo?

Lucio enmudeció, no sabía cómo contraponerse a esas verdades. Entonces, Anna tocó un asunto que nunca había tratado con su padre.

—Papá, nosotros nunca hablamos sobre mamá. Quien no dialoga sobre su pasado y no lo sepulta con madurez, perpetúa sus heridas. La muerte de mamá es un sepulcro abierto en nuestros corazones. Tú nunca tuviste el valor de conversar conmigo sobre su enfermedad y las causas que la llevaron a quitarse la vida.

Lucio se quedó inmóvil, sin reacción. No lograba organizar sus ideas. Este asunto era un tabú. En casa de los Fernández hasta los empresarios tenían prohibido comentarlo. La habitación que había sido de la pareja estaba cerrada, solamente las empleadas de limpieza entraban una vez por semana. Lucio pensó varias veces en mudarse de casa, pero su palacete era bellísimo, una mansión única, aunque triste. Acabó cambiándose únicamente de recámara.

Como su padre guardó silencio, Anna, al recordar la pregunta fatal que Marco Polo le hiciera sobre su madre, también le hizo una pregunta fatal a su impenetrable progenitor. Ansiaba ayudarlo.

—¿Sientes culpa por la muerte de mamá, papá?

—¿Culpa? ¿Yo? ¡Qué absurdo! ¡No me acuses!

—No te estoy acusando, papá, te estoy preguntando. Estoy pidiéndote que mires sin miedo dentro de ti.

Las reacciones súbitas y elocuentes de Lucio indicaron que la pregunta había penetrado en los rincones de su mente. Procurando desesperadamente evitar el contacto con el espejo de su alma, miró el reloj y dijo resueltamente:

—Tengo un compromiso importante. Debo irme.

Percibiendo que él había entrado en el terreno desconocido de su propia sensibilidad, ella insistió:

—¡Espera! Papá, los grandes hombres también lloran...

Los ojos de él lagrimearon. Un acontecimiento raro para quien no se permitía la dulce y consoladora experiencia del llanto. Sufría mucho, tenía insomnio y periodos de angustia, pero negaba su dolor. Sus lágrimas siempre habían quedado sumergidas bajo sus rudos comportamientos.

Al percibir que dichas lágrimas habían salido de la clandestinidad y subido al escenario de sus ojos, rápidamente intentó esconderlas. No admitía que un espectador contemplara su fragilidad, pues solamente la gloria podía ser admirada. La piedra de hielo de su emoción se estaba derritiendo, pero, antes de que el sentimiento irrigara su inteligencia con afectividad, él lo esquivó.

—Después hablaremos de los grandes hombres... —y salió apresuradamente, sin mostrar la cara y sin dar oportunidad a que su hija continuara el diálogo.

Lucio Fernández evitaba todas las conversaciones y situaciones que lo remitieran a la interiorización; no se permitía crecer. Jamás reconocía una equivocación, jamás pedía disculpas ni ayuda emocional. Era un hombre enfermo que contribuía a la formación de otros enfermos.

Tenía algunas características respetables, siempre que el asunto fueran números y dinero. Era emprendedor, arrojado y perspicaz. Sabía invertir en nuevos proyectos y olfatear por dónde iba la economía mundial, pero no tenía noción alguna de por dónde iba su calidad de vida.

Lucio tenía ocho empresas, en las cuales era socio mayoritario. Ellas empleaban a once mil personas. Entre sus empresas había un banco, una compañía de computadoras, una fábrica de jugo de naranja y más recientemente, una compañía farmacéutica. Además, tenía participación minoritaria en decenas de otras empresas. Le gustaba invertir en la bolsa de valores, comprar acciones de las empresas de tecnología de punta que se volverían estrellas en el mercado globalizado. Acertaba la mayoría de las veces.

Estaba en la lista de la revista *Fortune* como el 83° hombre más rico del planeta. En su país, ocupaba el lugar número 42. Su fortuna giraba en torno a cuatro mil millones de dólares. Cada año, el mayor placer de Lucio era mejorar su clasificación en ambas listas. El poder y el prestigio generado por esas listas se convirtieron en su droga. Pensaba en ellas obsesivamente durante todo el año.

Marco Polo no sabía cuán rico era su futuro suegro. Anna también lo ignoraba, pues era desinteresada, desapegada. Ellos nunca hablaban sobre el dinero de Lucio.

Por subirse en las bancas de los parques y hacer poemas, tener una explosión emocional con las pequeñas cosas, cuidar de los heridos del alma, romper paradigmas y confrontar los prejuicios, Marco Polo presentía que el dinero de Lucio podría ser un gran problema para él y su futura esposa. Quería ser riquísimo en su corazón. Se negaba a ser masificado por el sistema social.

Ansiaba hacer de su historia una experiencia única, exultante, en la que cada día fuera un nuevo día. Anhelaba incluir a Anna en ese proyecto existencial, pero se preocupaba por las dificultades que atravesaría a su lado. Y tenía razón.

Por eso la cuestionó:

—Anna, el sufrimiento humano me perturba. Un día voy a salirme de mi consultorio y me dedicaré a los grandes temas sociales. Ese deseo me domina desde mi primer año en la facultad de medicina. Vivir conmigo puede ser muy inseguro. Temo por ti. Con tu padre, no correrás riesgos.

—¡Pero no tendré aventuras!

—Con él estarás protegida.

—¡Pero no tendré paz interior!

—Con él, tendrás un mejor nivel de vida.

—¡Pero no tendré consuelo!

El joven psiquiatra se quedó pensativo. Y antes de que profiriera otra frase, ella agregó:

—Marco Polo, hay veces que creo que te conozco muy poco, pero lo poco que conozco de ti me da la certeza de que tú eres mi elección. Presiento que a tu lado mi mañana será impredecible. Pero el mañana no existe —dijo, sonriendo.

Se besaron. Al apartar sus labios de los de él, ella inclinó un poco la cabeza y bromeó:

—Pero, por favor, rompe menos la rutina y arregla menos problemas.

—No puedo —afirmó él con alegría. Y realmente no podía.

Pasada una semana, Anna y Marco Polo buscaron al poderoso Lucio para fijar la fecha del matrimonio. Las discusiones fueron inevitables.

—¡Se están precipitando! Deberían esperar más tiempo —rebatió el padre.

Marco Polo insistió:

—No hay por qué esperar, nosotros nos amamos.

Entonces, sin delicadeza, Lucio comentó:

—¡Amor! El amor es un interés disfrazado.

—¡Papá, no hables así! ¡Yo amo a Marco Polo!

No sabiendo cómo impedir el casamiento, Lucio intentó bloquear radicalmente el golpe del pretendiente. No quería que Marco Polo tuviera acceso a sus posesiones.

—¡Sólo aceptaré que te cases con Anna si es por separación total de bienes!

Anna, indignada, reviró:

—¡Yo soy quien decide eso, papá!

Marco Polo, intrépido, intervino diciendo:

—¡Pues yo sólo me caso con su hija si me llevo toda su fortuna!

Anna se sobresaltó. Lucio se levantó airado con la petulancia del joven. Bramando, expresó:

—¿Lo ves, hija mía? ¡Te dije que este joven es un ambicioso! ¡Ya mostró su verdadera cara! ¡Sal de ahí mientras estás a tiempo!

Enseguida, miró a Marco Polo y añadió:

—Tú jamás tocarás mi fortuna. Hay un batallón de abogados observándote.

Anna estaba impactada por el rumbo de la conversación. Marco Polo se puso en pie y confirmó:

—¡Sí! Soy ambicioso. Sólo me casaré si me llevo toda su fortuna, pues para mí su única fortuna es Anna. El resto no tiene valor. No quiero un centavo de usted.

Anna se sintió deslumbrada, nunca había sido tan valorada. Su intratable padre cayó del pináculo de su orgullo.

Se fijó la fecha del matrimonio para tres meses después. Harían una ceremonia civil en público y, posteriormente la religiosa, en privado. El religioso sería ecuménico y sólo se invitaría a algunas personas, en especial al amigo de Dios, Halcón.

Los padres de Marco Polo, Rodolfo y Elizabeth, vivían en otro estado y estaban felices con el casamiento de su hijo. Rodolfo vivía con dificultades financieras. Era un comerciante que gustaba de ayudar a las personas, pero no lograba cobrarles a quienes le debían. Sociable, afectuoso, de buen humor, disfrutaba teniendo largas conversaciones con sus amigos.

Elizabeth era descendiente de una familia rica. Sus abuelos habían sido latifundistas, grandes propietarios de tierra. Los padres de ella vivieron de manera ostentosa. Tenían los mejores autos, las mejores casas, la ropa más bella. Ella había llevado una vida regalada en su juventud. Pero sus padres, así como sus tíos, dilapidaron la herencia. El dinero se fue, quedaron las joyas y la pose permaneció. Era una mujer recatada, de gestos comedidos y de pocos amigos. A pesar de su ambición, era una mujer de buena fibra, luchadora.

Los padres de Marco Polo no tenían recursos para contribuir con la fiesta. Lucio Fernández se adelantó. Dijo que tenía el objetivo de dar la mejor fiesta para Anna. La joven pareja rechazó el lujo. Entonces, Lucio afirmó que haría un evento simple, capaz de combinar con el estilo de vida de los novios. Mintió. Secretamente contrató el mejor bufet de la ciudad. Alquiló para la fiesta el salón principal del más imponente hotel de cinco estrellas, del cual era socio, y mandó preparar una exquisita decoración.

La fiesta no tenía la cara de la novia, sino la de su padre. Bajo el control de Carlos, el mayordomo, y de una docena de empleados de las empresas de Lucio, se llevaron a cabo secretamente no sólo los preparativos de la boda, sino que también se elaboró una enorme lista de invitados, la mayoría de los cuales no tenía relación con Anna.

Lucio invitó a los grandes empresarios, celebridades, diputados, senadores, el gobernador del estado, ministros, el presidente del país. El billonario era un hombre muy influyente.

Gastó más de 500 mil dólares en el evento, una cantidad irrisoria para alguien tan rico. Lo que debía ser una simple fiesta se convirtió en el mayor acontecimiento del año. Se invitó a columnistas sociales de periódicos y revistas para cubrir el evento. Ocupados con su intenso trabajo, Marco Polo y Anna no percibieron el movimiento en torno a su boda. Carlos y su equipo fueron muy eficientes.

El objetivo de la magnitud de la fiesta no era sólo satisfacer el ego o expresar su megalomanía usando el poder financiero para encantar a las personas. Realmente deseaba premiar a su hija. La amaba a su modo.

Además, procuraba disminuir la enorme deuda que tenía en su consciencia. En los raros momentos de lucidez, se atormentaba con la idea de haber abandonado a las dos mujeres de su vida: su esposa y su hija.

Quería compensar a Anna por los errores que cometiera y por su pasado deprimente. Como no había aprendido a hablar el lenguaje de la emoción, se expresaba en el único idioma que conocía: el del dinero. Imaginaba que una fiesta memorable podría redimirlo.

Capítulo 26

¡Al fin, el gran día! Marco Polo llegó al salón una hora antes de Anna y se sorprendió por la presencia de tantos extraños. Se desconcertó, pensando que había entrado al lugar equivocado. Había cinco elementos de seguridad disfrazados identificando a las personas y checando la lista.

Carlos les había dicho a los miembros de seguridad que había una lista oficial, la de Lucio, y otra con el nombre de algunas otras personas: los invitados de Marco Polo y Anna, de los cuales deberían exigir la identificación y la invitación. Pensaron que era extraño que hubiera dos listas, pero órdenes son órdenes. Marco Polo se identificó. Lo reconocieron por el nombre.

—¡Felicidades por la grandiosa fiesta! —dijeron los guardias de seguridad.

El joven apenas movió levemente la cabeza en señal de agradecimiento y entró. Las luces centellantes, los tapetes persas tendidos en el suelo, las decenas de ramos de flores distribuidas en múltiples sitios saltaban a la vista. Había más de doscientas cincuenta mesas, todas ricamente decoradas, con copas de cristal francés. Se servirían vinos de las mejores cosechas. Las fiestas de Lucio eran famosas, no escatimaba esfuerzos para agradar a los invitados. Pero ésta era singular.

El psiquiatra pensador, poeta, desprendido, temerario, que tenía corazón de vagabundo, se avergonzó. Marco Polo no podía creer lo que veía. Lo que más le preocupaba era la presencia de los extraños. Había más de setecientos invitados y él conocía a menos de 10 por ciento de ellos. Intentaba saludar con la cabeza a los presentes, pero ellos no respondían. No lo conocían, no sabían que era el novio. No estaban ahí a causa de él.

Había más de sesenta meseros sirviendo frenéticamente a los comensales. Un equipo de treinta elementos de seguridad vestidos con traje azul marino circulaba por el salón.

Al encontrar a Lucio, prefirió ser más amigo del silencio que de las palabras. Sabía que cualquier crítica desembocaría en una discusión, lo cual arruinaría el sublime momento. Pensó: "¡A este hombre de verdad no le caigo bien!". Sabía que Anna desconocía los preparativos del padre.

Lucio fue a recibir personalmente a algunos invitados especiales, llevando consigo a Marco Polo, que se dejó llevar.

—Señor gobernador, primera dama. La fiesta les pertenece —dijo radiante—. Ah, éste es mi futuro yerno —lo presentó sin mucha espontaneidad.

Así, ambos saludaron a cerca de veinte personalidades, entre las cuales había algunos riquísimos industriales y banqueros que también figuraban en la famosa lista de las grandes fortunas. Había respeto entre los empresarios y un aparente desprecio por esa clasificación, pero en el subsuelo de sus comportamientos, varios estaban seducidos por ella. La envidia y la disputa corroían el alma de muchos.

Se le ocurrió a Marco Polo que la suma de las fortunas de los invitados a la boda daba una cantidad de 150,000 millones de dólares, superior a la suma del producto interno bruto de los treinta países más pobres del mundo, incluyendo los de África subsahariana, cuya población sobrepasada los 350 millones de habitantes. Pero nadie se preocupaba por los pobres. Lo que importaba era la fiesta.

El novio, que aprendió a pensar como un mendigo y vivir entre los miserables, ahora se encontraba entre los multimillonarios. La fiesta, que debería ser un motivo de alegría, presagiaba ser una fuente de preocupación. Sin embargo, él siempre había discurrido afirmando que no hay ricos ni pobres, famosos ni anónimos, todos son seres humanos con necesidades internas semejantes.

Al recordar esto, se recompuso. Un pensamiento saltó en su mente y aquietó su emoción intranquila: "No es el ambiente lo que hace mi estado de ánimo, sino mi estado de ánimo es el que hace el ambiente. Seré feliz". Prefirió relajarse. Anna lo merecía.

El secretario de seguridad del Estado, el señor Cléber, también estaba presente. Como era amigo personal de Lucio, le hizo un favor: ordenó que un batallón de policías estuviera en los alrededores y puso a cincuenta miembros de la élite de la policía antisecuestro disfrazados entre los invitados. El objetivo era proteger a los grandes empresarios y políticos importantes de posibles ataques.

Marco Polo buscó a sus amigos, pero le costó localizarlos, pues estaban perdidos en la multitud de desconocidos. Su madre vibraba, eufórica por el lujo de la fiesta. Era todo lo que ella había soñado para su hijo. Recordó los tiempos dorados de la vida acaudalada.

Un piano y un conjunto de violines ejecutados por profesionales del mejor calibre animaban el ambiente. El juez se mostraba ansioso por comenzar la ceremonia. Estaba deslumbrado por la magnitud de la fiesta, nunca había abierto la boca ante personas tan ilustres. Anna estaba terminando de arreglarse.

De pronto hubo un escándalo en la puerta del salón. Algunos elementos de seguridad impedían la entrada a unas quince personas mal vestidas, de comportamientos extraños, que hacían aspavientos con la cabeza y movimientos involuntarios con los miembros superiores. En el grupo, algunos no portaban documento de identidad ni invitación; dijeron que los habían olvidado. Pero incluso los que sí llevaban fueron detenidos. Los elementos de seguridad imaginaron: "No es posible que un millonario se mezcle con este tipo de gente".

Las personas detenidas comenzaron a gritar pidiendo que las dejaran pasar, produciendo un caos en la entrada del salón y desconcertando a los nobles invitados que llegaban. Algunos de ellos les preguntaron a los elementos de seguridad:

—¿Qué hace esta gente en la fiesta de Lucio?

—No lo sabemos, señor, pero ya los estamos sacando.

El grupo intentaba entrar, pero los guardias, cada vez más agresivos, los empujaban hacia fuera. Llegó el jefe de seguridad contratado por Lucio. Informado de la situación, observó a los alborotadores y se confabuló en voz baja con los guardias.

—Esas personas ciertamente quieren colarse. Perderemos el empleo si las dejamos entrar. No podemos perturbar a las autoridades ni a la élite financiera. Sáquenlos a todos; pero, por favor, sin escándalo.

El grupo se resistió, el caos aumentó. Lucio fue informado de la confusión y quedó visiblemente trastornado. Avisó al secretario de Seguridad, que a su vez notificó a su equipo interno, imaginando que había criminales presentes.

Llegando al lugar, el jefe de seguridad le dijo al señor Cléber.

—Esas personas parecen haber salido de un manicomio. Dicen que son amigos del dueño de la fiesta. ¿Cómo es posible?

Observándolos, el secretario dijo en voz baja:

—¡Cuidado! ¡Pueden ser terroristas o secuestradores disfrazados!

Entonces, con una mirada, pidió a los policías antisecuestro que actuaran. Los corpulentos policías sujetaron los frágiles brazos de Jaime, de Isaac, de Ali Ramadan, de Vidigal, de Romero, de Claudia, de Sara, de María, del anciano y gentil señor Bonny, comenzaron a revisarlos y enseguida a expulsarlos.

Ellos habían ido a la fiesta porque Marco Polo los había hecho sentir seres humanos, estrellas únicas en el escenario de la vida, aunque fuera un escenario sin público. No podían dejar de agradecer a un amigo tan sabio y tan querido. Ahora eran nuevamente tratados como basura social.

Isaac los había traído. Issac era un hombre más rico que varios de los invitados a la fiesta. Se vestía de manera tan simple que parecía no tener una empresa con novecientos empleados. Había expandido los horizontes de visión sobre la existencia. No tenía necesidad de la ostentación.

La enfermedad lo abatió, pero no eliminó su osadía, su garra y su creatividad. Se había convertido en un empresario que sólo veía sentido en pisar el suelo del capitalismo y conquistar más espacios financieros si eso contribuía al bienestar de sus empleados y de la sociedad. Siempre le había gustado emplear legalmente a inmigrantes chinos, árabes, indios, latinos. Conocía por propia experiencia el dolor de la soledad de vivir en tierra ajena. Después de haber superado su enfermedad mental, comenzó a emplear también a los egresados de hospitales psiquiátricos. Realizó una solidaria inclusión social. Sus empleados lo amaban.

Como Claudia no tenía dinero para comprar ropa nueva, había elegido un vestido rojo largo y un saco negro. Ambas prendas tenían más de veinte años de existencia y eran lo mejor que tenía. Además de no combinar, contrastaban con el lujo de los vestidos del resto de las mujeres de la fiesta.

Para ella, lo importante era sentirse cómoda internamente y demostrarle a Marco Polo que, a través de él, ella había aprendido a rescatar su sentido de la vida y a ser útil a la sociedad. Tampoco tenía recursos para comprar un regalo, pero hizo de su presencia un regalo inolvidable.

El grupo llamaba la atención de todos. Normalmente los pacientes con depresión, trastorno de pánico y otras enfermedades emocionales pasan desapercibidos a los ojos de la sociedad, pero los amigos de Marco Polo eran portadores de trastornos mentales graves y crónicos. Algunos se restregaban frecuentemente las manos en la cara y el pecho. Otros, como Jaime, traían secuelas de los largos años de medicación. Hacían movimientos musculares repetidos, como si sufrieran del mal de Parkinson. Para las personas prejuiciosas, no constituían una visión agradable.

Algunas invitadas los miraban de arriba abajo, aterradas. Ellos no parecían pertenecer al mundo de los mortales.

Sara le dijo delicadamente a una de ellas:

—¡No muerdo, madame! También soy una persona.

En medio de la agitación, la esposa de un importante senador hizo un gesto de desprecio y espanto ante Claudia. Ésta la observó, con la sensación de que la conocía.

—¿No tuviste clases de danza conmigo en tu infancia?

Perturbada, la otra exclamó:

—¡¿Profesora Claudia?!

—Sí. Soy yo.

—¡Qué bueno verla! —y salió apresurada.

Los policías estaban perdiendo la paciencia. Como empujarlos no servía de nada, comenzaron a arrastrarlos.

Algunos decían:

—¡Salgan o los llevamos presos!

Otros agregaban:

—¡No molesten, intrusos! Esta fiesta es para gente importante.

Frágiles por la enfermedad psiquiátrica y por el uso prolongado de medicación, algunos comenzaron a tropezar y a llorar.

Súbitamente, Jaime gritó:

—¡Marco Polo! ¡Marco Polo!

Todos sus amigos lo acompañaron en coro.

El barullo hizo eco en el interior del salón. Marco Polo, que hasta el momento no sabía de la confusión, se asustó. Reconoció aquellas voces. Rápidamente se dirigió a la puerta de entrada. Había invitado a sus amigos y les había rogado que asistieran, pero sabía que algunos de ellos buscaban el aislamiento y no les gustaba frecuentar ambientes sociales extraños, pues percibían las miradas discriminatorias. Olvidando los riesgos, fueron a la fiesta en un gesto de amor.

De repente, Ali Ramadan cayó al ser empujado con violencia. Su expresión facial de dolor y sus lágrimas llevaron a Isaac a zafarse del elemento de seguridad que lo sujetaba para socorrer a su amigo. No se trataba de un palestino y un judío, sino de dos seres humanos ayudándose. Isaac levantó cuidadosamente a su amigo e interpeló al policía:

—¿Quién te crees que eres, bruto?

A los guardias y a los policías de élite no les gustó su actitud y lo empujaron violentamente, así como a los otros.

El caos se instaló y nadie se entendía.

Mientras tanto, Marco Polo llegó y exigió:

—¡Paren! ¡Paren!

Al ver al novio, los guardias y los policías se calmaron.

Ante el asombro de aquellos hombres y de todos los curiosos que se acercaron, el novio exclamó:

—¡Claudia, querida, qué bueno verte! ¡Jaime, tú aquí, qué placer! ¡Isaac, Ali, mis queridos amigos!

Y los abrazaba y los besaba en la cara y en la frente.

El señor Bonny dijo tímidamente.

—¡Marco Polo, no nos quieren dejar entrar a la fiesta!

—¿Cómo que no, señor Bonny? Ustedes son los invitados más esperados de esta fiesta, por lo menos para mí y para Anna.

El secretario de Seguridad estaba perplejo. Hacía muchos años, cuando apenas era un delegado, había experimentado la misma sensación ante un joven mendigo que apareció en su delegación.

De repente, las miradas de Marco Polo y del secretario se cruzaron. Marco Polo estaba abrazado a Claudia, pero su voz resonó:

—¡Gran cerebro! ¡Usted aquí!

Esta vez, el secretario quedó aterrado:

—¡Es aquel mendigo, pero ahora vestido de novio! ¡No es posible!

—¿Sigue siendo delegado?

—Hoy soy secretario de Seguridad y amigo de tu suegro —dijo, todo orgulloso. Y agregó—: Llegué lejos en mi carrera. Y tú me diste fuerza. Nunca olvidé que me dijiste que mi cerebro era aventajado.

Marco Polo tragó en seco. Pensó nuevamente en el poder del elogio, que es capaz de estimular la autoconfianza de las personas. Al mismo tiempo, reflexionó sobre el poder del rechazo, que aun en tono de broma, sin intención de lastimar, puede hacer estragos en la personalidad de los demás. "Menos mal que el delegado no descubrió que, entre broma y broma, disminuí el número de sus neuronas", pensó.

Marco Polo estaba preocupado por la discriminación que sus amigos sufrieron a la entrada del salón. Tal rechazo podría reducir a polvo su autoestima. Necesitaba reparar esa injusticia. El secretario se rascaba la cabeza al verlos.

—¡Felicidades, secretario! Realmente llegó lejos en su carrera profesional.

—¡Felicidades para nosotros! La vida es irónica. Hoy eres el centro de la fiesta y yo soy su centro de seguridad.

Enseguida, Marco Polo resolvió el malentendido. Para no dejar dudas, proclamó en voz bien alta para que todos lo oyeran, tanto los extraños como los propios amigos:

—¡Estas personas son mis invitados especiales! ¡Están entre mis mejores amigos!

Algunos invitados se quedaron sorprendidos. Comentaron entre sí que habían entrado a la fiesta equivocada. Por otro lado, los amigos del novio se arreglaban orgullosamente su ropa, mirando a los miembros de seguridad con aires de grandeza. Ali Ramadan abordó a Marco Polo, preguntando:

—¿Existen los extraterrestres?

Temiendo que las alucinaciones de Ali hubieran regresado, el joven psiquiatra repitió la vieja frase:

—No sé. Pero sé que creamos monstruos dentro de nosotros.

—Mira cuántos alienígenas hay fuera de nosotros —dijo, señalando con la quijada a los de seguridad.

Marco Polo sonrió.

—Cierto que son extraños, pero en el fondo son buenas personas, Ali.

Claudia dio una palmadita al rostro de un elemento de seguridad y, con la ingenuidad de una niña, le dijo:

—¡Guapo! ¡La fiesta es nuestra!

Anna conocía a buena parte de esos amigos de Marco Polo. Apreciaba su sencillez, su inocencia y creatividad. Ciertamente se alegraría mucho de verlos ahí.

Antes de que entraran en el gran salón, dos famosas actrices de cine, amigas de Lucio, llegaron al lugar perseguidas por algunos reporteros. Una de ellas tropezó con Sara y cayó. Sara también se desequilibró y fue ayudada por Claudia. Irritada con ambas, la actriz las encaró y se espantó por los gestos raros que hacían con los brazos y la cabeza. Llamó a un miembro de seguridad y le preguntó con prepotencia:

—¿Qué hace esta gentuza extraña en la fiesta de Lucio?

Marco Polo, viendo a sus amigas nuevamente humilladas, le dijo a la actriz:

—De toda la basura producida por la sociedad, el culto a la celebridad es el más estúpido.

Indignada por el coraje del desconocido, la actriz vociferó:

—¿Quién eres tú para decir eso? ¿No sabes que soy una famosa artista?

—Ellas también son actrices del teatro de la existencia. ¡Ya hasta ganaron un Oscar por el drama que vivieron! —dijo, señalando a Sara y a Claudia.

—¡Caramba! ¡Pero yo no las conozco! —comentó admirada.

—Deberías conocerlas. Son fascinantes.

Claudia y Sara captaron la broma. Le dijeron a las actrices:

—Queridas, después les damos un autógrafo.

Y, tomándolas del brazo, Marco Polo las llevó al salón junto con todos sus amigos. Al entrar a la pasarela central, por donde Anna pasaría, los invitados se quedaron paralizados e hicieron un silencio fúnebre. Los músicos dejaron de tocar. Los gestos poco comunes y los movimientos involuntarios de aquellas personas agredían los ojos de los ilustres invitados. No estaban acostumbrados a convivir con personas diferentes.

Claudia, abrazada de Marco Polo, miraba y les hacía caras a los invitados. Romero estaba avergonzado, cabizbajo, pero Vidigal, muy suelto, saludaba a todos los presentes. Jaime estaba un poco cohibido, pero pronto se liberó al besar varias flores que encontró en el camino.

Ali Ramadan entró satisfecho. Enrolló en torno a su cabeza un pañuelo que traía en la mano derecha y bailó música árabe mientras atravesaba el salón. Era un palestino feliz. Isaac estaba sonriente. No le debía nada a nadie y no exigía nada para tener bienestar. Enfrentar aquella presión no era nada comparado a las presiones que ya había soportado.

Marco Polo observó, un poco apartado, a un señor que no sólo discriminaba a sus amigos, sino que estaba asombrado al verlo. Parecía querer devorarlo con los ojos. Balbuceó entre dientes:

—¡Cretino!

Al percibir lo que el hombre había dicho, se sintió perplejo. No podía creer que un invitado lo hubiera ofendido en su propia boda. Pensó que lo había imaginado, a fin de cuentas la noche era estresante.

A medida que el grupo avanzaba, los invitados intercambiaban miradas queriendo entender lo que ocurría. Algunos decían, en tono de burla:

—Lucio nos preparó un espectáculo circense.

En realidad, Lucio, al ver la escena, rebosaba de rabia. Quería estar en cualquier lugar del mundo, menos en esa fiesta. "¡Qué vergüenza! ¡Lo que van a pensar de mí!", se decía, con un nudo en la garganta.

Antes de que los amigos de Marco Polo se acomodaran, Lucio fue llamado, la novia había llegado. Como padre, debía conducirla al salón. Salió en estado de choque, sin mirar a los invitados.

Algunos psiquiatras también estaban perplejos. Nunca habían visto a pacientes portadores de psicosis en la fiesta de un psiquiatra.

Antes de sentarse, Jaime paseó prolongadamente la vista por la multitud. Vio hombres y mujeres preocupados, tensos, con posturas erectas, rígidas, casi sin moverse ni manifestar alegría en la fenomenal fiesta. Admirado por su propia observación, tomó el brazo del novio y expresó:

—Marco Polo, ¡qué gente ex... extra... extraña!

Analizando el comentario de su amigo, él estuvo de acuerdo:

—¡Realmente son extraños, Jaime!

Capítulo 27

A nna llegó a la fiesta. Tal como le ocurrió a Marco Polo, se tensó al ver el esquema de seguridad. Cuando entró en el salón oval, se quedó pasmada. Intentando ser discreta, preguntó en voz baja.

—Papá, ¿qué significa todo esto?

—Tú lo mereces, hija mía. Nos lo merecemos.

Localizó a su amado desde lejos. Él le hizo un gesto con las manos intentando aliviarla, como si dijera: "¿Qué vamos a hacer? ¡Relájate!".

El conjunto de cuerdas comenzó a tocar la marcha nupcial. Parecía producir un sonido celestial que recorría las venas del cuerpo y penetraba en el tejido del alma de los invitados.

El vestido blanco de seda, con pocos encajes, caía sobre el cuerpo de Anna, delineándolo de manera sensual. El vestido era sencillo, pero ella estaba deslumbrante. Al ser tan bella interiormente, era Anna quien daba brillo a la ropa, y no la ropa a ella.

Los cabellos ensortijados con mechas doradas reposaban sobre sus hombros como olas sobre la playa. No traía guirnalda, sólo llevaba un pequeño ramo de lirios blancos en la mano derecha. Era la flor que más le gustaba, y que nacía en los pantanos, como ella.

Al verla, los amigos del Hospital Atlántico comenzaron a aplaudir y a silbar, expresando júbilo. Nadie los acompañó, sólo Marco Polo.

El salón medía ochenta metros. Mientras Anna y su padre caminaban lentamente, las personas, emocionadas, los felicitaban con gestos y miradas. Lucio se sentía un rey. Por unos momentos se olvidó del caos inicial. Agradecía las felicitaciones con la cabeza. Mientras caminaba, rescataba imágenes del pasado de Anna. Su pequeña hija había crecido, convirtiéndose en una persona encantadora.

Al acercarse a Marco Polo, se rompió el protocolo otra vez. Jaime y Claudia, que conocían a Anna, no pudieron contener su alegría; se levantaron y fueron a su encuentro.

Lucio frunció el ceño. No los ofendió sólo porque el momento exigía discreción. Varios invitados también condenaron la actitud de ellos. Decían entre sí:

—Qué gentuza vulgar y sin educación.

Anna, humilde, los abrazó sin la menor restricción y los besó, estropeando levemente su maquillaje. Una de las jóvenes más adineradas del mundo se había enriquecido con bienes de los que muchos de los presentes carecían: naturalidad y sencillez. Su gesto fue un brindis para los ojos de Marco Polo.

Llena de felicidad, Anna todavía agregó:

—¡Claudia, estás magnífica! ¡Jaime, estás guapísimo!

Ali Ramadan gritó en voz alta:

—¡Qué flor! ¡Qué flor! ¡Que Alá la proteja!

Del mismo modo, Isaac gritó:

—¡Que el Dios de Israel sea tu cayado y tu fuerza!

Lucio, avergonzado, movía las pupilas para ver las reacciones de los invitados. Sudando frío, entregó a su hija al novio. Procuró quedar un poco apartado de ellos. No quería que lo fotografiaron al lado de esa gente extraña, no quería ser blanco de burlas en las columnas sociales.

Mientras el juez iniciaba la ceremonia, una persona se aproximó furtivamente a Lucio y le dio una pésima noticia, que casi lo hizo desmayar. Era el hombre que le había dicho "cretino" a Marco Polo.

—¿Sabes quién fue el psiquiatra que denunció los efectos del Venthax? —dijo, como un depredador ante su víctima.

—¿El canalla que me hizo perder cien millones de dólares en la bolsa de valores el mes pasado? —preguntó Lucio.

—Exactamente.

—No me digas que el estúpido de mi yerno tuvo el valor de invitarlo. ¿Quién es el villano?

—Es tu propio yerno —dijo el psiquiatra. Y, con sarcasmo, agregó—: Con un yerno como ése, no necesitas enemigos.

—¡¿Pero qué me estás diciendo, doctor Wilson?! —gritó Lucio, profundamente indignado.

Lucio, seis meses antes del debate de Marco Polo con el doctor Paulo en el congreso de psiquiatría, había comprado 60 por ciento de las acciones de la farmacéutica que sintetizara el Venthax. Lucio ya era el dueño de la empresa cuando el doctor Paulo fue sobornado. La empresa prometía ser una mina de oro si obtenía una aceptación sólida del nuevo fármaco por parte de la comunidad médica.

Marco Polo comenzó a usarlo poco después del congreso y percibió importantes efectos colaterales en sus pacientes. Como había sido desafiado por el doctor Paulo Mello, decidió hacer una investigación más seria sobre tales efectos. El resultado apareció en uno de los primeros artículos que había publicado.

El artículo había salido hacía un mes en una revista científica, y rápidamente se destacó en la prensa mundial, en especial en los periódicos y la televisión. Lucio había maldecido el artículo, pero jamás le pasó por la cabeza que Marco Polo fuera el autor. Lucio repetía obsesivamente: "Todo medicamento tiene efectos colaterales. ¡Me están persiguiendo!". Las acciones del laboratorio cayeron 15 por ciento y seguían en picada. Fue un desastre económico.

Ante los hechos relatados por el doctor Wilson, Lucio cambió de color, comenzó a sentir taquicardia, falta de aliento, a sudar frío, como si estuviera ante la peor situación de peligro. El peligro era su nuevo yerno. La falta de simpatía por él se convirtió en odio mortal.

Inmediatamente mandó a un guardia a llamar al secretario de Seguridad. Jadeante, le ordenó:

—¡Tenemos que interrumpir esta boda ahora!

—¿Estás loco, Lucio?

—No, pero estoy a punto de estarlo.

—¿Qué está pasando?

—Acabo de descubrir que mi futuro yerno es mi peor enemigo.

—Lucio, estás bromeando, él es una buena persona —replicó el secretario, alterado.

—¡Buena persona! ¡Ese hombre me hizo perder cien millones de dólares en un mes!

El secretario quedó desarmado. No daba crédito. Jamás había presenciado un evento tan perturbador. La fiesta, que ya era confusa, se volvió un clima de guerra. Mientras tanto, el juez continuaba el ritual.

—¿Qué hizo tu yerno? ¿Te robó?

—Casi. Acabó con la imagen de una de mis grandes empresas, el laboratorio Montex. ¡Voy a perder una posición en el ranking! —dijo Lucio, enojado.

—¿Ranking?

—Olvídalo.

El doctor Wilson le aclaró al secretario:

—El joven psiquiatra denunció en la prensa los efectos colaterales de uno de nuestros medicamentos más importantes.

—¿Él sabía que la farmacéutica era de su suegro? —preguntó el secretario.

El doctor Wilson afirmó, sin convicción:

—¡Claro que sí!

Al saber eso, la falta de aire de Lucio aumentó y comenzó a sentir vértigo. Los invitados más cercanos estaban conmovidos con la escena. Pensaron que él estaba emocionado por casar a su única hija. "Debe estar sintiéndose solo por la partida de Anna y la alegría de verla convertida en mujer", imaginaron. Creyeron que él estaba recordando a su pequeña hija corriendo y jugando, y, ahora, asumiendo los desafíos de la vida.

Un diputado federal sensible se aproximó, intentando consolarlo:

—Yo te entiendo, Lucio, ya casé a una hija. Quédate tranquilo, ahora has ganado a un hijo.

Al escuchar eso, Lucio sintió un súbito temblor. Quería tragarse al diputado, gritarle. Los dos amigos lo sujetaron. El diputado no se dio cuenta de lo que estaba ocurriendo. Movido por la compasión, volvió a su lugar.

Enseguida, Lucio volvió a la carga:

—¡Un hijo! ¡Estoy perdido! ¡Termina esta boda antes de que comience! ¡Anna entenderá cuando yo lo desenmascare!

—¡Calma, Lucio! —dijo el secretario.

—¡Calma! ¿Tuviste calma cuando necesitaste 50 mil dólares? ¡Este sujeto me puede arruinar!

Lucio Fernández, como varios de sus amigos, no estaba preparado para ser billonario. Gravitaba en la órbita del dinero, y no el dinero en su órbita. Antes de volverse rico, era más suelto, sereno, sociable, despreocupado. Después de que se volvió un archimillonario, pasó a ser controlador, autoritario, ansioso, desconfiado. Necesitaba mucho para sentir poco, y ahí destruyó su placer de vivir. Los empleados de su palacio eran más felices que él. El dinero lo había empobrecido.

Además, Lucio tenía una personalidad paranoica. No llegaba a ser una psicosis paranoica, pues no rompía con la realidad, pero vivía atormentado por ideas de estar siendo perseguido o de ser lesionado. Vivía con el miedo al secuestro. Tenía autos blindados y andaba con una escolta de cuatro guardaespaldas. Como si eso no bastara, no confiaba ni en sus amigos. Creía que todo el mundo se le acercaba por interés. Pero, de todos sus fantasmas psíquicos, el que su hija cayera en manos de un aprovechado era el mayor. Ahora, a sus ojos, su mayor pesadilla se materializaba.

El secretario se sentía amedrentado porque Lucio había revelado que había necesitado de su dinero delante del doctor Wilson.

Quería atender la dramática solicitud que le habían hecho, pero como la situación era delicadísima, todavía tuvo el aliento para replicar:

—¿Cómo interrumpir este casamiento? ¿Ya pensaste en el escándalo? Mira al gobernador. Hay más de veinte diputados federales, diez senadores y tres ministros presentes. Son raros los empresarios de este país que reúnen a personas tan poderosas en un mismo lugar.

Entonces Lucio cayó en la cuenta. Aunque muchos políticos dependieran de su dinero para elegirse, el escándalo podría generar consecuencias impredecibles.

Miró de reojo a los amigos de Marco Polo y vio un paisaje que le molestó.

—Vean a esos miserables. Ellos no necesitan fingir. Son lo que son. ¡Maldito escándalo! ¡Necesitamos un pretexto!

Capítulo 28

L a ceremonia nupcial se inició. El juez elevó el timbre de su voz y pronunció las famosas palabras:

—Si alguien en este recinto tiene algo en contra de este casamiento, que hable ahora o calle para siempre.

Lucio se quedó helado. Quería gritar, pero no podía. Después de un momento de silencio, una persona gritó en la entrada del salón.

—¡El novio abandonó a su niño!

Los presentes hicieron un silencio mortal. Algunos comenzaron a sentirse mal. El juez enmudeció.

El acusador, todavía distante, insistió:

—¿Por qué abandonaste a tu niño?

Elizabeth sintió que le faltaba el aire y pensó: "¡Jesucristo! Eso nunca pasó en nuestra familia". Los políticos y empresarios estaban asombrados. El secretario de Seguridad del Estado habló en voz baja:

—La fiesta del año promete ser el escándalo del siglo.

Las mujeres exclamaban:

—¡Qué vergüenza! ¿Cómo puede alguien abandonar a un hijo?

Todos comenzaron a condenar a Marco Polo. Lucio, sobresaltado, se levantó, tomó el brazo del secretario y dijo:

—¡Ése es nuestro pretexto! ¡Ese tipo nunca me engañó! Llama a los de seguridad. ¡Saca inmediatamente a Anna de aquí!

—¡Calma, Lucio, espera!

—¿Esperar qué?

—Esto puede generar una agitación incontrolable. ¡Se puede poner en riesgo la integridad física de las autoridades! —dijo, temblando.

El desconocido comenzó a acercarse y a vociferar:

—¡Dejaste al niño llorando, sin respirar!

Algunos invitados comentaban:

—¡Asesino! ¡Ese sujeto no vale nada!

Anna sentía un nudo en la garganta. Marco Polo intentaba ansiosamente elevar la vista para ver quién lo estaba denunciando. Sus amigos del Hospital Atlántico suspendieron incluso sus movimientos repetitivos. Casi no respiraban. La concurrencia, atónita, se esforzaba por ver al acusador. El salón se volvió pequeño para tanta indignación. Las murmuraciones eran intensas.

El secretario resolvió actuar. Llamó a veinte patrullas. Pidió que permanecieran listas alrededor del hotel. También puso a los cincuenta policías disfrazados en sus puestos. Indicó que al levantar la mano derecha y bajarla súbitamente, estaría dando la señal para que entraran en acción. Retiraría a Anna, protegería a Lucio, a las autoridades y a los empresarios más importantes. Cuando levantó la mano para dar la orden final, otra voz gritó vibrante en el salón.

Era la voz de Marco Polo:

—Asumo mi culpa. Abandoné a mi niño. El activismo profesional y las preocupaciones por mi existencia me robaron el tiempo. Pero prometo que ya no lo volveré a abandonar.

Las señoras de edad comenzaron a comentar entre sí:

—¡Qué padre desnaturalizado! ¿Cómo puede cambiar el trabajo por su hijo? ¡Eso no lo disculpa!

—¡Aliméntalo con la sabiduría, nútrelo con la sencillez, irrígalo con la libertad! No dejes que tu niño muera. Edúcalo —dijo el extraño en voz más alta.

Lucio expresó:

—Además de mi enemigo, es un pésimo padre. El escándalo está hecho. ¡Vamos, acaba con esto! —le dijo al secretario, empujándolo para que asumiera una actitud.

El sudor corría como gotas de lluvia por la cara del secretario. Sabía que la confusión podría ser tal que algunas personas correrían el riesgo de ser pisoteadas. Cuando iba a dar la orden por segunda vez, vio a Marco Polo tomar a Anna de la mano e ir al encuentro del denunciante. Respiró hondo y pidió que los cien ojos fijos en él esperaran.

—¡Sí! ¡Lo voy a educar! —y, mirando a su novia, exclamó—: Le pediré a Anna que me ayude a cuidar de él.

Algunos perplejos con su osadía, decían:

—¡Irresponsable! Hizo el hijo y ahora quiere que otra mujer lo cuide.

Lucio fue más lejos.

—¡Canalla! Quiere introducir un bastardo en mi familia. ¡Tiene que ser ahora, secretario!

El secretario levantó la mano por tercera vez. No podía desagradar a quien tanto lo había favorecido. Cuando iba a bajarla y dar inicio a la agitación, otra voz llenó el ambiente. Para perplejidad de los presentes, en especial de Lucio, una joven que siempre había sido frágil, tímida, insegura y que no se expresaba en público entró en escena. Anna exclamó:

—Cuidaré del hijo de Marco Polo como si fuera mi hijo —y mirando a los presentes, agregó—: Y quien no quiera dejar que su niño interior viva perderá su espontaneidad, destruirá su sencillez, sofocará su creatividad. Será infeliz ante Dios y ante los hombres. Se transformará en un miserable, aunque viva en palacios. Su inteligencia será estéril, aunque sea un intelectual.

Los diputados, los senadores, ministros, banqueros, industriales y sus esposas casi tuvieron un ataque de pánico colectivo. Jadeantes, se pasaron las manos por las caras, se rascaron las cabezas, intercambiaron miradas y quedaron profundamente asombrados.

El denunciante se aproximó. Marco Polo proclamó:

—¡Halcón, amigo mío! ¡Sólo faltabas tú en esta fiesta!

Él y Anna lo abrazaron y besaron afectuosamente.

La concurrencia salió de su asombro y poco a poco se fue deslumbrando.

El irreverente Halcón no podría haber aparecido de otro modo. Nunca se había preocupado por el maquillaje social. En este momento sublime de la vida de su querido amigo, no le importaron las formalidades ni se preocupó por lo que los demás podrían pensar de sus reacciones. Quería dar públicamente el mejor regalo que un ser humano puede dar: su corazón.

Su joven amigo se estaba volviendo famoso y estaba saturado de actividades. Eso alegraba a Halcón, y al mismo tiempo le preocupaba. Sabía que si Marco Polo, al igual que cualquier persona que alcanza el éxito, no tenía cuidado, podría destruir en el núcleo de su ser al niño curioso, aventurero, osado, que ama, que crea, que sueña y que se encanta con la vida. Sabía que el único lugar en donde no era admisible envejecer era en el territorio de la emoción.

Muchos invitados ya habían destruido a su niño interior y vivían en un asilo emocional. La existencia había perdido su sabor. Vivían porque respiraban. No se cuestionaban, no se interiorizaban ni percibían que la vida y la muerte eran fenómenos indescifrables en el teatro de la existencia. Se convirtieron en la audiencia de este teatro insondable. Se movían mucho, pero no salían de un solo lugar. Eran dioses ricos, famosos, pero fallidos.

Anna ya había estado con Halcón algunas veces. Estaba de acuerdo y aprendía con sus ideas y las de Marco Polo. Ellos le contagiaron su burbujeante alegría, su valor para explorar lo nuevo y pensar diferente. Uno ayudaba al otro. Quería ser como ellos, razonar como adulto y sentir como niña.

Halcón estaba presente también porque quería agradecer a Marco Polo por haber roto sus paradigmas y haberle ayudado a rescatar la relación con su hijo. Marco Polo fue discípulo y maestro, hijo y padre, indicando que los pequeños pueden aprender de los grandes y los grandes pueden permitirse aprender de los pequeños. No existen jerarquías en el terreno de la sabiduría.

Después de ver que su hija y Marco Polo besaran al extraño hombre, Lucio no se aguantó. Se sentó y sólo lograba decir:

—¡Eso es un espejismo! ¿Qué está ocurriendo?

—¡No tengo la menor idea! —dijo el secretario, limpiándose el sudor del rostro con una servilleta.

Algunos invitados, ahora más tranquilos, abrieron el abanico del pensamiento y exclamaron:

—Qué pieza teatral tan fabulosa. Nunca vimos algo así. ¡Lucio es un genio!

Otros, en estado de choque, buscaban alivio en las altas dosis de whisky y vodka. Y aún otros, envueltos en una cortina de miedo, temían que hubiera una balacera en el local.

A pesar de las distintas reacciones, la mayoría de los espectadores, bajo el intenso impacto, se aglomeró alrededor de los tres personajes, haciendo una especie de rueda. Algunos se subieron a las sillas y las mesas para ver el espectáculo.

El juez de paz parpadeaba sin parar, en un tic nervioso. Confundido, preguntó al pianista:

—¿Siempre son así las bodas de los millonarios?

Después de abrazar a Marco Polo y a Anna, Halcón recordó los viejos tiempos de los parques. Como si estuviera arriba de una banca, en un ambiente completamente libre, proclamó, dirigiéndose a ambos:

—Todo amor es bello en el amanecer, pero pocos resisten la inclemencia del sol. ¡Qué su amor soporte las pruebas de la existencia!

Rodeando a Anna con el brazo izquierdo, Marco Polo gritó:

—¡Navegaré a toda vela por los mares de la ansiedad, escalaré las montañas de los miedos y recorreré los valles de las decepciones para no dejar que mi amor muera! ¡Haré todo lo que esté a mi alcance para transformar a esta bella mujer en la princesa de mi historia!

Las señoras que querían crucificar a Marco Polo cambiaron de opinión.

—¡Qué muchacho tan romántico! ¡Qué príncipe! Mi hija necesita uno así.

Enseguida, Halcón se apartó un poco de Marco Polo y comenzó a cantar con su voz estridente la canción que se había vuelto su estandarte de vida, "What a Wonderful World". Con las manos escenificaba la melodía y señalaba las flores. Marco Polo lo acompañó. El piano y los violines entraron en acción. Fue fenomenal.

Mientras cantaban, pusieron a Anna entre ellos. Al inicio de la canción, pidieron perdón mentalmente a Louis Armstrong y cambiaron completamente la letra, inventando algunas frases dirigidas a la novia. Para los dos pensadores, Anna simbolizaba todas las personas que habían pasado por el caos en la infancia, por pérdidas irreparables, pero, a pesar de eso, creían que valía la pena vivir la vida. Su superación los inspiraba.

—La vida no te ahorró nada, soportaste tormentas, pero sobreviviste —cantó Marco Polo.

—Gracias por existir. Contigo, la vida es más dulce —cantó Halcón.

—Y pienso para mí... qué maravillosa eres —cantaron a dúo.

—Tropezaste, te heriste, pero no desististe de tus sueños.

—Brillas para nosotros, brillas para el mundo.

—Y pienso para mí... qué maravillosa eres.

La música penetró en los rincones más íntimos de la psique de Anna, convirtiéndose en una actividad sublime de conocimiento; alzó el vuelo de su emoción, le provocó un éxtasis y la hizo llorar. La princesa que viviera en una mazmorra se liberó. Mientras lloraba, pasaba una película en su mente, formada por bellas imágenes, la imagen de su madre abrazándola, tocando el piano para ella, el primer encuentro con Marco Polo, la conquista, la estrella que él le dio.

Rara vez una niña atravesó los desiertos recorridos por Anna y rara vez alguien encontró un oasis tan agradable. Varios invitados también se soltaron a llorar.

Después del canto en homenaje a Anna, Claudia entró en escena. Les gritó a los músicos:

—¡Vals! —y sacó a Halcón a bailar.

Sonriendo, hizo un gesto con las manos abiertas queriendo decir: "¡Vamos, bailen!". Los novios también comenzaron a bailar, libres y alegres.

El resto de los amigos de Marco Polo se integraron al baile y comenzaron a revolucionar la fiesta. Posteriormente, Claudia sacó a otra persona a bailar. Halcón, entendiendo el mensaje, invitó también a otra señora, la esposa de un banquero que jamás había bailado con su marido. Jaime sacó a bailar a una señora de mediana edad que era soltera.

Marco Polo bailó con Dora. Anna invitó a un anciano amigo de su padre, a quien quería mucho. Los músicos estaban eufóricos, pero el juez de paz casi tuvo un ataque cardiaco. Gritaba:

—¡Todavía no termino de casarlos! —pero nadie lo oía.

Isaac no sabía bailar vals. Ali Ramadan había aprendido con Claudia. Viendo a su amigo descolocado, el propio Ali intentó enseñarle. Sin recelos para aprender, Isaac dio con su amigo los primeros pasos de baile. Fue la primera vez en la historia que se tuvo noticia de que un palestino y un judío bailaran juntos al ritmo del mismo vals.

De repente, el doctor George apareció en la pista. Marco Polo se alegró intensamente al ver a su exprofesor de anatomía. Después de que el "vendaval" Marco Polo pasara por su vida, él había revisado sus valores y su rigidez. Su esposa lo había soportado con heroísmo, pero valió la pena. El doctor George aprendió el camino de la afectividad. Se volvió un hombre apacible, gentil, sociable, que rescató a su niño interior. Aprendió a jugar con sus dos hijos. En sus fiestas de cumpleaños se vestía de payaso para divertirlos.

También hizo una revolución en la sala de anatomía. Su primera clase dejó de ser sobre técnicas de disección de los vasos sanguíneos y los músculos, y pasó a abordar la crisis existencial y los sueños de los futuros médicos. El maestro aprendió a amar el debate de ideas y no la sumisión. Cambió tanto que pedía que los alumnos investigaran la historia de los cadáveres que iban a estudiar. Si no la encontraban, deberían imaginar una historia con sueños, alegrías, pérdidas, desafíos, para después escribirla, fijarla en cada mesa de anatomía en señal de respeto a las personas que ahí estaban.

El doctor George creó una asociación llamada "Un ser humano, una historia fascinante". El objetivo de esta asociación era enseñar a los alumnos de otras facultades a descubrir el valor de la vida y a saber que para convertirse en un gran médico es necesario ser un gran explorador, un Marco Polo que descubre las grandes historias detrás de las personas anónimas.

Después, apareció discretamente en la pista el doctor Flávio, el especialista en emergencias. Ahora era jefe de sector en su hospital. Después de que Marco Polo cruzara por su vida, entendió que ante el dolor y la muerte no hay héroes ni gigantes. Se preocupó mucho por los conflictos que se esconden detrás de las cefaleas, de los dolores musculares, de los dolores de pecho, de las taquicardias, de las crisis hipertensivas.

El doctor Flávio, movido por la sensibilidad, creó la asociación "Ser Humano Integral". Esta organización, constituida por médicos, psicólogos y psiquiatras, buscaba concientizar, a través de folletos y conferencias, a los profesionales de la salud de las salas de urgencias de todos los hospitales del país para que dialogaran con sus pacientes.

Deseaba entrenarlos a escuchar con el corazón y a entender que trataban enfermos y no enfermedades, seres humanos y no órganos. El éxito de este entrenamiento disminuyó las hospitalizaciones, solucionó enfermedades y previno innumerables suicidios.

Su esposa, con seis meses de embarazo, había insistido en ir a la boda. Quería agradecerle por los cambios en su marido, aunque Marco Polo supiera que quien cambió de hecho sus rutas había sido el propio doctor Flávio. El progreso emocional de su marido hizo que ella se sintiera la futura mamá más feliz del mundo.

Y he aquí que apareció el doctor Alexandre. Cuando Marco Polo lo vio bailando con su esposa, disminuyó el ritmo y lo saludó afectuosamente. El noble profesor había entendido que, si uno de los más grandes genios de la humanidad, Einstein, fue víctima y también agente del prejuicio, nadie estaría libre de este mal.

Entonces realizó algunas investigaciones y detectó que mucha gente todavía pensaba que quien iba con un psiquiatra estaba loco. Con ayuda de Marco Polo, formó una asociación denominada "Prejuicio nunca más", para disminuir el estigma social de los pacientes psiquiátricos y para elevar su autoestima. Comenzó a mostrar que, en el fondo, todo ser humano posee alguna enfermedad mental, y la enfermedad del prejuicio es la peor de ellas.

Por detrás de la pareja de novios apareció, suavemente, casi imperceptible, un hombre bien resuelto, sereno, equilibrado, sabio, un artista de la psiquiatría. Era el doctor Antony. Él y su esposa, con quien estaba casado hacía más de cuarenta años, bailaban como una pareja de adolescentes. Los novios pensaron: "Queremos envejecer como ellos", pues la forma en que se miraban reflejaba que habían transformado la etapa de menor fuerza muscular en la etapa de mayor fuerza de la emoción y la complicidad en el amor.

Después de que Marco Polo debatió en aquel famoso congreso sobre la dictadura de la hipótesis de la serotonina, sobre la confrontación entre la psiquiatría y la psicología, y expusiera su compleja tesis de que la psique humana cohabita, coexiste y co-interfiere con el cerebro, el doctor Antony y varios ilustres profesores de psiquiatría perdieron noches de sueño.

Llamaron al joven psiquiatra para formar una sociedad científica destinada a estudiar la última frontera de la ciencia: la naturaleza de la psique o alma del *Homo sapiens*. Marco Polo, el doctor Antony y sus amigos hacían reuniones del más alto nivel académico. Participar en ellas era una caricia a la inteligencia. Además, comenzaron a debatir la posibilidad de que la psiquiatría se convirtiera en una especialidad de la psicología y no sólo de la medicina.

De repente, una persona apresurada salió del lado izquierdo de la multitud. Pedía permiso con insistencia. Caminaba eufórico en dirección a la pista de baile. Era el doctor Mario. Al verlo, Marco Polo dejó de bailar. Abrazó prolongadamente al doctor y a su esposa.

En una actitud inusitada, el doctor Mario le dio un beso en la cara. Entonces, el director del Hospital Atlántico tomó a su esposa en brazos y comenzó a mostrar sus dotes en el centro de la pista. Cuando conoció a Marco Polo iba por el tercer matrimonio y en vías de separación, pero después de que el "huracán" Marco Polo pasara por su historia, las murallas se derrumbaron. Se bajó de su trono, dejó de ser un psiquiatra en casa, se humanizó, se convirtió en un caballero.

Sus tres hijos, nacidos de sus dos primeros matrimonios, estaban tomando psicoterapia. El doctor Mario era especialista en criticarlos, señalar sus errores y ser un manual de reglas, pero después de beber de la fuente de la espontaneidad y de volverse un bailarín en la vida, comenzó a abrazarlos, besarlos, cautivarlos, escucharlos.

Aprendió a pedir disculpas, a reconocer sus fallas y a tener el coraje para decirles que los amaba. Sus hijos se quedaron simplemente perplejos. Al final descubrieron que tenían un padre-psiquiatra y no un psiquiatra-padre. Rápidamente evolucionaron en el tratamiento. Así, dejaron de ser futuros huéspedes de un hospital psiquiátrico.

El doctor Mario dio un salto tan grande en la comprensión de la existencia, que comenzó a impartir innumerables conferencias nacionales e internacionales, desalentando la hospitalización en la psiquiatría. Entendió que la internación psiquiátrica causaba grietas en el inconsciente. En los casos en que era inevitable, los hospitales deberían envolver a los pacientes con baile, teatro, artes plásticas, para que se sintieran útiles. Contó con la ayuda de Dora y de otros psiquiatras. Claudia era una de las más activas, e Isaac se convirtió en el mayor patrocinador de ese proyecto.

Isaac y Ali Ramadan también se convirtieron en soñadores. Sostenían largas conversaciones con Marco Polo para saber lo que podrían hacer para ayudar a que los pueblos palestino y judío superaran sus conflictos. Se quejaban emocionalmente ante cada ataque terrorista de los palestinos y cada represalia de Israel. Ya no lloraban por sus enfermedades, sino por sus pueblos. "El hospital en el que estábamos internados era un ambiente menos sufriente y perturbador que algunos territorios del Medio Oriente", pensaban.

Bajo la orientación de Marco Polo, entendieron que, lamentablemente, la violencia en Palestina mataba físicamente a algunos, y emocionalmente a millones. No había vencedores en ese conflicto, todos eran víctimas. Creían que, si palestinos y judíos se convencieran de que no eran dos razas o dos culturas en conflicto, sino seres humanos de la misma especie, gran parte de las resistencias y desconfianzas mutuas sería superada. Los tres amigos lucharían por la concientización y la propagación de esa idea.

A excepción de Isaac, la suma de los recursos financieros de los amigos radicales de Marco Polo que implementaron programas para ayudar a la sociedad era irrisoria. El saldo era casi negativo. Algunos tenían autos con financiamiento; otros, casas hipotecadas; otros, incluso, deudas bancarias. Pero a pesar de eso, harían una revolución social incomparablemente mayor que la de los archimillonarios en la fiesta de Lucio, cuyo "PIB emocional" era uno de los más bajos de este bello planeta azul.

Dos meses antes de su boda, Marco Polo había hablado con Anna y Halcón sobre algo que le quemaba el corazón. El principio de corresponsabilidad inevitable seguía controlándolo. Quería formar una institución llamada "Ser humano sin fronteras", para tratar los conflictos sociales, las confrontaciones raciales, la crisis de la educación, las miserias físicas y psíquicas.

Además, quería hacer un movimiento mundial para presionar a las compañías farmacéuticas de medicamentos psicotrópicos a invertir parte de sus ganancias en la prevención de las enfermedades mentales. Sufriría graves consecuencias por esa osadía.

Marco Polo pensaba que la solución para los grandes conflictos humanos pasaba por la juventud y no por los adultos. Sin embargo, le entristecía saber lo que el capitalismo salvaje estaba haciendo con el ser humano, en especial con los niños de todas las sociedades modernas.

Le afligía saber que, en Inglaterra, 68 por ciento de los infantes a partir de los 10 años tenían como pasatiempo predilecto ir de compras. Era lo que demostraba el Consejo Nacional del Consumo del país. Los pequeños crecían con una ansiedad e insatisfacción crónicas, porque no aprendían a liberar su creatividad y extraer placer de los pequeños estímulos del ambiente. En la gran mayoría de los países, la situación de los jóvenes era semejante.

Halcón y Marco Polo se preocupaban por el hambre física y emocional del tercer milenio. Cada cinco segundos moría de hambre un niño en el mundo, y cada segundo el consumismo asesinaba la infancia de otro. A pocos les importaban esos dos gravísimos crímenes contra la humanidad.

Los dos rebeldes amigos lucharían con todas sus fuerzas, hasta su última gota de sangre, para que millones de jóvenes de todas las razas, de todas las religiones, de todas las culturas, dejaran de ser siervos de un sistema social que entorpece la mente, les roba la identidad y los transforma en meros clientes. Querían que ellos se involucraran en el proyecto "Ser humano sin fronteras", se enamoraran de la humanidad, crearan proyectos mundiales para transformarla.

Para ellos, los jóvenes deberían participar en el escenario de la vida como actores principales y no morir en la audiencia, subyugados por una vida individualista, ilusoria, autodestructiva, dependiente, encarcelada por la rutina y amordazada por los patrones enfermizos de belleza.

Marco Polo tenía fallas, se precipitaba, tenía momentos de ansiedad, pero convivir con él era una invitación a andar en suelos nunca antes recorridos. Haría de su historia una gran odisea, tan excitante como la de Marco Polo en el siglo XIII. Se involucraría en algunos líos bastante grandes, pondría a temblar a algunos pilares de la sociedad, sufriría persecuciones implacables. Pero no cambiaría su forma de ser, tampoco dejaría de abrazar los árboles ni de hablar con las flores.

La relación con Anna llevó aún más lejos su valor. Jamás se vio a una pareja tan loca por las aventuras. El alboroto en la fiesta de su boda era un reflejo de la vida que tendrían. El desorden era tan grande que había riesgo de que el casamiento no se realizara.

Marco Polo se alegró de ver a sus amigos reunidos sin tener ya recelo por la vida. Había aprendido con todos ellos. Para el horrorizado delirio de Lucio Fernández, no sólo los amigos de Marco Polo rompieron el protocolo. Algunas parejas, incluyendo empresarios, diputados, senadores y hasta un ministro, dejaron de ser espectadores y entraron en la pista de baile.

No obstante, la mayoría de las autoridades, de los empresarios y de las celebridades, estaba irritadísima con Lucio, pues habían ido a hacer contactos políticos y sociales, y encontraron en cambio una banda de lunáticos. Fruncieron la cara, alimentaron su viejo mal humor.

Había otros psiquiatras presentes. Algunos creyeron que estaba sucediendo un delirio colectivo. Otros se soltaron, no exigieron nada para relajarse, se dieron la oportunidad de disfrutar el placer.

Lucio comenzó a tener crisis histéricas. Se frotaba las manos repetidamente en la cara, rechinaba los dientes, sus labios temblaban. Se volvió un serio candidato al Hospital Atlántico. Miró al secretario, su guardián, y repitió:

—¡Rapta a mi hija, llévatela ya de este lugar o habrá un segundo suicidio en la familia!

—¡Estás loco, Lucio!

—¡Quinientos mil dólares por el servicio! —dijo el millonario, sin titubear.

—¿Cuánto?

El secretario vaciló. Entonces, una pareja lo atropelló mientras bailaba. El asunto quedó momentáneamente truncado.

Pero nunca hubo un episodio tan impactante como aquél. El juez de la ceremonia, un hombre de mediana edad, había casado a muchas personas, pero él mismo nunca se había casado, por inseguridad. Ante el confuso casamiento que todavía no se concretaba, pensó, perplejo: "Es mejor no arriesgarse".

Fue un acontecimiento irreverente, de una joven que se encantó con un vendedor de sueños que contagió a personas mutiladas que reconstituyeron sus existencias y que, a pesar de todas sus limitaciones, aprendieron a bailar el vals de la vida con la mente libre, sin miedo de ser lo que eran y sin miedo del mañana.

No fue un final feliz, fue una coma feliz, pues esta historia, tal como la vida, no tiene un término, es un eterno comienzo. La felicidad tendría que seguir siendo reconstruida, pues todavía llorarían, atravesarían pérdidas, desafíos, ansiedades e incomprensiones.

A cierta altura, Marco Polo, Halcón, Anna, el doctor Mario, el doctor Antony y otros amigos hicieron una rueda en medio del salón y comenzaron a girar con emoción. Giraron, giraron y giraron.

Mientras giraban, observaban atentamente el rostro de los espectadores y percibían que, para la mayoría de las personas, la sociedad moderna se volvía cada vez más un gran hospital psiquiátrico o una sociedad de mendigos que no abandonaron sus hogares, pero sí se abandonaron a sí mismos. De personas, que, a veces, tienen una mesa abundante, pero mendigan el pan del placer, de la tranquilidad y de la sabiduría.

Para otros, sin embargo, el mundo se convertía en una escuela, o un circo, o un territorio de aventuras, o una pista de baile, o una mezcla de todo eso. Marco Polo y sus amigos no sabían en dónde las personas, ellos incluidos, se ubicarían en el futuro de la humanidad.

Sólo sabían que esa ubicación dependería del valor de cada uno para seguir las trayectorias de su propio ser, abrir las ventanas de su inteligencia, repensar su historia y tomar libremente sus decisiones.

Cuando dejaron de girar, gritaron en coro para ellos mismos y para la concurrencia: "¡Bienvenidos al futuro!".

FIN

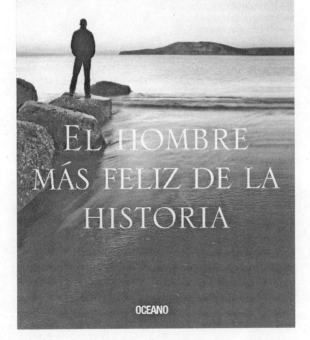

AUGUSTO CURY

Más de 30 millones de libros vendidos
Publicado en más de 70 países

EL HOMBRE
MÁS FELIZ DE LA
HISTORIA

OCEANO

AUGUSTO CURY

Más de 28 millones de libros vendidos
Publicado en más de 70 países

EL HOMBRE MÁS
INTELIGENTE
DE LA HISTORIA

OCEANO

AUGUSTO CURY

Más de 30 millones de libros vendidos
Publicado en más de 70 países

EL LÍDER MÁS
GRANDE DE
LA HISTORIA

OCEANO

AUGUSTO CURY

El psiquiatra más leído del mundo
Más de 35 millones de libros vendidos

EL MÉDICO
DE LA
EMOCIÓN

OCEANO